제이콥의 방

Jacob's Room

제이콥의 방

버지니아 울프

김정 옮김

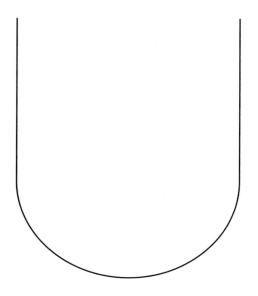

솔

울프 전집을 발간하며

왜 지금 울프인가? 1941년 3월 28일 양쪽 호주머니에 돌을 채워 넣고 우즈 강에 투신 자살한 작가 버지니아 울프의 전집을 이역만리 한국에서 왜 지금 내놓는가?

20세기 초라면 울프에 대한 모더니스트로서의 위상 정립 작업이 필요했을 수도 있다. 또한 1980년대라면 1970년대 이후 서구에서 활발하게 진행된 페미니즘 논의와 연관시켜 페미니스트로서의 위치 설정 작업이 필요하다고 할 수도 있다. 울프는 누가 뭐래도 페미니스트이다. 울프의 페미니즘은 비록 예술이라는 포장지에 곱게 싸여 있기는 하지만 나름대로 격렬한 것이다. 그럼에도 불구하고 페미니즘은 절대로 울프 문학의 진수도 아니며, 전부는 더더욱 아니다.

그녀의 문학은 한마디로 말해서 인간주의 문학이다. 사랑을 설파한 문학, 이타주의利他主義를 가장 소중히 여긴 고전 중의 고전이 그녀의 문학이다. 모더니즘, 페미니즘, 사회주의와 같은 것들은 그녀가 목적지를 향해 나아가는 도중에 잠깐씩 들른 간이역에 불과하다. 궁극적인 목적지는 인본주의라는 정거장이었다. 그동안 그녀는 모더니즘의 기수라는 훤칠한 한 그루의 나무로, 또는 페미니즘의 대모代母라는 또 한 그루의 잘생긴 나무로 우리의 관심을 지나치게 차지하여 우리가 크고도 울창한 숲과 같은 이 작가의 문학 세계를 제대로 보지 못하는 경향이 없지 않았다. 이제는 바야흐로 이 깊은 숲을 조망할 때가 온 것으로 믿는다. 지금 우리가 울프를 다시 읽어야 하는 이유가 여기에 있다.

이 전집이 울프를 바로 이해하는 데 도움이 되고, 나아가 읽는 이의 정서를 순화하는 데 작은 도움이 되었으면 한다.

울프 전집 간행위원회

차례

울프 전집을 발간하며 ― 5

제1장 ― 9

제2장 ― 20

제3장 ― 41

제4장 ― 65

제5장 ― 89

제6장 ― 104

제7장 ― 117

제8장 ― 127

제9장 ― 141

제10장 ― 162

제11장 ― 177

제12장 ― 191

제13장 ― 231

제14장 ― 249

해설 ― 251
『제이콥의 방』 ― 기억과 욕망이 굴절된 공간 _ 김정

연보 ― 270

제1장

'그래요, 물론,' 베티 플랜더스는 썼다, 발뒤꿈치를 모래 속에 더 깊이 내리 누르면서, '떠나는 것 말고는 아무것도 할 게 없어요.'

그녀의 금 펜촉 끝에서 천천히 흘러나온 엷은 푸른색 잉크가 마침표를 지워버렸다. 거기서 펜이 멈추었기 때문이다. 눈길이 고정돼 있었고 눈물이 천천히 차올랐다. 만 전체가 흔들렸다. 등대가 일렁거렸다. 그리고 그녀는 코노 씨의 작은 요트 돛이 햇빛 속에 밀랍의 초처럼 구부러져 있는 것 같은 환영을 보았다. 그녀는 급히 눈을 깜박였다. 사고란 끔찍한 일이었다. 그녀는 다시 눈을 깜박였다. 돛은 곧았다. 파도도 규칙적이었다. 등대도 똑바로 서 있었다. 그러나 잉크 자국은 번져 있었다.

"······떠나는 것 말고는 아무것도 할 게 없네요," 그녀는 읽어보았다.

'그래, 제이콥이 놀고 싶어 하지 않으면' (그녀의 큰아들인 아처의 그림자가 편지지에 가로 드리워져 모래 위에 푸른색으로 보였고 그녀는 한기를 느꼈다―벌써 구월 삼 일이었다). '제이콥이 놀고 싶어 하지 않으면'―끔찍이 번졌어! 늦겠네.

"성가신 꼬마 녀석은 어디에 있는 거지?" 그녀는 말했다. "그 애가 안 보이네. 뛰어가서 찾아봐. 곧장 오라고 말해라." '······그러나 다행히도,' 그녀는 휘갈겨 썼다, 마침표를 무시하고, '모든 게 만족스럽게 정리가 된 것 같아요. 통 속의 청어처럼 차곡차곡 쟁여지긴 했지만, 집주인이 당연히 허락을 하지 않아 유모차는 길이로 세워둘 수밖에······'

바풋 대령에게 보내는 베티 플랜더스의 편지는 이런 내용이었다—여러 장에 눈물이 얼룩진. 스카보로는 콘월에서 칠백 마일 떨어져 있다. 바풋 대령은 스카보로에 있다. 씨브룩은 죽었다. 눈물이 그녀의 마당에 핀 달리아를 모두 붉은 파도처럼 출렁이게 했고, 그녀의 눈에 온실을 번쩍이는 것으로, 부엌은 눈부신 칼들이 반짝거리는 곳으로 보이게 했다. 교회에서 찬송가가 연주되고 플랜더스 부인이 어린 자식들의 머리 위로 고개를 숙이고 있을 때 목사의 아내인 자비스 부인은 이렇게 생각했다. 결혼은 요새와 같은 것이고, 과부들은 홀로 외로이 들판을 헤매지, 돌을 집어들고, 금빛으로 익은 이삭을 몇 개 주우며, 외로이, 보호받지 못하는 가엾은 이들. 플랜더스 부인은 과부가 된 지 이 년이 지났다.

*

"제이콥—! 제이콥—!" 아처가 소리쳤다.

'스카보로,' 플랜더스 부인은 봉투에 썼다, 그리고 굵게 밑줄을 그었다. 그곳은 그녀의 고향이었다. 우주의 중심인. 그런데 우표는? 그녀는 가방을 뒤졌다. 그러고는 가방을 거꾸로 들어 쏟아놓고 무릎 위에서 더듬어 찾았다. 어찌나 기운차게 했던지 파나마

모자를 쓰고 있는 찰스 스틸은 하던 붓질을 멈추었다.

어떤 민감한 곤충의 더듬이처럼 붓이 분명히 떨리고 있었다. 여기서 저 여자가 움직이고 있군―정말 일어나려고 하고 있어―제기랄! 그는 급하게 화폭을 검보랏빛 물감으로 칠했다. 풍경이 그것을 필요로 했기 때문이다. 너무 색이 엷었다―회색이 연한 자줏빛으로 흘러들어가고, 그리고 별이 하나 아니면 하얀 갈매기 한 마리가 딱 그렇게 떠 있고―늘 그렇듯이 너무 색이 엷었다. 평론가들은 그림의 색이 너무 엷다고 말할 것이다. 그는 눈길을 끌지 않고 전시를 하는 무명의 화가이고 하숙집 여주인의 아이들이나 좋아하는 사람이고, 시곗줄에 십자가를 매달고 있고, 하숙집 여주인이 그의 그림을 좋아해주면 만족하는 그런 사람이니까―그들은 더러 그의 그림을 좋아했다.

"제이콥―! 제이콥―!" 아처가 소리 질렀다.

그 소리에 화가 나면서도, 아이들을 사랑하는 스틸은 신경질적으로 팔레트에서 작은 똬리를 튼 검은 물감을 찍었다.

"네 동생을 봤어―네 동생을 봤다구," 머리를 끄덕이면서 그는 말했다. 아처는 삽을 질질 끌면서 그 옆의 안경 낀 노신사를 쏘아보며 천천히 지나가는 중이었다.

"저기―저 바위 옆에," 스틸은 중얼거렸다, 이 사이에 붓을 물고 섞지 않은 황갈색 물감을 짜면서, 눈길은 베티 플랜더스의 등에 고정돼 있었다.

"제이콥―! 제이콥―!" 잠시 후 다시 발걸음을 천천히 옮기면서 아처가 소리쳤다.

그 목소리는 별스러운 슬픔을 담고 있었다. 몸 전체로, 온갖 열

정을 다해 순수하게 세상를 향해 외치는, 외롭고, 대답 없는, 바위
에 부딪쳐 부서지는─그런 소리로 들렸다.

 스틸은 이맛살을 찌푸렸다; 그러나 검은색의 효과에는 만족했
다─바로 그 색깔 하나가 나머지를 통합시켰다. 아, 나이 오십에
도 그림 그리는 법을 배울 수 있지! 티치아노[1]의 그림도 그랬으
니…… 그리고, 그렇게 제대로 된 색조를 찾아내고, 위를 올려다
보다가 만 위에 걸린 구름을 보고는 겁에 질렸다.
 플랜더스 부인은 몸을 일으켜 겉옷 이쪽과 저쪽을 손으로 두
들겨 모래를 털어냈다, 그러고는 검은색 양산을 집어 들었다.

                          *

 바위는 대단히 짙은 갈색이었다, 아니 차라리 검정색이라고 해
야 할지, 무언지 원시적인 모습으로 모래에서 솟아올라 있었다.
주름진 삿갓조개 껍질과 드문드문 흩어져 있는 마른 해초 타래
들로 울퉁불퉁한 바위에, 어린 남자 아이가 보폭을 넓게 뻗치면
서 꼭대기에 오르기도 전에 자신이 영웅이나 된 듯한 기분을 느
끼고 있었다.
 그러나 거기, 바위 꼭대기에는 바닥에 모래가 깔린, 물로 가득
찬 웅덩이가 있었다. 가장자리에 우뭇가사리 덩어리가 착 달라붙
어 있고 담치도 붙어 있었다. 물고기 한 마리가 재빨리 가로질러
갔다. 황갈색 해초 끄트머리가 흔들렸다. 그리고 오팔 색 껍질의
게 한 마리가 밀려 올라왔다─

---

1   1490~1576, 16세기의 가장 뛰어난 이탈리아 베네치아파의 화가로 수많은 왕과 태공들의
    초상화를 그림.

"오, 굉장히 큰 게잖아," 제이콥이 중얼거렸다―

그리고 모래 바닥 위에서 비칠거리는 다리로 여행을 시작했다. 자! 제이콥은 손을 풍덩 집어넣었다. 게는 차갑고 아주 가벼웠다. 그러나 물이 모래로 탁해져서, 그래서 바위 아래로 기어 내려가, 몸 앞으로 양동이를 들고 제이콥이 막 뛰어내리려고 하는 순간, 꼼짝 않고 몸을 쫙 펴고 나란히 누운 얼굴이 몹시 붉은 몸집이 큰 두 남녀를 보았다.

거대한 남자와 여자는 (일찍 문을 닫는 날이었다) 움직이지 않고 사지를 뻗고, 손수건 위에 머리를 얹은 채, 나란히, 바다에서 몇 피트 떨어지지 않은 곳에 누워 있었다. 갈매기 두세 마리가 밀려오는 파도를 기품 있게 에워싸다가 두 사람의 장화 가까이에 내려앉았다.

반나나 손수건 위에 누운 커다란 붉은 두 얼굴이 제이콥을 노려보았다. 제이콥도 그들을 내려다보았다. 양동이를 아주 주의 깊게 들고 제이콥은 조심스럽게 뛰어내려, 처음에는 아무렇지도 않은 듯이 빠른 걸음으로 걸어가다가, 파도가 거품을 내며 다가오자, 파도를 피해 비켜가면서 점점 더 빨리 걸었다. 그의 앞에서 갈매기들이 날아올라 멀리 떠 있다가 다시 조금 더 먼 곳에 내려앉았다. 덩치가 큰 흑인 여자가 모래 위에 앉아 있었다. 그는 그쪽을 향해 달려갔다.

"유모! 유모!" 그는 소리쳤다. 두려움으로 숨이 막히는 순간마다 흐느끼면서 그 말을 뱉어냈다.

파도가 그녀 주위에 몰아쳤다. 그녀는 바위였다. 그녀는 파도에 눌릴 때마다 튀어 오르는 해초로 덮여 있었다. 그는 길을 잃었다.

그는 그 자리에 섰다. 그의 얼굴은 침착했다. 그는 막 소리지를 참이었다. 바로 그때 언덕 아래 지푸라기와 검은 막대기들 사이에 놓여 있는 온전한 형태의 해골을 보았다—아마 암소의 해골인지, 해골, 아마도 그 안에 이빨이 남아 있는 건지도 몰랐다. 흐느끼면서, 그러나 아무 생각 없이, 팔에 그 해골을 집어 들 때까지 점점 더 멀리멀리 달려갔다.

"쟤가 저기 있군!" 플랜더스 부인이 몇 초 안에 해변의 전 공간을 휩싸며 그 큰 바위를 돌아 다가오며 소리쳤다. "뭘 들고 있는 거지? 내려놔, 제이콥! 당장 내려놔! 뭔지 꺼림칙한 걸 거야, 내가 알지. 왜 우리랑 같이 있지 않았어? 말썽꾸러기 꼬마 녀석! 이제 내려놓으라구. 너희 둘 다 얼른 와," 그리고 그녀는 휙 돌아서 한 손으로 아처의 손을 잡고 다른 한 손으로 제이콥의 팔을 더듬어 찾았다. 그러나 그는 몸을 아래로 굽히고 엉성한 양의 턱뼈를 집어 들었다.

가방을 흔들면서, 양산을 팔에 끼고, 아처의 손을 잡은 채, 가엾은 커노우 씨가 한쪽 눈을 잃은 화약 폭발 이야기를 하면서 플랜더스 부인은 가파른 길을 급히 올라갔다. 그러면서 내내 마음속 깊이 묻혀 있는 무언지 알 수 없는 불안을 감지하고 있었다.

연인들이 누워 있는 데서 멀지 않은 모래 위에 턱뼈가 없는 오래된 양의 해골이 놓여 있었다. 깨끗하고 하얗게 바람에 씻기고 모래에 연마된, 콘월의 어느 해변에도 존재하지 않는 가장 오염되지 않은 해골이었다. 바다 호랑가시나무가 안구를 뚫고 자랄지도 모를 일이었다. 금방 가루로 변할지도 모른다. 아니면 골프 치는 어떤 사람이 어느 날씨 좋은 날 공으로 쳐서 먼지로 흩어져버리게 할지도 모른다.—안 돼, 셋집에서는 안 될 일이지, 플랜더스 부인은 생각했다. 어린아이들을 데리고 이렇게 멀리 오는 것은 대단한 시도였어. 유모차를 들어줄 남자의 손도 없고. 제이콥은 너무 손이 가는 아이야; 벌써 고집이 세고.

"던져버려, 얘야, 그렇게 해," 길로 들어서면서 그녀가 말했다. 그러나 제이콥은 그녀에게서 벗어났다. 바람이 일고 있었고 그녀는 모자의 핀을 빼고, 바다를 바라보다가, 다시 핀을 고쳐 꽂았다. 바람이 일었다. 폭풍이 일기 전의 파도가 그렇듯이 채찍을 기다리듯 무언지 다루기 힘든 살아 있는 물체처럼 파도는 심기가 불편함을 보여주고 있었다. 고깃배들이 물의 가장자리로 기울어져 오고 있었다. 노란 불빛이 희미하게 보랏빛 바다를 가로질러 비치고 있었다. 등대가 켜져 있었다. "이리 와," 베티 플랜더스가 말했다. 태양이 그들의 얼굴을 붉게 물들였고 산울타리에서 삐져나와 흔들리고 있는 커다란 나무딸기도 금빛으로 물들였으며 아처는 지나가는 중에도 나무딸기 열매를 훑으려 애를 썼다.

"애들아, 꾸물거리지 마. 갈아입을 옷도 없는데," 베티는 아이들을 잡아끌면서 말했다. 마당에 있는 온실에서 느껴지는 갑작스런 빛의 작열과 불타는 석양을 배경으로 놀라운 격동과 자연의 활력이 노랑과 검정의 무상한 변화와 함께 타는 듯이 붉게 빛나는 모습을 편치 않은 마음으로 바라보면서 베티 플랜더스는 책임과 위험에 대해 생각했다. 그녀는 아처의 손을 꽉 잡았다. 그런 채로 그녀는 언덕 위로 무거운 발걸음을 옮겼다.

"뭘 기억하라고 했었지?" 그녀가 말했다.

"몰라요," 아처가 말했다.

"그래, 나도 모르겠다," 소탈하고 익살스럽게 베티가 말했다. 누가 이런 무심함을 받아들이지 않을 수가 있겠는가? 그 무심함이 넘치는 마음과 타고난 기지, 막무가내식에다 미신, 때로 놀라운 대담함과 유머, 그리고 감상성까지 마구 뒤섞인 것이니 말이다. 이런 면들을 놓고 보면 세상의 모든 여자들이 어떤 남자보다 훨씬 낫다는 것 역시 누군들 받아들이지 않을 수 있겠는가?

우선 베티 플랜더스가 그런 사람이었다.

그녀는 정원 문에 손을 올렸다.

"고기!" 빗장을 탁 내려놓으며 그녀는 소리 질렀다.

그녀는 고기 사는 걸 잊었던 것이다.

창가에 레베카가 서 있었다.

피어스 부인의 헐벗은 거실 모습은 밤 열 시에 테이블 중앙에 놓인 강력한 기름등잔 불빛으로 완전히 드러나 있었다. 그 가혹한 불빛은 정원을 비추고 있었다. 풀밭을 곧장 가로질러 어린아이의 작은 양동이와 자줏빛 쑥부쟁이를 비추고 산울타리에 닿았다. 플랜더스 부인은 바느질감을 탁자 위에 두었다. 커다란 하얀 면사 실패와 철제 테의 안경도, 바늘 쌈지도 거기에 놓여 있었고 갈색 털실이 오래 된 엽서에 둘둘 감겨 있었다. 갈대 부들도 있고 『스트랜드』 잡지들도 있었다. 그리고 리놀륨 바닥에는 아이들이 신발에 묻혀온 모래가 떨어져 있었다. 꾸정모기가 이쪽 구석에서 저쪽 구석으로 쏜살같이 날아가면서 등잔 갓을 쳤다. 바람이 불어 창문에 비가 곧바로 부딪쳤고, 빛이 지나갈 때면 그것들은 은빛으로 번쩍였다. 잎사귀 하나가 급하게, 집요하게 창문을 두들겼다. 바다에는 폭풍이 불고 있었다.

아처는 쉬이 잠이 들지 못했다.

플랜더스 부인은 그 아이 위로 몸을 굽혔다. "요정들 생각을 해

보렴," 베티 플랜더스는 말했다. "아주 예쁜, 예쁜 새들이 둥지에 내려앉는 생각을 해봐. 자, 이제 눈을 감고 부리에 벌레를 물고 있는 늙은 엄마 새를 보는 거야. 자, 이제 돌아누워 눈을 감으렴," 그녀는 속삭였다. "눈을 감는다고."

그 하숙집은 꼴록거리는 소리와 세차게 몰아치는 소리로 가득했다. 물받이가 흘러 넘쳤다. 물이 졸졸 쿨럭쿨럭 관을 따라 창문 아래로 또랑을 이루며 흘러내렸다.

"이렇게 몰려 들어오는 물이 무슨 물이에요?" 아처가 중얼거렸다.

"목욕물이 흘러내려가는 거야," 플랜더스 부인이 말했다.

무언가가 문밖에서 탁 하는 소리를 냈다.

"제 말은요, 기선이 가라앉지 않았을까요?" 아처가 눈을 뜨면서 말했다.

"물론, 가라앉지 않지," 플랜더스 부인이 말했다. "선장님도 잠자리에 든 지 오래란다. 눈 감고 꽃들 아래 잠이 든 요정들을 생각해봐."

"아처가 잠 못 이룰 줄 알았어―이렇게 폭풍우가 몰아치니," 그녀는 바로 옆의 작은 방 알코올램프 위로 몸을 숙이고 있는 레베카에게 속삭였다. 밖에는 바람이 몰아치고 있었다. 그러나 알코올램프의 작은 불꽃은 모서리에 세워놓은 책 때문에 침대를 가린 채 조용히 타고 있었다.

"젖병은 다 비웠어?" 플랜더스 부인은 속삭였고 레베카는 머리를 끄덕이고 침대로 가서 이불을 접었다. 그리고 플랜더스 부인은 몸을 숙이고, 잠이 든, 그러나 이마를 찌푸리고 있는 아기를 걱정스럽게 바라보았다. 창문이 흔들렸다. 레베카는 고양이처럼 살그머니 가서 흔들리지 않게 쐐기를 박았다. 두 여인은 바람이 미친 듯이 불어 싸구려 잠금 장치를 갑작스레 비트는데도 우유병을 비운 아기가 내내 깨지 않도록 애를 쓰며 소리를 죽이고 알코올램프 위로 속삭였다.

두 사람이 침대 쪽을 돌아보았다. 둘 다 입술을 오므렸다. 플랜더스 부인이 침대 쪽으로 건너갔다.

"잠들었죠?" 레베카가 침대 쪽을 보면서 속삭였다.

플랜더스 부인이 끄덕였다.

"잘 자, 레베카," 플랜더스 부인이 속삭였고, 두 사람이 같이 소리를 죽이고 우유병을 깨끗이 비운 아기가 깨지 않도록 같이 애를 쓰는 공모자이지만 그래도 레베카는 그녀를 마님이라고 불렀다.

플랜더스 부인은 거실에서 타고 있는 등잔을 그대로 두었다. 그녀의 안경과 바느질거리가 거기에 있었다. 그리고 스카보로 소인의 편지도 한 장 있었다. 커튼도 치지 않았다.

잔디밭을 가로질러 불빛이 타올랐다; 둘레에 금색 줄이 쳐진 아이의 초록색 양동이를 비추고 그 옆에서 격렬하게 흔들리고 있는 쑥부쟁이도 비추었다. 바람이 해안을 가로질러 찢어질 듯 불었고 언덕에서 뒤집어 엎어졌다가는 제바람에 꼭대기에서부터 갑작스런 돌풍으로 급격하게 몰아쳤다. 온 마을을 얼마나 온통 바람으로 뒤덮었는지! 광풍 속에 불빛이 얼마나 깜박이고 얼마나 흔들렸는지 모른다. 항구의 불빛과 침실 창문의 불빛들은 얼마나 높이 치솟았는지! 넘실거리는 검은 파도를 넘어 바람은 대서양을 가로지르고 배 위에 떠 있는 하늘의 별들을 이리저리 밀고 당겼다.

거실에서 딸깍하는 소리가 났다. 피어스 씨가 등잔을 껐다. 마당은 어두워졌다. 그저 검은 땅덩이에 불과했다. 곳곳에 비가 퍼부었다. 잔디 잎 하나하나가 모두 비에 구부러졌다. 비가 눈꺼풀마저 내려 감기게 했다. 누워 있노라면 뒤범벅이 된 혼란 상태 말고는 아무것도 보이지 않을 것 같았고 구름이 뒤집고 또 뒤집으며, 어둠 속에는 무언지 모를 유황의 노란 기미가 보였다.

앞쪽의 침실에서 잠이 든 두 녀석은 이불을 차내고 홑이불 아래 누워 있었다. 날이 더웠다; 아주 끈적이고 축축했다. 아처는 한 팔을 베개에 걸쳐놓은 채 사지를 뻗고 자고 있었다. 그는 열기를 느꼈다; 두꺼운 커튼이 바람에 약간 부풀어 오르자 몸을 돌려 눈을 반쯤 떴다. 바람이 실세로 서랍장 위의 옷감을 흔들었고, 불빛이 새어 들어와 서랍장의 뾰족한 모서리가 보였고, 하얀 형체가 불룩해질 때까지 바람은 위로 치솟았다; 거울에는 은빛 줄무늬가 보였다.

문 옆의 다른 침대에는 제이콥이 잠들어 있었다. 정신없이 깊이 잠들어 있었다. 누런 큰 이빨이 있는 양의 턱뼈가 그의 발치에 있었다. 자면서 철제 침대 난간 쪽으로 차냈던 것이다.

밖에서는, 이른 아침 시각 바람은 잦아들었지만 비는 더욱 세차게 퍼붓고 있었다. 쑥부쟁이는 땅바닥에 넘어져 있었고 아이의 양동이는 빗물이 반쯤 차 있었다; 그리고 오팔 색 껍질의 게는 천천히 바닥을 돌면서 비척거리는 다리로 가파른 양동이의 옆면을 기어오르려 했다; 기어오르려다 나가떨어지고, 또다시 기어오르고, 또다시 기어올랐다.

제2장

"플랜더스 부인"—"가엾은 베티 플랜더스"—"사랑하는 베티"—"그녀는 아직도 아주 매력적이지"—"재혼을 않는 게 이상해!""분명 바풋 대령이 있어 그럴 거야—시계처럼 정확하게 매주 수요일이면 찾아오잖아, 그의 아내는 한 번도 데려오지 않고 말이야."

"그러나 그건 엘렌 바풋의 잘못이야," 스카보로의 여자들은 그렇게 말했다. "그 여자는 남을 위해 무리를 할 여자가 절대 아니지."

"남자는 아들이 있었으면 하지요—그건 우리가 다 알잖아요."

"어떤 종양은 잘라내야 해요, 그러나 우리 어머니 것과 같은 종양은 몇 년이고 그냥 참고 견딜 수 있는 것이고 침대에 앉아 갖다주는 차 한 잔도 마셔서는 안 되는 거죠."

(바풋 부인은 환자였다.)

그녀에 대해 이런 말들, 그리고 이런 말보다 더 많은 말도 오고 갈 엘리자베스 플랜더스는, 두말할 것 없이, 한창때에 과부가 되었다. 그녀는 사십과 오십 사이 중간쯤의 나이였다. 그사이마다 세월과 슬픔이 있었다; 남편인 씨브룩의 죽음; 어린 세 아들; 가난; 스카보로 교외에 있는 집, 오빠인 가엾은 모티머 가족, 다 망해서 어쩌면 재산권을 빼앗겼을지도 모르는 오빠는 어디에 있는 건지, 뭘 하고 있는 건지. 손으로 눈가리개를 만들며 그녀는 바풋 대령이 오고 있는지 길을 내다보고 있었다 ─ 그래, 저기 오고 있네, 어느 때보다 더 제시간에; 대령의 관심이 ─ 베티 플랜더스를 활짝 피어나게 하고, 그녀의 모습을 두드러지게 하고, 그녀의 얼굴을 기쁨으로 물들게 하고, 아무 이유 없이 눈물짓게 한다는 것을 사람들은 아마 하루에 세 번 정도 목격할 수 있을 것이다.

사실, 남편 일로 운다는 건 잘못된 게 아니다. 그리고 비석은 평범한 것이긴 해도 제대로 만든 것으로 여름날, 그 과부가 세 아들을 데리고 비석 앞에 서 있을 때면 사람들은 그녀에게 친절을 베풀고 싶어 한다. 남자들은 모자를 여느 때보다 더 위로 들어올리고 인사를 한다; 아내들은 남편의 팔을 세게 끌어당긴다. 씨브룩은 지난 수년 동안 세 겹의 관에 싸여 육 피트 아래 묻혀 누워 있다. 틈새는 납땜이 돼 있고 흙과 나무 관 밑에는 유리관이 있어서 틀림없이 그 밑에 그의 얼굴이, 구레나룻이 있는 잘생긴 젊은 얼굴이 누워 있을 것이다. 오리사냥을 가면서 신발을 바꿔 신기를 거절한 그가.

'이 도시의 상인,' 비석에는 그렇게 쓰여 있다. 왜 베티 플랜더스가 그에게 그런 호칭을 선택해주었는지 모를 일이다. 많은 사람들이 아직 그를 이렇게 기억하고 있는데. 그는 겨우 석 달 동안 사무실 창문 뒤에 앉아 있었고, 그 전에는 말을 조련시켰고, 사냥개를 앞세워 사냥을 하다가, 땅을 얼마간 경작하고, 그러고는 멋대로 행동하고 ─ 하기는, 남편을 무어라고 부르긴 불러야 할 테니까. 아이들에게 본보기가 되게.

그렇다면 그는 아무것도 아니었단 말인가? 대답하기 힘든 질문이다. 비록 장의사가 눈을 감겨주는 게 관습이 아니라 하더라도 눈에서 빛은 곧 꺼진다. 처음에는 그녀의 일부였다가 이제 또다른 무리의 일부가 되어, 경사진 언덕에서 잔디와 뒤섞인, 어떤 것들은 기울어지고 또 어떤 것들은 똑바로 서 있는 수천 개의 하얀 비석과 함께 시든 화환들, 초록의 양철로 된 십자가들, 가느다랗고 노란 샛길들, 그러고는 사월이면 환자의 침실에서 나는 향기를 내며 교회 담장 너머로 축 처져 있는 백합들과 하나가 되어버렸다. 씨브룩은 이제 이 모든 것이 되었다; 그리고 그녀가 치마가 끌리지 않게 걷어 올리고 닭에게 모이를 주노라면 예배나 장례식의 종소리를 듣는다. 그것은 씨브룩의 목소리다 ─ 죽은 자의 목소리.

수탉이 그녀의 어깨 위로 뛰어올라 목덜미를 쪼아댈 줄 알게 됐다. 그래서 이제 모이를 주러 갈 때면 그녀는 막대기를 들고 가거나 아이들 중 하나를 데리고 간다.

"엄마, 내 칼 멋있지 않아요?" 아처가 말했다.

종이 치는 것과 동시에 들린 그녀 아들의 목소리는 삶과 죽음을 풀 길 없이 얽히게, 기분을 북돋게 했다.

"어린애에게는 너무 큰 칼이네!" 그녀는 말했다. 그녀는 아이를 기쁘게 해주느라고 칼을 받아 들었다. 그러자 수탉이 닭장 밖으로 달아났고 아처에게 부엌 쪽에 있는 정원 문을 닫으라고 소리치면서, 모이를 내려놓고 암탉들을 구구하고 부르며 과수원 쪽으로 분주하게 가는 플랜더스 부인의 모습이, 길 너머로 크랜치 부인의 눈에 들어왔다. 크랜치 부인은 담장에 대고 털고 있던 발깔개를 잠시 동안 허공에 그대로 든 채 옆집의 페이지 부인에게 플랜더스 부인이 과수원에 병아리와 함께 있다고 말을 해주었다.

페이지 부인, 크랜치 부인, 가핏 부인은 과수원에 있는 플랜더스 부인을 볼 수 있었다. 과수원이 돗즈힐이 둘러싸고 있는 땅의 일부였기 때문이다. 돗즈힐은 마을을 지배했다. 어떤 말도 돗즈힐의 중요성을 과장하는 게 될 수 없다. 그것은 대지이자 하늘을 배경으로 한 하나의 세계다. 얼마나 많은 눈길이 그 지평선에 머물렀는지는 그의 마당 문에 기대어 파이프 담배를 피우고 있는 늙은 조지 가핏처럼 크리미아 전쟁 때 딱 한 번 떠난 것 말고는 그 마을을 한 번도 떠난 적이 없는 사람들이 가장 잘 알 수 있는 일이다. 해가 지나가는 것도 그것으로 잰다. 날씨의 기미도 그 언덕을 배경으로 판단된다.

"이제 어린 존을 데리고 언덕 위로 올라가네," 크랜치 부인이 마지막으로 깔개를 한 번 더 털면서 가핏 부인에게 말을 하고는 서둘러 집 안으로 들어갔다.

과수원 문을 열고 플랜더스 부인은 존의 손을 붙잡고 돗즈 힐 꼭대기로 올라갔다. 아처와 제이콥은 앞서거니 뒤서거니 하며 가고 있었다. 그러나 두 아이는 그녀가 그곳에 올랐을 때 이미 로마 요새 안에서 만에 있는 배들을 보고 소리를 지르고 있었다. 정말 멋진 경치였다 ─ 황무지를 뒤로하고, 앞에는 바다, 그리고 스카보로 전체가 이 끝에서 저 끝까지 마치 하나의 퍼즐처럼 펼쳐져 있었다. 점차 몸이 불어가는 플랜더스 부인은 요새 안에 앉아 주변을 돌아보았다.

그 전체 경관의 변화를 그녀는 잘 알고 있었다. 겨울의 경치, 봄, 여름, 가을, 어떻게 폭풍우가 바다에서 올라오는지, 어떻게 황무지가 몸서리치듯 흔들리다가 구름이 지나가면 밝아지는지. 빌라를 짓고 있는 붉은 지점도 알았을 것이고, 경작 대여지로 잘라 놓은 십자 모양의 교차선, 그리고 햇빛 속에 서 있는 작은 유리 온실의 다이아몬드 같은 섬광도 알 것이다. 그렇지 않고 이런 미세한 것들을 그녀가 놓쳤다면, 석양의 바다에 금빛 색조가 노니는 것을 상상하거나, 어떻게 지붕 널빤지 위에 금빛 고리들이 미늘을 달며 겹치는가를 생각했을 것이다. 작은 유람선들이 밀치고 나오고 방파제의 검은 지류가 그것을 감추듯 품어 안는다. 도시 전체가 분홍과 금빛이다. 둥근 지붕을 하고, 안개의 화환을 두르고 공명하고 삐걱거린다. 밴조들이 아무렇게나 울린다. 발뒤꿈치에 철꺼덕 달라붙는 타르 냄새가 나는 광장, 갑자기 염소들이 사람들을 뚫고 수레를 천천히 끌며 지나간다. 시 자치단체가 얼마나 화단을 잘 만들어놓았는지도 관찰할 수 있다. 때로는 밀짚모자가 바람에 불려 날아간다. 햇빛 속에 튤립이 불타듯 피어 있다. 방수 처리된 바지들이 줄지어 펼쳐져 있다. 부드러운 분홍빛 테를 두른 보랏빛 보닛, 일광욕 의자 베개 위의 불평에 찬 얼굴들. 하얀 겉옷을 입은 남자들이 굴려서 끄는 삼각 모양의 광고 게시판. 조지 보어스 선장이 괴물 상어를 잡다. 삼각 광고 게시판의 한 면에는 붉고 푸르고 노란 글씨로 그렇게 쓰여 있었다. 그리고 각각의 줄은 서로 다른 색깔의 감탄 부호로 끝나 있었다.

그게 바로 수족관 안으로 들어가는 이유이다. 누리끼리한 블라인드, 소금 증류주의 김빠진 냄새, 대나무로 만든 의자들, 재떨이가 놓인 탁자들, 회전하는 물고기와 예닐곱 개의 초콜릿 상자 뒤에 앉아 뜨개질을 하는 점원(그녀는 몇 시간이고 물고기하고만 있는 때가 많았다). 이런 것들이 괴물 상어의 일부로 사람들 마음속에 남아 있다. 탱크 속에서 그 괴물 상어는 한가운데서 양쪽으로 열리는 빈 소형가방처럼 그냥 살이 축 늘어진 노란 용기처럼 생겼을 뿐인데 말이다. 어느 누구도 수족관으로 기분이 좋아진 적이 없다. 그러나 모습을 드러낸 그들의 얼굴은 그곳에 줄을 서야지만 부두로 진입할 수 있다는 사실을 알고 어둡고 흥이 깨진 표정은 금방 없어진다. 일단 회전식 문을 통과하면 누구나 일이 야드는 기운차게 걷는다. 어떤 사람들은 이쪽 진열대 앞에서 맥이 빠지고, 또 어떤 사람은 저쪽 진열대 앞에서 맥이 빠진다. 그러나 이 모든 사람들을 마침내 하나로 끌어당기는 것은 밴드이다. 심지어 아래쪽 부두의 어부들도 그들 귀에 들리는 음악에 장단을 맞춘다.

밴드는 무어식으로 만든 키오스크 안에서 연주를 했다. 아홉 번째 곡이 게시판에 올랐다. 왈츠 곡이었다. 얼굴이 창백한 소녀들, 과부인 늙은 부인, 같은 하숙집에 묵고 있는 세 명의 유태인, 옷을 쫙 빼입은 사람, 소령, 말 거간꾼, 그리고 독자적으로 사업을 하는 신사 양반, 이 모든 사람들이 몽롱하고 약에 취한 듯한 똑같은 표정으로 발아래 판자 틈새로 부두의 철제 기둥을 평화롭게, 다정하게, 감아 도는 녹색의 여름 파도를 볼 수 있었다.

그러나 이 모든 것이 존재하지 않았을 때도 있었다(난간에 기대 서 있는 젊은이는 생각했다). 눈길을 숙녀의 치맛자락에 고정시켜보자. 분홍색의 비단 스타킹 위로 올라가 있는 저 회색 치마가 좋겠군. 치마의 길이가 바뀐다. 구십 년대에는 발목까지 드리워지다가, 칠십 년대에는 통이 넓어지고, 육십 년대에는 붉은 광택이 나면서 페티코트 위로 쫙 퍼지는 것, 하얀 무명 스타킹을 신은 자그마한 검은색 발이 언뜻 보이는, 그런 길이로. 아직 거기 앉아 있을까? 그렇다 부인은 아직 부두에 있다. 이때의 비단은 장미들로 잘게 장식이 되어 있지만 분명히 볼 수는 없다. 우리가 서 있는 그 아래에 부두는 없다. 무거운 마차가 통행료를 받는 거리를 굴러갈 것이고 멈추어 서야 할 부두는 없다, 십칠 세기에는 바다가 얼마나 광포하고 회색이었는지! 박물관으로 가보자. 옛날 포탄들, 화살촉들, 로마시대의 유리와 녹청이 난 녹색의 집게. 제스파 플로이드 목사가 돗즈힐의 로마시대 병영에서 사십 년대 초에 자신의 비용으로 그런 것들을 발굴했다—작은 입장권 위에 희미하게 적혀 있는 것이 보인다.

자, 이제 스카보로에서 봐야 할 다음 것이 무엇인가?

*

플랜더스 부인은 로마시대에 만든 봉긋이 솟은 원형 병영에 앉아 제이콥의 바지를 꿰매고 있다. 눈을 들 때라곤 무명실의 끝을 빠느라고, 아니면 벌레가 그녀에게 다가와 귓가에서 잉잉거리다 가버릴 때뿐이었다.

존이 총총걸음으로 다가와 계속 그녀의 무릎에 풀잎이나 죽은 잎들을 '차'라고 하면서 탁 내려놓았고 그녀는 그것을 정연하게, 그러나 아무 생각 없이 정리해 풀잎의 꽃이 있는 머리 쪽을 나란히 내려놓고 아처가 어젯밤, 어떻게 다시 잠에서 깼는지를 생각했다. 교회 시계는 십 분에서 십삼 분쯤 빨랐다. 그녀는 가핏의 땅을 살 수 있었으면 하고 바랐다.

"그건 난초 이파리야, 조니. 작은 갈색 점들이 보이잖니. 이리 와야야. 이제 집에 가야 돼. 아—처! 제이콥—!"

"아—처—제이콥—!" 조니가 새된 소리로 그녀를 따라했다. 발뒤꿈치로 한 바퀴 돌며 마치 씨 뿌리는 사람인양 손 안에 들고 있는 풀잎과 나뭇잎들을 흩뿌리고 있었다. 아처와 제이콥은 어머니가 예기치 않던 순간에 불쑥 나올 생각으로 웅크리고 있던 둔덕에서 펄쩍 뛰어 올라왔고 이제 모두 집 쪽으로 천천히 걷기 시작했다.

"저 사람이 누구지?" 플랜더스 부인이 손으로 눈에 가리개를 만들면서 말했다.

"길에 있는 저 노인이요?" 아처가 아래를 보면서 말했다.

"그분은 노인이 아니야," 플랜더스 부인이 말했다. "그분이 — 아니, 그분은 아니네 — 나는 대령님인 줄 알았지, 그런데 플로이드 씨야. 가자, 애들아."

"아, 귀찮은 플로이드 씨!" 엉겅퀴 모가지를 비틀어버리면서 제이콥이 말했다. 제이콥은 플로이드 씨가 그들에게 라틴을 가르칠 것이란 사실을 이미 알고 있었다. 사실 지난 삼 년 동안 그는 여가 시간에 순전히 친절한 마음에서 아이들을 가르쳤다. 플랜더스 부인이 그런 일을 부탁할 만한 사람이 그 이웃에 없었기도 했고 큰 아이들은 그녀 손을 벗어난 데다 학교에 갈 준비도 해야 했기 때문이다. 그 일은 보통 목사들이 함직한 일을 넘어서는 것으로, 차를 마신 뒤에 일부러 오거나 그가 끼워 넣을 수 있는 시간에 아이들을 그의 방으로 불렀다. 사실 담임 교구가 아주 넓어 플로이드 씨는 그에 앞서 그의 아버지가 그러했듯이 황무지에 몇 마일씩 떨어져 있는 오두막도 심방하고 그럴싸하진 않지만 대단한 학자이기도 했는데 말이다. 그녀는 꿈에도 그렇게 해주리라곤 생각지 못했다. 그럴 거라고 추측했어야 했나? 그는 대단한 학자일 뿐만 아니라 그녀보다 여덟 살이나 아래였다. 그녀는 그의 어머니를 알았다 — 늙은 플로이드 부인을. 그 댁에서 차도 마셨다. 바로 그날 저녁 플로이드 부인과 차를 마시고 돌아왔을 때 그녀는 현관에서 쪽지를 발견하고 아이들에 대한 이야기려니 생각하면서 레베카에게 생선을 건네려고 부엌으로 가면서 그 쪽지를 집어 들었다.

"플로이드 씨가 직접 갖고 오셨니, 그랬어? —치즈가 현관에 있는 꾸러미 안에 있을 거야—응, 현관에—" 그녀는 쪽지를 읽고 있었다. 아니었다, 그것은 아이들에 대한 것이 아니었다.

"그래, 내일 쓸 생선 완자에도 충분할 분량이지—아마 바룻 대령이—" 그녀는 '사랑'이라는 단어를 읽고 있었다. 그녀는 정원으로 들어가서 자신을 진정시키기 위해 호두나무에 기댄 채 읽었다. 가슴이 오르락내리락했다. 씨브룩이 그녀 앞에 생생하게 나타났다. 그녀는 머리를 가로저으며 노란 하늘을 배경으로 움직이고 있는 작은 이파리들을 눈물 사이로 바라보았다. 그때 거위 세 마리가 반은 달리면서 반은 나르면서 잔디를 가로질러 황급히 달아나고 있었다. 조니는 그들 뒤에서 막대기를 휘두르고 있었다.

플랜더스 부인은 분노로 얼굴을 붉혔다.

"몇 번이나 말해야 알아듣겠어?" 그녀는 소리쳤다. 그리고 그를 붙잡아 아이가 갖고 있는 막대기를 빼앗았다.

"다 도망갔잖아요!" 그는 소리쳤고 놓여나려고 애를 썼다.

"너는 너무 개구쟁이야. 똑같은 말을 천 번도 더 해야 돼. 다시는 거위를 쫓아다니면 안 돼!"라고 말하며 그녀는 손 안에 있는 플로이드 씨의 편지를 구겼고 조니를 꽉 잡고 거위를 과수원 안으로 몰아댔다.

"내가 어떻게 결혼을 생각한단 말이야!" 그녀는 과수원 문을 철사 줄로 묶으면서 씁쓸하게 스스로에게 말했다. 그날 밤, 아이들이 자러 갔을 때 플로이드 씨의 외모를 생각하면서 항상 빨강 머리 남자들은 좋아하지 않았다는 생각을 했다. 그러고는 일감을 밀어놓고 압지를 그녀 쪽으로 당기고는 플로이드 씨의 편지를 다시 읽었다. '사랑'이라는 단어에 이르자 가슴이 오르락내리락 했지만, 이번에는 그렇게 빠르지는 않았다. 조니가 거위를 쫓아다니는 걸 보면서 그녀보다 훨씬 젊은데다 좋은 사람이고 게다가 그런 학자이기도 한 플로이드 씨가 아니라도 어느 누구와도 결혼은 불가능하다는 사실을 알았던 것이다.

'친애하는 플로이드 씨,' 그녀는 썼다 — '치즈에 대해 말하는 걸 잊어버렸던가?' 펜을 내려놓으면서 그녀는 생각했다. 아니야, 치즈가 현관에 있다고 레베카에게 말했었지. '저는 정말 놀랐어요……' 그녀는 썼다.

그러나 플로이드 씨가 다음 날 아침 일찍 일어나 책상 위에 놓여 있는 편지를 봤을 때 그 편지는 '저는 정말 놀랐어요……'로 시작되는 것이 아니었다. 그것은 너무도 어머니 같고, 정중하고, 논리적 일관성이 없는 유감스럽다는 내용으로 그는 그 편지를 몇 년 동안 보관했다. 앤도버의 윔부시 양과 결혼을 한 뒤에도, 그 고장을 떠난 한참 뒤에도 그랬다. 그는 셰필드의 교구를 청했고 받아들여졌다. 그리고 아처와 제이콥, 존에게 작별 인사를 하라는 전갈을 보내고 아이들에게 그의 서재에서 무엇이든 기념이 될 것을 골라 가지라고 말했다. 아처는 너무 좋은 것을 골라 갖는 게 좋지 않다고 생각해서 종이 자르는 칼을 골랐다. 제이콥은 한 권으로 된 바이런의 작품을 택했다. 제대로 된 선택을 하기에는 너무 어린 존은 플로이드 씨의 새끼 고양이를 골랐다. 형들은 웃기는 선택이라고 생각했지만 플로이드 씨는 존을 높이 들어 올리고 "너하고 똑같은 털이 났지,"라고 말했다. 그러고 나서 해군 근위대(아처가 들어갈 것인)에 대해 이야기했고 럭비학교(제이콥이 갈)에 대해서도 이야기했다. 다음 날 그는 편지가 올려진 은

쟁반을 받았고 처음에는 셰필드로 가서 그곳에서 삼촌을 보러 와 있던 워부시 양을 만나 해크니로 갔다가 다음에는 담임 목사가 됐던 메어스필드 하우스로 갔으며 그리고 마지막으로 잘 알려진 연재물인 '성직자의 전기' 편집자가 되었다. 그는 아내와 딸과 함께 햄스테드로 은퇴해서 렉 오브 무톤 폰드에서 가끔 오리에게 먹이를 주는 모습이 목격되었다. 플랜더스 부인이 보낸 편지로 말할 것 같으면—얼마 전 그가 그 편지를 찾다가 못 찾았을 때 아내에게 치웠는지 물어보고 싶지는 않았다. 최근에 피커딜리에서 제이콥을 만났을 때 그는 금방 그를 알아보았다. 그러나 플로이드 씨는 제이콥이 너무도 훌륭한 젊은이로 자라 있어서 길거리에서 그를 불러 세우고 싶지 않았다.

"세상에," 플랜더스 부인은 앤드루 플로이드 목사, 등 여러 목사들이 메어스필드 하우스의 주임 목사를 지냈다는 『스카보로』와 『해로게이트 통신』을 읽으면서 "그 사람이 우리가 아는 바로 그 플로이드 씨가 틀림없어,"라고 말했다.

식탁 위에 가볍게 우울함이 내려앉았다. 제이콥이 잼을 바르고 있었다. 우편배달부는 레베카와 부엌에서 이야기를 하고 있었다. 열린 창문 옆에서 나붓거리고 있는 노란 꽃에 벌 한 마리가 잉잉거리고 있었다. 가엾은 플로이드 씨가 메어스필드 하우스의 주임 목사가 되는 사이, 말하자면 그들 모두는 살아 있었다.

플랜더스 부인은 일어나 벽난로 난로망 쪽으로 가서 토파즈 귀 뒤의 목덜미를 어루만졌다.

"가엾은 토파즈," 그녀가 말했다. (플로이드 씨의 새끼 고양이는 이제 아주 늙은 고양이가 되었고 귀 뒤에 작은 옴이 생겨 얼마

안 가 죽여야 할 형편이었다).

"가엾은 늙은 토파즈," 플랜더스 부인이 말했다. 고양이가 햇빛
에 몸을 쭉 뻗치자, 부인은 어떻게 고양이를 거세시켰는지, 또 붉
은 머리카락의 남자를 얼마나 싫어했는지를 생각하며 미소를 지
었다. 미소를 띠운 채로 그녀는 부엌으로 들어갔다.

제이콥이 꽤 지저분한 손수건을 꺼내 얼굴을 문질렀다. 그는
이 층에 있는 자신의 방으로 올라갔다.

사슴벌레는 천천히 죽는다(딱정벌레는 존이 수집하는 것이
다). 이틀이 지나도 다리가 아직 나긋나긋하다. 그러나 나비들은
죽어버린다. 썩은 계란에서 확 풍겨오는 냄새가 과수원을 가로질
러 돗즈힐 위로 세차게 날아오던 연노랑 구름무늬 나비들을 저
멀리 황무지 쪽으로 쫓았다. 이제 가시금작화 관목 뒤로 사라졌
던 나비는 다시 지글거리는 햇빛 속에서 허둥지둥 물러가고 있
었다. 표범나비 한 마리가 로마시대 병영 안에 있는 하얀 돌 위에
서 해를 쬐고 있었다. 계곡으로부터 교회의 종소리가 들려왔다.
스카보로에서는 모두가 로스트비프를 먹고 있었다. 제이콥이 집
에서 팔 마일이나 떨어진 클로버 들판에서 연노랑 구름무늬 나
비를 잡았던 그날이 바로 일요일이었기 때문이다.

레베카는 부엌에서 해골나방을 잡았다.

나비 상자에서 심한 장뇌 냄새가 났다.

장뇌 냄새와 섞여 있는 냄새는 틀림없는 해초의 냄새였다. 문
에는 황갈색의 찢어진 조각들이 매달려 있었다. 햇볕이 내리쬐고
있었다.

제이콥이 들고 있는 나방의 위쪽 날개에는 틀림없이 황갈색을
띤 강낭콩 모양의 점들이 찍혀 있었다. 그러나 줄무늬 나방에는

반달 모양이 없었다. 나무가 넘어져 쓰러지던 날 밤, 제이콥은 그 나비를 잡았다. 숲 속 깊은 곳에서 갑자기 일제 사격의 총성이 있었다. 밤늦게 그가 들어왔을 때 어머니는 제이콥을 강도로 오인했다. 아들 중에 유일하게 순종한 적이 없는 아이라고 어머니는 말했다.

곤충학자인 모리스[1]는 그것을 '습지나 늪지에서 발견되는 극지 곤충'이라고 불렀다. 그러나 모리스도 때로는 틀릴 때가 있다. 때때로 제이콥은 아주 가느다란 펜을 골라 책의 여백에 틀린 것을 고쳐놓았다.

바람이 없는 날이었는데도 나무가 넘어졌다. 그리고 땅바닥에 세워둔 등잔이 아직도 녹색으로 남아 있는 잎사귀들과 죽은 너도밤나무 잎을 비추고 있었다. 그곳은 마른 땅이었다. 두꺼비도 있었다. 그리고 붉은줄무늬나방이 불빛 둘레를 돌다가 번쩍하더니 사라졌다. 그 붉은줄무늬나방은 제이콥이 아무리 기다려도 다시 돌아오지 않았다. 제이콥이 풀밭을 가로질러 환히 불을 밝힌 방 안에서 꼿꼿이 앉아 혼자 카드놀이를 하는 어머니를 보았을 때는 밤 열두 시가 지나 있었다.

"너는 정말 나를 놀라게 하는구나!" 그녀가 소리쳤다. 그녀는 뭔가 끔찍한 일이 생긴 줄로 생각했다. 그리고 그는 아침 일찍 일어나야 하는 레베카의 잠을 깨운 것이다.

캄캄한 어둠에서 나와, 더운 방 안에, 불빛에 눈을 깜박이며 제이콥은 창백하게 서 있었다.

아니야, 그건 줄무늬나방일 리가 없었다.

잔디 깎는 기계에는 기름이 늘 제대로 쳐 있지 않았다. 바넷이 기계의 방향을 제이콥의 창문 밑으로 돌리자 기계는 삐걱삐걱

---

1   1810~1893, 자연사에 대한 유명한 책을 쓴 빅토리아 조의 자연사학자.

소리를 내며 덜컹덜컹 잔디를 가로질러 또다시 삐걱거리고 있었다.

이제 구름이 뒤덮였다.

그 뒤로 눈부시게 해가 나왔다.

햇빛은 마치 등자쇠 위에 눈알처럼 떨어졌다가, 갑자기, 그러나 아주 부드럽게 침대 위에 머물다가, 자명종 시계 위로, 열린 채 놓인 나비 상자 위로 떨어졌다. 연노랑 구름무늬 나비들은 황무지 위로 세차게 날아갔다. 자줏빛 클로버 위를 갈지자로 가로질러 갔다. 표범나비들이 울타리 관목을 따라 보란 듯이 날아다녔다. 블루스나비는 햇빛이 내리쬐는 잔디 위에 놓인 작은 뼈다귀 위에 자리를 잡고 앉았고, 작은 멋쟁이 나비와 공작나비는 매가 떨어뜨린 핏빛 내장 창자 위에서 잔치를 벌이고 있었다. 집에서 여러 마일 떨어진, 폐허 아래 산토끼 꽃 사이의 우묵한 곳에서 제이콥은 콤마나비를 찾아냈다. 그는 참나무 주위를 높이, 더 높이 선회하는 하얀 네발나비 한 마리를 보았지만 잡지는 못했다. 높은 지대에 혼자 사는 늙은 초가집 여인이, 매년 여름 그녀의 마당에 날아오는 자줏빛 나비 이야기를 그에게 해준 적이 있다. 이른 아침이면 가시금작화 숲에서 여우 새끼들이 장난을 한다고 했다. 새벽에 밖을 내다보면 항상 오소리 두 마리를 볼 수 있다고도 했다. 때로는 그것들이 서로 치고 받는 모양이 두 사내 녀석이 싸우는 것 같다고 말했다.

"너, 오늘 오후에는 멀리 가면 안 된다, 제이콥," 어머니가 문에 머리를 들이밀고 말했다. "대령님이 작별 인사하러 오실거야." 그날은 부활절 휴가의 마지막 날이었다.

수요일은 바풋 대령의 날이었다. 그는 멋진 푸른색 서지 양복을 차려입고, 고무 징이 박힌 지팡이를 들었다 ― 나라를 위해 복무하느라 그는 다리를 절었고 왼손 손가락 두 개가 없어졌다 ― 정확하게 오후 네 시에 깃대가 꽂혀 있는 자신의 집을 나섰다.

　세 시에 환자용 의자를 밀어주러 디킨스 씨가 바풋 부인을 방문했다.

　"옮겨주세요." 십오 분 동안 해안의 산책 길에 앉아 있은 후에 그녀가 디킨스 씨에게 말할 것이다. 그러고는 다시, "됐어요. 고마워요, 디킨스 씨." 첫 번째 명령에 따라 그는 해가 어디에 있는지 살필 것이고, 두 번째로는 가장 밝은 빛줄기 안에 의자를 놓을 것이다.

　자신도 이곳의 오랜 주민으로 제임스 코파드의 딸인 바풋 부인과 공통점이 많았다. 웨스트 스트리트와 브로드 스트리트가 만나는 곳에 있는 분수식 음수대는 빅토리아 여왕 즉위 오십 주년 기념 해에 시장을 했던 제임스 코파드의 기증물로, 코파드의 이름이 시의 급수 수레와 상점의 창문들에, 변호사 상담실 창문의 아연 블라인드 위에도 새겨져 있었다. 그러나 엘렌 바풋은 한 번도 수족관에 간 적이 없다(상어를 잡은 보어스 선장을 그녀가 아주 잘 알고 있는데도). 그녀는 결코 피에로를 볼 수도, 보드빌을 하는 제노 형제들이나 데이지 버드와 그 일행이 물개를 조련시켜 하는 공연을 볼 수 없기에 그런 광고판을 멘 남자들이 지나갈 때면 괜히 거드름을 피우며 슬쩍 곁눈질을 했다. 해안의 산책 길에 환자용 의자를 놓고 앉아 있는 엘렌 바풋은 갇혀 있는 사람이었다 ― 문명에 갇힌 수인 ― 시청이나 포목상들이나 수영장이나 기념관 등의 바닥에 그림자가 줄무늬를 만드는 햇살이 비치는 날이면 그녀의 감옥의 모든 창살은 해안의 산책 길을 가로질러 내려오기 때문이다. 그 역시 이곳의 오랜 주민이기도 한, 디킨스 씨는 그녀의 조금 뒤에 서서 파이프 담배를 피울 것이다. 부인은 그에게 몇 가지를 물어볼 것이다. 사람들이 누구인지, 존스 씨의 가게를 지금 운영하는 이가 누구인지, 그러고는 계절에 대해, 그게 무엇이었건 디킨스 부인이 그걸 했는지, 그녀의 입술에서 마른 비스킷 부스러기처럼 말이 흘러나왔다.

그녀가 눈을 감았다. 디킨스 씨가 방향을 바꾸었다. 그가 다가오는 것을 볼라치면, 끝이 혹 모양으로 된 목이 긴 검은 구두 한 짝이 다른 한 짝 앞에서 떨리고 흔들리며 움직이는 모습이고, 조끼와 바지 사이에 어두운 그림자가 져 있으며, 갑자기 굴대가 없어진 수레를 끌 수 없는 자신을 발견한 늙은 말처럼 불안하게 앞으로 몸을 구부리긴 해도, 남자로서 느끼는 감정까지 그를 저버린 것은 아니다. 그러나 디킨스 씨가 연기를 빨아들였다 다시 내뿜을 때면 남자로서의 감정을 그의 눈에서 감지할 수 있다. 그는 지금, 바풋 대령이 마운트 플레전트로 가고 있는 중이라는 생각을 하고 있다. 바풋 대령, 그의 주인이. 마구간 위에 작은 거처방이 있는 그의 집에서는, 창가에 앵무새가 있고, 딸들이 재봉틀 앞에 있으며 디킨스 부인은 류머티즘으로 몸을 웅크리고 있다—집에서는 별로 쓸모가 없는 그가, 바풋 대령에게 고용되어 있다는 생각이 그를 지탱해주고 있었다. 바풋 부인의 앞에서 이야기를 하면서 대령이 플랜더스 부인을 만나러 가는 길을 그가 도와주고 있다고 생각하기를 즐겨 했다. 사내인 그가, 여자인 바풋 부인을 책임지고 있었다.

돌아서면서 그는 그녀가 로저스 부인과 이야기를 하고 있는 것을 보았다. 다시 돌아서자, 로저스 부인이 가고 있었다. 그래서 그는 다시 환자용 의자로 돌아왔고 바풋 부인은 시간을 물었다.

그는 커다란 은시계를 꺼내 마치 그가 시간이나 다른 모든 것을 그녀보다 훨씬 잘 안다는 듯이 아주 친절하게 시간을 말해주었다. 그러나 바풋 부인은 바풋 대령이 플랜더스 부인에게 가고 있는 중이라는 사실을 알고 있었다.

정말 그는 그곳에 거의 다 와 있었다. 전차를 내려 남동쪽으로 돗즈힐을 바라보니, 푸른 하늘을 배경으로 녹색 잎들이 지평선의 흙먼지 색으로 가득 채워져 있었다. 그는 언덕 위로 힘차게 행진했다. 절룩거리는 다리에도 불구하고 걸음걸이에는 어딘지 모를 군인다움이 느껴졌다. 목사관 대문을 나서던 자비스 부인이 그가 오는 것을 보았고, 뉴펀들랜드종 개인 네로가 천천히 꼬리를 이쪽저쪽으로 흔들었다.

"오, 바풋 대령님!" 자비스 부인이 소리쳤다

"좋은 날이죠, 자비스 부인." 대령이 말했다.

두 사람은 함께 걸어가 플랜더스 부인 집의 대문에 이르자, 바풋 대령은 그의 트위드 모자를 벗고 아주 정중하게 머리를 숙이고는 인사를 했다.

"좋은 하루 되십시오, 자비스 부인."

그러고 나서 자비스 부인은 혼자 걸어갔다.

그녀는 황무지를 걸으려고 마음먹었다. 그녀는 또다시 한밤중에 잔디밭을 왔다 갔다 했던가? 그녀는 또다시 서재 창을 가볍게 두들기며 소리쳤던가? "달을 좀 보세요, 달을 봐요, 허버트!"

그러면 허버트는 달을 보았다.

자비스 부인은 자신이 불행하다고 느낄 때면 황무지를 걸었다. 늘 더 먼 산등성이까지 가려고 생각은 하면서도 접시 모양의 공터가 있는 데까지만 갔다. 그녀는 그곳에 자리를 잡고 앉아 외투

아래 숨겨 온 작은 책을 꺼내 시 몇 줄을 읽다가 주변을 둘러본다. 그녀는 그다지 불행하지도 않고, 이미 마흔다섯이나 되었으니, 앞으로도 아마 그렇게까지 불행해지지는 않을 것이기에, 말하자면 절망적으로 불행해져서, 그녀가 때로 위협하듯이 그녀의 남편을 떠나 멀쩡한 남자의 일생을 망치는 일은 없을 것이라는 것을 잘 알고 있었다.

그래도 목사의 아내가 황무지를 헤매고 있는 것이, 어떤 위험을 수반하는지 말할 필요는 없을 것이다. 키가 작고, 얼굴이 검고, 불이 켜진 듯한 눈에, 모자에 꿩의 깃털을 단 자비스 부인은 황무지에 대한 그녀의 믿음을 잃는 쪽이 편한, 그런 여자이다―하느님과 일반적인 것을 뒤섞어 혼동하는―그렇지만 그녀는 그녀의 신앙을 잃지도 않고, 그녀의 남편을 떠나지도 않으며, 결코 시를 끝까지 읽지도 못하고, 황무지를 계속 걸어 다니며, 느릅나무 뒤에 걸린 달을 바라보며, 스카보로 저 위쪽의 풀밭에 앉아 감정에 젖는다…… 그래, 그래, 종달새가 날아오를 때, 양들이 한 걸음 아니면 두어 걸음 움직이면서 풀잎을 깎아 먹고 동시에 종을 짤랑거릴 때면, 산들바람이 처음에는 일다가, 사라지면서 뺨에 입을 맞출 때, 저 아래, 바다 위의 배들이 마치 보이지 않는 손에 이끌리듯 서로 가로질러 지나갈 때면, 대기 중에 멀리서 들리는 진동이나, 눈에 보이지는 않는 마부가 질주하는 소리가 났다가 그칠 때면, 지평선이 푸른색으로, 녹색으로, 감동적으로 헤엄칠 때면―자비스 부인은 한숨을 내쉬며 이렇게 생각한다. '누군가가 나에게 줄 수만 있다면…… 내가 누군가에게 줄 수 있다면……' 그러나 그녀는 자신이 무엇을 주고 싶어 하는지, 또 누가 그것을 그녀에게 줄 수 있는지는 알지 못한다.

"플랜더스 부인이 나가신 지 오 분밖에 안 됐어요, 대령님," 레베카가 말했다. 바풋 대령은 안락의자에 앉아 기다리기로 했다. 팔꿈치를 의자의 팔걸이에 내려놓고, 한 손을 다른 손 위에 올리고, 그의 저는 다리를 뻣뻣하게 쭉 뻗치고, 물미를 고무로 물린 지팡이를 옆에 놓고, 아주 가만히 앉아 있었다. 그에게는 무언지 경직된 게 느껴졌다. 생각을 하고 있는 걸까? 아마도 똑같은 생각을 하고 또 하고 있는 것 같았다. 그러나 그 생각들이 '좋은' 생각들일까, 흥미 있는 생각들일까? 그는 성깔이 있는 사람이었다. 강인하고 충직했다. 여자들은 그렇게 느낄 것이다. '여기 바로 법이 있군. 이게 질서야. 그래서 우리는 이분을 소중하게 생각해야 돼. 한밤중 상갑판에 서 있는 선장이시지.' 그러면서 그들은 그에게 그의 잔, 또는 다른 무엇이 되었건, 그것을 건네면서 선실에서 허둥지둥 쏟아져 나온 승객들로 가득한 재앙이나 난파의 환영을 마주치게 되고 거기에는 선원이 입는 짧은 상의의 단추를 채우고, 다른 어떤 것에 의해서도 결코 정복되지 않을, 폭풍우에 맞서는 대령을 떠올리게 되는 것이다. '그러나 나에게는 어떤 혼이 있어요,' 바풋 대령이 커다란 반다나 손수건으로 갑자기 코를 풀 때 자비스 부인은 생각했다. '남자의 어리석음이 원인이야, 그 폭풍우는 그만의 폭풍우가 아니라 나의 폭풍우이기도 하지……' 그렇게 자비스 부인은 대령이 그들을 보러 왔다가 허버트가 출타 중인 걸 알고 두 세 시간을 거의 말없이 안락의자에 앉아 있을라치면 혼자서 그렇게 생각했다. 그러나 베티 플랜더스는 그런 생각은 하지 않았다.

"오, 대령님," 거실로 급히 들어오며 플랜더스 부인이 말했다.

"바커네 일꾼을 뒤쫓아 가야 했거든요…… 레베카가 뭘 좀…… 제이콥이 무어라도……"

그녀는 몹시 숨이 찼다. 그러나 전혀 흥분하지 않은 채로, 기름 장수에게서 산 벽난로 솥을 내려놓았다. 그녀는 날씨가 덥다고 말하면서 창문을 활짝 더 열어젖히고, 책을 하나 집어 들어 표지를 똑바로 폈고, 아주 확신에 차서, 대령을 몹시 좋아했고 그보다 나이는 훨씬 젊었다. 정말, 푸른색 앞치마를 입고 있는 그녀는 서른다섯도 되어 보이지 않았다. 그는 족히 쉰 살은 넘었다.

그녀는 식탁 주변에서 손을 움직이고 있었다. 플랜더스 부인이 계속 이야기를 하고 있는 동안 대령은 그의 머리를 이쪽저쪽으로 주억거렸고 거의 소리를 내지 않은 채 아주 편안하게 있었다. ─ 이십 년이 지난 후에.

"그런데," 그가 마침내 말했다. "폴게이트 씨한테서 연락이 왔어요."

폴게이트 씨가 아이를 대학에 보내라고 충고하는 것보다 더 나은 일은 없을 거라는 말을 했다고 했다.

"플로이드 씨가 케임브리지에 있답니다…… 아닌가, 옥스퍼드인가…… 뭐 이것 아니면 저거겠죠," 플랜더스 부인이 말했다.

그녀는 창밖을 내다보았다. 작은 창문들과 정원의 초록색과 라일락이 그녀의 눈에 반영되고 있었다.

"아처는 아주 잘하고 있어요," 그녀가 말했다. "맥스웰 대령이 잘하고 있다는 통지를 보내셨어요."

"제이콥에게 보여줄 편지를 놓고 가겠소," 서툴게 그것을 봉투에 도로 넣으며 대령이 말했다.

"늘 하듯이 제이콥은 나비 뒤꽁무니만 쫓고 있어요," 플랜더스 부인이 짜증스럽게 말했다. 그러나 갑자기 다음 생각이 떠올랐는지 "물론, 크리켓이 이번 주에 시작돼요,"라고 말했다.

"에드워드 젠킨슨이 사직서를 냈다오," 바풋 대령이 말했다.

"그러시면 시의원에 입후보하실 건가요?" 대령의 얼굴을 정면으로 쳐다보면서 플랜더스 부인이 말했다.

"글쎄, 그 점에 관해서는," 바풋 대령은 의자에 좀 더 깊숙이 앉으면서 말을 시작했다.

제이콥 플랜더스는 그래서 1906년 시월에 케임브리지에 가게 되었다.

제3장

"여기는 끽연칸이 아니에요." 노먼 부인은 문이 활짝 열리며 강건한 체격의 젊은이가 뛰어 들어오자, 신경질적으로, 그러나 아주 무기력하게 항의했다. 그는 부인의 말을 듣지 못한 것 같았다. 기차는 케임브리지에 닿기 전까지 멈추는 데가 없었고 이제 부인은 여기 이 기차칸에 그 젊은이와 단 둘이 갇히게 되었다.

그녀는 화장 케이스의 걸쇠를 만지고 향수병과 무디의 순환도서관[1]에서 빌린 소설책이 둘 다 가까이 있는지 확인했다. (젊은이는 그녀에게 등을 돌리고 서서 가방을 선반에 올려놓고 있었다). 그녀는 오른손으로 향수병을 던지리라 작정하고 왼손으로는 열차 내의 비상 신호 줄을 당기리라 마음먹었다. 그녀는 쉰살로 대학에 가는 아들을 두었다. 그럼에도 남자들이란 위험한 존재라는 것은 틀림없는 사실이었다. 그녀는 신문의 한쪽 칼럼을 반쯤 읽었다. 그러고는 겉모습이라는 신뢰할 수 있는 방법으로 안전한 사람인지 그렇지 않은 사람인지를 결정할 작정으로 신문

---

1 1842년에 만들어진 런던의 책 대여점으로 3000마일에 이르는 영국의 전 철도 노선에서도 이용이 가능해 소설의 확산에 크게 기여했다고 함.

끄트머리 너머로 그를 몰래 훔쳐보았다. 그녀는 그에게 자신이 보는 신문을 보라고 하고 싶었다. 그러나 요새 젊은이들이 『모닝 포스트』를 읽을까? 그녀는 그가 읽고 있는 게 무언지 보았다. 『데일리 텔레그래프』였다.

양말(흘러내린)과, 타이(꾀죄죄한)를 눈여겨보면서, 그녀는 다시 한 번 그의 얼굴을 살폈다. 그녀는 입을 유심히 보았다. 입술을 다물고 있었다. 글을 읽고 있어서 눈은 아래쪽을 향해 있었다. 모든 것이 단호했다, 그러면서도 젊음이 넘치고, 무심하고, 아무것도 의식하지 않고 있었―사람을 압도하기라도 할 것처럼! 아니야, 아니야, 아냐! 이제 약간 미소를 띤 채로 그녀는 창밖을 내다보다가 다시 그를 보았으나 그는 자신에게 주의를 기울이지 않았다. 진중하고, 아무 생각 없이…… 이제 그는 그녀를 지나쳐 위쪽을 바라보았다…… 나이 든 여자와 단 둘이 있는 것이 어쩐지 그에게는 어울리지 않는 것 같았다……

그러다가 그는 푸른색 눈을 바깥 풍경에 고정시켰다. 그가 자신의 존재를 실감하지 못하는 것 같다고 그녀는 생각했다. 그렇지만 여기가 끽연칸이 아니라는 건 전혀 그녀 잘못이 아니었다―만일 그가 속으로 생각하는 게 그것이라면 말이다.

아무도 그를 그의 존재 자체로 보지 않는다. 나이 든 부인과 같은 기차칸에 앉아 있다는 사실 말고는. 사람들은 전체를 본다―사람들은 모든 것을 다 본다―그들은 자신들을 본다…… 노먼 부인은 노리스 씨의 소설 세 페이지를 읽었다. 그 젊은이에게 그녀는 이렇게 말해야 될까? (사실 그는 그녀의 아들과 같은 나이다) '담배를 피우고 싶다면 나는 개의치 마세요.' 아니야. 그는 완전히 그녀의 존재에 무관심한 것 같았다…… 그녀는 끼어들고 싶지 않았다.

그녀의 나이에도 젊은이의 무심함을 알아채고, 아마도 그가 어떤 면으로는 — 최소한 그녀에게는 — 자신의 아들처럼 멋있고 잘생긴, 재미있고 뛰어난 체격 좋은 청년이거니 했다. 우리는 그녀가 알려준 것만으로 최선을 다하는 수밖에 없다. 어떻든 이 모습이 나이 열아홉의 제이콥 플랜더스이다. 사람에 대해 한 마디로 규정해보려는 것은 부질없는 짓이다. 정확하게 이런 말을 했다거나, 저런 행동을 했다는 등의 것을 따르기보다는 그냥 넌지시 알아챌 수밖에 없다 — 예를 들어서, 기차가 역에 들어왔을 때, 플랜더스 군은 문을 활짝 열고, 부인을 위해 그녀의 화장 케이스를 내리고서는 말한다기보다는 이렇게 중얼거린다: "제가 해드리겠습니다." 아주 수줍게; 실제로 그는 그런 일에 서툴렀다.

　"누군지……" 부인은 아들을 만나면서 말했다; 그러나 승강장에 사람이 너무 많은 데다 제이콥이 이미 사라지고 없어 그녀는 말을 끝내지 못했다. 여기가 케임브리지고, 그녀가 주말을 여기서 지낼 테고, 거리에서나 둥근 탁자에서나 하루 종일 젊은이들 말고는 달리 보는 게 없어 그녀와 같은 기차를 탔던 젊은이의 모습은 완전히 마음속에서 빠져나가버렸다. 마치 어린아이가 떨어뜨린 구부러진 핀이 물속의 소원을 비는 소용돌이에 떨어져 영원히 사라져버리는 것처럼.

　하늘은 어디에서나 똑같다고 사람들은 말한다. 여행객들, 난파를 당한 사람들, 망명자들, 그리고 죽어가는 사람들은 그 생각에서 위안을 끌어낸다. 만일 당신이 신비주의적 경향이 있다면, 의심할 여지없이 위로나 심지어 어떤 설명조차도 멀쩡한 하늘에서 쏟아져내린다. 그러나 케임브리지 위의 하늘 — 어떻든 킹스 칼리지 교회의 지붕 위에 있는 하늘—은 다른 점이 있다. 바다에서 보면 거대한 도시는 밤에 밝은 빛을 던진다. 킹스 칼리지 교회의 갈라진 틈으로 보이는 하늘은 다른 어느 곳의 하늘보다 더 밝고 더 엷으면서 더 반짝인다고 생각하는 건 환상일까? 케임브리지는 밤에만 타오르는 게 아니라 낮에도 타는 것일까?

보라구, 그들이 예배를 하러 교회 안으로 지나갈 때면, 마치 그 안에 단단한 고형의 육체가 없는 것처럼 가운이 바람에 경쾌하게 날린다. 비록 커다란 구두들이 가운 아래서 행진을 하고 있어도, 그 조각 같은 얼굴들, 그 확실성, 신의로 통제된 권위는 뭐란 말인가. 얼마나 정연한 행진을 하는지. 굵은 밀랍 양초가 곧게 서 있고; 하얀 가운을 입은 젊은이들이 일어난다. 독서대 밑에는 독수리가 거대한 하얀 책의 무게를 받치고 있다.

경사진 빛의 면이 정확하게 각각의 창으로 들어와 확산된 먼지 속에서도 자주와 노랑으로 빛나고, 돌 위에 부서져 돌은 붉게, 노랗게 그리고 자줏빛으로 부드러운 색칠이 된다. 눈이 오거나 푸른 잎이 나거나, 겨울이거나 여름이거나 오래된 스테인드글라스에는 힘을 발휘하지 못한다. 등잔의 옆면들이 불꽃을 보호해 어떤 거친 밤에도 불꽃이 곧게 타오를 수 있듯이 곧게 엄숙하게 타올라 나무등치를 비춘다. 그렇게 교회 안은 모든 것이 정연하다. 엄숙하게 목소리가 울린다. 분별 있게 오르간이 화답을 한다. 마치 모든 요소로부터 동의를 얻어 인간의 신앙을 지지하는 것처럼. 하얀 옷을 입은 형체들이 이쪽에서 저쪽으로 가로지른다. 모두 아주 정연하게 계단을 오르고 내려온다.

······만일 당신이 등잔을 나무 아래 놓아두면 숲에 있는 모든 벌레들이 그쪽으로 기어 온다—기이한 집합으로, 기어오르고 매달리고 머리를 유리에 부딪치며 그것들은 아무 목적이 없어 보여

도―무언지 무분별한 것이 그들을 이끈다. 그들이 등잔 주위를 천천히 선회하거나 마치 들어가게 허락을 해달라는 듯이 맹목적으로 머리를 부딪는 걸 지켜보는 것이 싫증났을 때 가장 멍청해 보이는 커다란 두꺼비가 다른 것들을 밀치며 기어 온다. 아, 그런데 저게 무어지? 권총을 쏘는 끔찍한 소리가 울려퍼진다. 무언가가 예리하게 소리를 내며 부러진다. 여파가 퍼져나간다―침묵이 부드럽게 소리 위를 핥는다. 나무―나무 한 그루가 넘어졌다. 숲속에서의 어떤 죽음. 그리고 나면 나무 사이의 바람 소리는 우울하게 들린다.

　그러나 이 킹스 칼리지 교회의 예배―왜 여자들을 예배에 참석시키지? 분명히, 만일 마음이 산란하면 (제이콥은 유난히 멍해 보이는 데다 머리는 뒤로 젖혀져 있고 찬송가는 다른 쪽이 펼쳐져 있었다), 만일 마음이 산란하다면, 그건 바로 여러 모자 가게의 모자와 색색의 드레스를 걸어놓은 옷장들이 의자의 앉는 부분을 골풀로 만든 교회의자 위에 진열돼 있기 때문이다. 아무리 우리 머리와 몸이 충분한 신앙심이 있더라도 사람이란 무릇 개성이란 것이 있기 마련이다―어떤 사람은 푸른색을 좋아하고, 또 어떤 사람은 갈색을 좋아한다. 어떤 이는 깃털을 달고, 또 어떤 이는 팬지와 물망초를 장식한다. 아무도 교회에 개를 데리고 올 생각은 하지 않는다. 개가 자갈길에서는 아무렇지도 않고 꽃도 망가뜨리지 않지만, 교회 통로를 어슬렁거리거나 두리번거리며 발을 치켜들고, 배변을 목적으로 기둥 쪽으로 다가오면, 두려움으로 피가 얼어붙을 것이고(당신이 신도 중의 한 사람이고―혼자 앉아 있다면, 부끄러움 같은 것은 문제도 안 된다), 개 한 마리가 예배를 완전히 망치는 것이다. 여기 앉은 이 여자들도 마찬가지다―비록 한 사람, 한 사람은 신앙심이 깊고, 특징이 있고, 그들 남편의 신학이나 수학, 라틴과 그리스어 실력에 의해 보증을 받았더라도 말이다. 왜 그런지는 하느님만이 아실 일이다. 우선 첫째로, 제이콥은 생각했다. 여자들은 죄만큼이나 추악하다.

이제 스치는 소리와 중얼거림이 들린다. 그는 티미 듀란트의 눈과 마주쳤다. 그리고 아주 근엄하게 그를 바라보았다. 그러고는 아주 엄숙하게 눈을 찡긋했다.

거튼으로 가는 길 위에 있는 그 빌라는 '웨이블리'라고 불렸다. 플러머 씨가 월터 스코트를 좋아한다거나, 이름을 하나 선택을 해야 돼서가 아니라, 학부생들을 재미있게 해주기 위해서는 이름이 있는 게 유용하므로, 그래서 그들이 일요일 날 점심 때에 네 번째 재학생을 기다리고 앉아 있으면서 문 위에 새긴 이름에 대해 이야기를 했던 것이다.

"참 속상하네요," 플러머 부인이 충동적으로 끼어들었다. "플랜더스 씨 아는 사람 있어요?"

듀란트는 그를 알고 있었다. 그래서 살짝 얼굴을 붉히면서, 분명히 무슨 일이 있어 그럴 거라고 어색하게 말했다—말을 하는 동안 플러머 씨를 바라보면서 바지의 오른쪽 다리를 획 끌어당겼다. 플러머 씨는 일어나서 벽난로 앞에 섰다. 플러머 부인은 솔직하고 다정한 친구처럼 웃었다. 말하자면, 오월의 정원이 한기가 도는 불모에 시달리고 있고, 바로 그 순간 구름 한 조각이 해를 가로질러 가기로 택한, 이 장면, 이 배경, 이 전망보다 더 끔찍한 일은 상상할 수가 없었다. 물론, 정원은 있었다. 모두가 같은 순간에 그곳을 바라보았다. 구름 때문에 잎사귀들은 회색으로 물결쳤고, 참새들이—참새가 두 마리 있었다.

"내 생각에는," 플러머 부인이 순간적인 휴지 상태의 이점을 활용해, 젊은이들이 정원을 바라다보고 있는 동안, 남편을 쳐다보자, 남편은 그 행동에 대한 책임을 완전히 수용하지 않으면서도 벨을 눌렀다.

양고기를 자르면서 플러머 씨에게 떠오른 생각을 제외하고는, 삶의 한 시간을 이렇게 분개하며 보내는 데에는 변명의 여지가 없다. 그 생각이란, 즉 만일 일요일이 지나가고 또 다른 일요일이 지나가는데, 어떤 지도 교수도 점심 초대 파티를 하지 않는다면, 이 학생들이 졸업하고 나면 법관이나 의사나 국회의원이나 사업가가 될 텐데—만일에 어떤 지도 교수도 점심 초대 파티를 하지 않는다면 하는 것이었다.

"이보게, 양고기가 박하 소스를 만든 걸까, 아니면 박하 소스가 양고기를 만든 걸까?" 그가 이미 오 분 하고도 삼십 초나 지속된 침묵을 깨트리기 위해 옆에 앉은 젊은이에게 물었다.

"모르겠습니다, 선생님," 그 젊은이가 선명하게 얼굴을 붉히면서 말했다. 바로 그 순간에 플랜더스가 들어왔다. 그는 시간을 잘못 알았던 것이다.

이제, 학생들이 고기 먹는 걸 다 끝냈지만 플러머 부인은 양배추를 한 번 더 가져왔다. 제이콥은 당연히 그녀가 양배추를 먹을 동안 고기를 다 먹으리라 마음을 먹었다. 자신의 먹는 속도를 맞추느라 한두 번 올려다보았지만 그는 지독하게 배가 고프기도 했던 것이다. 이걸 보고는, 플러머 부인은 플랜더스 씨가 개의치 않을 줄로 확신한다면서—타르트를 가져오게 했다. 기이한 방식의 고갯짓으로 그녀는 하녀가 플랜더스 씨에게 양고기를 더 가져다주게 했다. 그녀는 가져 온 양고기를 홀끗 쳐다보았다. 점심 식사에 양 다리 고기가 많이 남아 있을 리가 없었다.

이건 그녀의 잘못이 아니었다—어떻게 자신의 아버지가 사십 년 전 맨체스터 교외에서 그녀를 배게 하는 것을 조종할 수 있단 말인가? 그리고 일단 잉태가 됐으면, 인색하고 야심만만하게 자라나서, 본능적으로 정확하게 사다리의 가로장에 대한 관념과 개미 같은 근면성을 가지고 조지 플러머를 그녀 앞에 세우고 사다리 꼭대기로 밀어 올리는 것 말고 그녀가 할 수 있는 게 무엇이란 말인가? 사다리의 꼭대기에는 무엇이 있는가? 명백히 모든 가로장이 그녀 아래에 있다는 느낌; 조지 플러머가 물리학 교수가 됐을 때쯤에는, 아니면 그게 다른 무엇이라도, 플러머 부인은 이제 그녀의 탁월함에 꽉 매달려야 하는 조건 속에서 아래에 있는 땅을 내려다보며 평범한 두 딸을 사다리의 가로장을 타고 오르도록 몰아대는 수밖에 없었다.

"어제, 경마에 갔었어요, 두 딸아이들 하고요," 그녀가 말했다.

두 딸들에게도 잘못은 없었다. 그들이 하얀 프록에 푸른색의 장식 띠를 두르고 거실로 들어왔다. 그들은 담배를 돌렸다. 로다는 아버지의 차가운 회색 눈을 물려받았다. 조지 플러머도 차가운 회색 눈이었지만 그의 눈에는 어떤 추상적인 빛이 있었다. 그는 페르시아와 무역풍, 선거법 개정 법안과 수확의 주기에 대해 이야기할 수 있었다. 그의 서가에는 H. G. 웰스와 버나드 쇼의 책이 있었다. 탁자 위에는 진흙 묻은 장화에 창백한 안색의 사람들이 쓴 심각한 내용의 하찮은 주간지가 놓여 있었다—매주, 두뇌의 삐걱거리는 소리와 비명을 찬물에 헹궈 비틀어 짜서 말려 내놓은—우울한 잡지들.

"두 가지 잡지를 다 읽어보지 않고서는 진실에 대해 안다는 느낌이 안 들어요!" 반지가 영 어울리지 않는 붉은 맨손으로 잡지의 목차를 가볍게 두드리면서 플러머 부인이 밝게 말했다.

"맙소사, 맙소사, 맙소사!" 네 명의 재학생들이 그 집을 떠날 때 제이콥이 신음했다. "제발, 맙소사!"

"제기랄, 너무 싫어!" 라일락이나 자전거, 어느 것이든 자유로운 기분을 회복할 수 있는 것을 찾아 거리를 유심히 보며 그는 말했다.

"제기랄, 너무 싫다니까," 그는 점심시간에 그가 본 세계의 불편함을 요약하면서 티미 듀란트에게 말했다. 그 세계는 존재 가능하지만—그 점에 있어서는 의심의 여지가 없다—그러나 있다고 믿기에는 너무나 불필요한 것이었다—쇼와 웰스 그리고 심각한 6페니짜리 주간지들! 쓸모없고 황폐한 이 나이 든 사람들이 추구하는 게 무엇일까? 그들은 호머, 셰익스피어, 엘리자베스 시대 작가들을 한 번도 안 읽었단 말인가? 젊음과 자연스러운 경향에서 끌어낸 그의 기분과 그들의 것이 분명히 반대로 윤곽 지워진다는 것을 그는 알았다. 그 가련한 사람들은 이 빈약한 목적을 급조했던 것이다. 그래도 그에게는 일말의 연민이 있었다. 그 가없은 어린 여자애들에 대해.

기분이 상한 정도는 그가 이미 흥분이 되어 있는 것으로 증명이 되었다. 그는 무례하고 경험이 없었지만, 그래도 붉고 노란 불길을 배경으로 스카이라인으로 드러나는 벽돌집이 있는 교외, 엉성한 집들, 규율이 있는 장소들이 존재하는 이 도시들을 나이 든 족속들이 건설했다는 사실은 믿었다. 그는 감수성이 있었다. 그러나 그 단어는 성냥불을 켜기 위해 손을 가리는 그의 침착성과 모순이 되는 것이었다. 그는 내실이 있는 젊은이였다.

그러나, 학부생이거나, 가게의 점원이거나, 남자거나, 여자거나, 스무 살의 나이에는 연장자들의 세계는 틀림없이 충격으로 다가올 것이다. 우리가 존재하는 곳에, 우리의 현실에, 황무지와 바이런에, 바다와 등대에, 노란 이빨이 있는 양의 턱뼈에, '나는 나야, 그리고 나는 내가 되고자 하는 바로 그거야,'라며 고집스레 견딜 수 없이 동의하지 않게 만드는 젊음의 억누를 수 없는 확신에 연장자들의 세계는 검은 윤곽을 둘러치는 세계인 것이다. 그러나 그 젊음의 확신은 제이콥이 스스로 만들지 않으면 이 세상에서 형체가 없는 것이었다. 플러머 부부는 제이콥이 그 확신을 만드는 걸 방해할 것이다. 웰스나, 쇼 그리고 심각한 6페니짜리 주간지들이 그 확신의 머리 위에 올라앉을 것이다. 매번 일요일에 밖에서 점심을 먹을 때마다—식사 모임이나, 차 모임에서—이 똑같은 충격,—두려움—불편함—그러고는 즐거움이 있었다. 그는 강가를 걸어가며 매 발걸음마다, 모든 방향에서 어떤 확신, 어떤 안정된 확실성을 끌어낼 수 있었기 때문이었다. 나무가 머리를 숙이고, 회색 첨탑이 푸른 하늘에 부드럽게 솟아 있고, 목소리가 울리며 들리다가 대기 중에 멈추어 서기도 하고, 오월의 경쾌한 대기, 입자들로 가득한 탄력 있는 대기—밤꽃, 꽃가루, 나무를 어스름하게 만들고, 새싹에 나무의 진이 나고, 녹색을 휘바른, 그것이 무엇이 되었건 오월의 대기에 힘을 실어주는 것들이 있기 때문이었다. 그러고는 강물 역시 흘러갔다. 넘치지는 않고 너무 빠르지도 않게, 그러나 물에 잠긴 노를 넌덜 나게 하며, 칼날 같은 노의 끝에서 하얀 포말을 떨어지게 하며, 마치 아낌없이 애무하듯, 초록으로 헤엄치며 깊이 구비치며 세차게 흘러갔다.

그들이 보트를 매어둔 곳의 나무들이 물속으로 쏟아져 내리면서 나무 꼭대기의 잎사귀들이 잔물결에 끌렸고, 물에 비친 잎사귀들이 만든 초록의 쐐기 모양이 실제 잎사귀들이 움직일 때마다 잎사귀 넓이만큼 따라 움직였다. 이제 바람이 몸을 떨며 지나갔다. 곧바로 하늘 한 귀퉁이가 드러났다. 듀란트가 체리를 먹으면서 덜 자란 노란 체리를 잎사귀들의 초록 쐐기 속으로 떨어뜨리자, 그 줄기가 물속을 들락거리며 반짝였다. 때로 반쯤 베어 먹은 체리가 초록 속으로 붉게 가라앉았다. 제이콥이 뒤로 드러눕자, 풀밭이 그의 눈높이로 들어왔다. 황금빛의 미나리아재비로 뒤덮여 있는 풀밭은, 비석을 잠기게 하는 무덤가의 엷은 초록 물결 같은 풀잎처럼 출렁이지 않고 그냥 윤기 나고 빽빽하게 서 있었다. 올려다보고 뒤돌아보고, 제이콥은 풀밭에 푹 싸인 아이들의 다리와 암소의 다리들을 보았다. 우둑우둑 먹는 소리도 들었다. 그러다가는 풀밭을 가로지르는 짧은 발소리. 그리고 다시 우둑, 우둑, 우둑 뿌리 가까이까지 풀을 뜯어 먹는 소리. 그의 앞에는 하얀 나비 두 마리가 느릅나무 주위로 높이높이 선회하고 있었다.

'제이콥은 딴생각을 하고 있군,' 듀란트는 소설에서 눈을 들어 바라보면서 생각했다. 그는 계속 몇 페이지를 읽다 눈을 들어 바라보는 동작을 신기하게 기술적으로 하면서 그때마다 봉지에서 체리를 몇 개 꺼내서는 아무 생각 없이 먹었다. 이제 배들이 꽤 많이 정박해 있어 다른 배들이 서로를 피하기 위해 이쪽 옆에서 저쪽 옆으로 역류를 가로질러 그들을 지나갔다. 하얀 드레스를 입은 사람들이 보였다. 그것이 나무와 나무 사이의 대기 기둥에 홈집을 낸 것 같았고 그 주위로 가느다란 실 모양의 푸른 기운이 휘감겨 있었다. 밀러 부인의 피크닉 파티였다. 아직도 계속 배들이 들어왔고, 듀란트는 일어나지 않은 채 배를 둑 가까이로 밀었다.

"오―오―오―," 배가 흔들리자 제이콥이 신음 소리를 냈고 나무들이 흔들렸으며 하얀 드레스들과 하얀 플란넬 바지들이 길게 끌리며 둑 위에서 너울거렸다.

"오ㅡ오ㅡ오ㅡ!" 그는 일어나 앉았다. 그리고 마치 낭창낭창한 채찍 같은 것이 그의 얼굴에 달려든 것 같은 느낌을 받았다.

*

"저 사람들은 어머니 친구들이야," 듀란트가 말했다. "그러니 보우 영감이 배 때문에 진탕 고생을 했지."

그 배는 팔머스에서 세인트 이브스 만까지 전 해안을 돌았다. 더 큰 배인 십 톤이나 되는 요트가 유월 이십 일경, 필요한 물건을 다 준비했다고 듀란트가 말했다.

"돈이 좀 궁한데," 제이콥이 말했다.

"우리 집에서 어떻게 해줄 수 있을 거야," (작고한 은행가의 아들인) 듀란트가 말했다.

"나는 경제적 독립은 지키고 싶단 말이야," 제이콥이 뻣뻣하게 말했다. (그는 흥분해 있었다.)

"어머니가 해로게이트로 간다는 것 같아," 그는 편지가 들어 있는 호주머니를 만지면서 약간 성가신 듯 말했다.

"너희 외삼촌이 마호메트 교도가 됐다는 게 사실이야?" 티미 듀란트가 물었다.

제이콥은 어젯밤, 듀란트의 방에서 모티 삼촌의 이야기를 했었다.

"만일 사실이 알려지면, 삼촌은 온갖 소문의 밥이 되고 말 걸," 제이콥이 말했다. "젠장, 듀란트, 하나도 안 남았잖아!" 체리가 들어 있던 봉지를 구겨 강물에 던져버리면서 그가 소리쳤다. 강에 봉지를 던지면서 섬에서 레이디 밀러의 피크닉 파티가 진행되는 것을 보았다.

어떤 거북스러움, 심술, 침울함이 그의 눈에 나타났다.

"우리 옮겨갈까…… 이 불쾌한 떼거지들……" 그가 말했다.

그래서 그들은 섬을 지나 위쪽으로 갔다.

깃털 같은 하얀 달이 하늘을 어두워지게 버려두지 않았다. 밤새도록 녹색 천지에 밤꽃들이 하얗게 피어 있었다. 희미하게 보이는 것은 목초지에 핀 카우 파슬리였다.

그레이트 코트에서 들리는 덜거덕거리는 소리로 미루어, 트리니티 칼리지에서 일하는 웨이터들은 사기 접시를 카드 섞듯 하는 것이 분명하다. 제이콥의 방은 네빌스 코트의 꼭대기 층에 있었다. 그래서 그의 문앞까지 가려면 숨이 턱에 찼다. 그러나 그는 방에 없었다. 아마 식당에서 식사 중인가보았다. 네빌스 코트는 자정이 되기 훨씬 전부터 아주 캄캄해질 것이다. 반대편 기둥들과 보도만이 하얗게 보일 것이다. 엷은 녹지 위의 문이 마치 레이스처럼 보이는 신기한 효과를 낼 터이고 창 안에서도 접시들의 부딪는 소리를 들을 수 있었다. 저녁을 먹는 사람들의 윙윙거리는 이야기 소리도 들을 수 있었다. 식당에는 불이 켜져 있었고 앞뒤로 열리는 문이 부드럽게 쿵 소리를 내며 여닫히고 있었다. 늦게 오는 사람들도 있었다.

제이콥의 방에는 둥근 탁자 하나와 낮은 의자가 두 개 있었다. 벽난로 위에 있는 꽃병에는 노란 깃발들이 꽂혀 있고, 어머니의 사진이 하나. 반달 모양이 부조된 것, 문장이 그려진 것, 머리글자들을 새겨놓은 것 등의 사교 모임의 명함들. 쪽지들과 파이프들. 탁자 위에는 붉은 여백에 줄을 쳐놓은 ─ 틀림없이 에세이겠지 ─

종이가 놓여 있었다. '역사는 위인들의 전기로 이루어져 있는가?'
책은 꽤 많았다. 프랑스 책은 거의 없었다. 그러나, 그렇다면, 누군
가의 가치는, 기분이 내킬 때, 무지막지한 열정을 가지고 자신이
좋아하는 것을 읽는 것으로 드러나는 것이다. 예를 들면 웰링턴
공작의 생애, 스피노자, 디킨스의 작품들, 『선녀 여왕*Faery Queen*』,[2]
책갈피 사이에 비단처럼 눌러놓은 양귀비 꽃잎이 있는 그리스
어 사전, 그리고 모든 엘리자베스 시대의 작가들. 그의 실내화는
물가에서 타버린 보트처럼 믿을 수 없이 누추했다. 그러고는 그
리스에서 온 사진들, 조슈아 경의 명암이 잘 나타나는 동판화 하
나―모두가 아주 영국적이었다. 제인 오스틴의 작품들도 있었
다. 아마도 다른 누군가에 대한 경의의 표시로. 칼라일의 작품은
상으로 받은 것이었다. 르네상스 이탈리아 화가들에 대한 책들,
『말의 질병에 대한 지침서』 그러고는 일상적인 교과서들. 빈 방
의 바람은 무심한 듯 커튼을 부풀리고, 꽃병 속의 꽃들을 움직이
게 한다. 아무도 거기 앉지 않았는데도 고리버들 세공 의자의 고
리 하나가 삐걱 소리를 낸다.

약간 옆 걸음으로 계단을 내려와서 (제이콥은 창 쪽에 앉아 듀
란트에게 이야기를 하고 있었다. 그는 담배를 물고 있었고 듀란
트는 지도를 보고 있었다) 노인은 뒷짐을 지고, 검은 가운을 바람
에 펄럭이면서, 비틀걸음으로 불안정하게 벽 쪽에 붙어서 걸었
다. 그러고는 다시 위층으로 올라가 자신의 방으로 들어갔다. 또
한 사람은 손을 들어 올려 기둥과 대문과 하늘을 찬양했다. 또 다

2   1590년에서 1609년 사이에 에드먼드 스펜서Edmund Spenser가 써서 발간한 긴 서사시
    로 엘리자베스 1세의 치적을 찬양한 것으로 읽힘.

른 어떤 사람은 걸려 넘어지고서는 점잔을 뺐다. 각각 모두 계단을 올라간다. 어두운 창문 세 곳에 불이 밝혀져 있었다.

만일 케임브리지 위에 불빛이 타고 있다면, 그것은 바로 이 세 곳의 방에서 타고 있음이 분명하다. 그리스어의 불빛이 여기서 타고, 과학이 저기서 탄다. 일 층에서는 철학의 불빛이 탄다. 가엾은 헉스터블 노인은 똑바로 걸을 수가 없다 ─ 숍워드 역시, 하늘과 밤을 지난 이십여 년 동안 찬양했다 그리고 코완은 아직도 똑같은 이야기에 낄낄대고 웃는다. 학문의 등불은 그다지 단순하지도, 순수하지도, 또 전적으로 화려하지도 않다. 만일 당신이 그 사람들을 그곳의 불빛 아래(벽에 로제티가 걸린 곳이었건, 아니면 반 고흐의 복제품이 길려 있건, 아니면 화병에 라일락이 꽂혀 있건, 녹슨 파이프가 있는 곳이건) 보게 되면 그들은 얼마나 사제 같아 보이는지 모른다! 얼마나, 마치 경치를 보러 간 교외에서 특별한 케이크를 먹은 것 같은지 모른다! '우리는 이 케이크의 유일한 조달자요.' 이제 당신은 런던으로 돌아간다, 대접이 끝났기 때문이다.

늙은 헉스터블 교수는 무슨 일이든 시계처럼 정연한 방식으로 한다. 옷을 갈아입고 의자에 자신을 앉힌다. 파이프에 담배를 채운다. 신문을 고른다. 발을 꼰다. 그러고는 안경을 꺼낸다. 그러자, 얼굴의 모든 살갗이 버팀대가 없어져버린 듯 주름으로 접혀진다. 그렇지만, 지하철 객차 한 칸에 앉아 있는 모든 사람들의 두뇌를 다 없애버려도 늙은 헉스터블의 두뇌가 그 사람들 모두의 두뇌를 지탱해줄 것이다. 이제 그의 눈은 활자를 내려다본다. 그의 두뇌의 골마다 어떤 행진이 쿵쾅거리며 진행되는지 아무도 모른다. 정연하게, 빠른 보폭으로, 기운차게 행진은 이어진다. 신선한 수로를 따라, 모든 방, 모든 둥근 천장, 무어라고 불러도 상관없는 그곳이 생각으로 꽉 찰 때까지. 그렇게 온갖 생각을 끌어 모으는 일은 다른 어떤 두뇌에서도 일어나지 않는다. 그러나 때로는 그 자리에 그런 식으로 몇 시간을 앉아 있기도 하고, 무슨 저주인지 티눈이 격통을 주었는지, 아니면 통풍이 찾아왔는지 마치 좌초한 사람이 무언가를 꽉 붙들듯 의자의 팔걸이를 꽉 붙잡고 있기도 한다. 원, 세상에 그가 돈 이야기를 하는 걸 들어보면 가죽 지갑을 꺼내 작은 은전 하나까지도, 마치 농사짓는 할망구가 거짓말을 하며 비밀스레, 의심스레 돈을 챙기듯 하는 것이었다. 이럴 때의 그 이상한 마비와 위축이라니 — 경이로운 광경이 벌어지는 것이다. 크고 넓은 이마가 이 모든 것 위로 아주 평온하게 덮인다. 때로 그가 잠이 들어 있거나 또는 한밤의 조용함 속에 있을 때면 우리는 그가 죽음이라는 돌베개를 베고서도 승리에 찬 듯 당당하게 누워 있는 모습을 상상하게도 된다.

한편 숩위드는 벽난로 앞에서 이상하게 다리가 걸려 넘어질 듯 와서는 초콜릿 케이크를 조각조각으로 자른다. 자정이 될 때까지, 아니면 더 늦게까지 학생들이 그의 방에 머문다. 많을 때는 열두엇, 또 때로는 서너 명이. 학생들이 오거나 가거나 아무도 일어나지 않았다. 숩위드는 끊임없이 이야기를 했다. 하고, 하고 또 하고 — 마치 모든 것이 다 말로 표현될 수 있는 것처럼 — 영혼 자체가 얇은 은으로 된 원반처럼 그의 입술을 통해 흘러나왔다. 그리고 그것은 젊은이들의 마음속에 은처럼, 달빛처럼 용해되었다. 오, 훗날 멀리서 그것을 기억할 것이다. 깊은 울적함에 빠졌을 때 그들은 그때를 뒤돌아보고 자신을 새롭게 추스를 수 있을 것이다. "글쎄, 나는 절대 그렇게 안 해. 처키가 오는군. 여보게, 세상이 자네를 어떻게 취급하던가?" 그러자, 가엾은 불운한 시골뜨기 키 작은 처키가 들어왔다. 그의 원래 이름은 스탠하우스였다. 물론 솝위드는 다른 모든 것, 모든 것을 동원하여 원래 이야기로 되돌아갔다. '내가 절대 할 수 없는 건' — 그래, 그래도 다음 날, 신문을 사고, 일찍 기차를 잡아타면서, 그 모든 것이 유치하고 어처구니없어 보였지만. 초콜릿 케이크, 젊은이들, 솝위드는 사물을 요약한다; 아니다, 모두를 그렇게 하는 건 아니다. 그는 아들을 그리로 보낼 것이다. 그는 아들을 거기 보내기 위해서라면 한 푼이라도 절약할 것이다. 솝위드는 이야기를 계속한다. 젊은이들이 불쑥 뱉어놓은 어색한 말의 뻣뻣한 가닥들을 꼬아서, 밝은 부분이 돋보이게, 생생한 초록색으로, 예리한 가시가, 남성다움이 드러나도록 그것을 그 자신의 부드러운 화환으로 땋는다. 그는 그것을 사랑한다. 사실 솝위드에게는 어떤 말이라도 할 수 있다. 아마도 그가 아주 늙을 때까지, 아니면 깊이 묻혀 아래로 가라앉아 은으로 된 원반이 공허하게 울릴 때까지, 그리고 그 위에 새겨놓은 명각이 너무 단순해지고, 오래된 소인이 너무 순수해 보여도 그 각인은 늘 똑같을 것이다. 한 그리스 소년의 두상인양. 그래도 여전히 남자는 그것을 존중할 것이다. 여자는 그 사제를 꿰뚫어보고, 무심결에 그를 경멸할지도 모른다.

코완, 에라스무스 코완은 포도주를 혼자 홀짝거리거나, 아니면 정확하게 그와 똑같은 시간 범위의 기억을 갖고 있는 한 혈색 좋은 키 작은 남자와 함께 포도주를 홀짝거리면서 자신의 이야기를 해주고, 앞에 책을 펴놓지도 않은 채 마치 언어가 그의 입술에서는 포도주가 되는양 라틴과 버질, 그리고 카툴루스[3]를 억양을 붙여 읊조렸다. 단지 — 때로 사람들에게는 그런 생각이 떠오른

---

3 기원전 84년에서 54년까지 활동한 고대 로마의 시인.

다—시인이 걸어 들어오면 어떨까? 그리고 그 시인이 이 통통한 사나이를 가리키며 '이것이 나의 모습인가?'라며 물을지도 모른다. 그의 두뇌는, 아무튼, 우리들 사이에서 버질을 대표하는, 비록 그의 몸은 탐욕스럽게 버질의 시에 나오는 문장紋章을 찾아, 벌을 찾아 심지어 경작지까지 찾아, 그의 주머니에 프랑스 소설을 하나 넣고, 무릎에 덮개를 덮고 해외로 여행을 떠나지만, 다시 그의 자리에 그의 시구로 돌아온 것에 감사하면서, 버질의 이미지라는 안락한 작은 거울에, 트리니티의 모든 학감들의 좋은 이야기들로 빛을 내는, 포도주의 붉은 광채를 담아 들어 올린다. 그러나 언어가 그의 입술에서는 포도주다. 어느 곳에서도 그런 버질을 들을 수 없다. 벡스 쪽으로 산책을 할 때면 늙은 미스 엄펠비는 충분히 운율에 맞추어 또, 정확하게 버질을 노래한다. 그녀는 항상 클레어 다리에 이르면 이런 질문을 던진다. '만일 내가 그를 만났다면, 무슨 옷을 입었을까?'—그러고 나서 뉴넘을 향해 큰길로 접어들면서 그녀는 결코 활자로는 쓰인 적이 없는 남자들과 여자들의 만남의 자세한 내용에 대해 그녀의 상상이 나래를 펴도록 내버려둔다. 그래서인지 그녀의 강의를 듣는 사람은 코완의 반도 안 되고, 교재에 대해 그녀가 할 수도 있었던 설명들은 영원히 유보되고 말았다. 다시 말해, 가르침을 받는 사람의 모습으로 선생을 만나면, 거울은 깨어지게 마련이다. 그러나 코완은 포도주를 음미하고, 그의 고양된 감정은 지나가고, 더 이상 버질의 대변자가 아니다. 아니다. 그는 건설자이고, 사정관이며, 차라리 감독관이다; 이름 사이에 줄을 긋고 문 앞에 명단을 내건다. 바로 그런 것이 만일 빛날 수 있다면 불빛이 빛나야 하는 구조인 것이다. 이 모든 언어들의 빛, 중국어, 러시아어, 페르시아어, 아라비아어, 모든 기호와 숫자들, 역사, 알려진 것들과 앞으로 알려질 것들에 대한 빛. 그래서 만일 밤에, 파도가 휘몰아치는 바다에 멀리 나가 있다면, 그는 물 위의 어떤 안개, 불이 밝혀진 어떤 도시, 하늘에서 빛나는 어떤 순백의 것, 그들이 아직 식사를 하고 있거나 접시들을 닦고 있는 트리니티 홀 위에서 타오르는 빛을 보게 될 것이다—케임브리지의 빛을.

"시메온의 방에 들렀다 가자," 제이콥이 말했다. 그리고 그들은 지도를 둘둘 말았고 모든 걸 결정했다.

모든 빛들이 교정을 삥 둘러 흘러나와 자갈돌 위에도 쏟아지고 잔디의 어두운 부분과 외겹의 데이지 꽃들도 분간할 수 있게 했다. 젊은이들은 이제 그들의 방으로 돌아간다. 그들이 무엇을 하는지는 아무도 모른다. 저렇게 떨어지는 게 무어지? 거품이 이는 창문 밖 홈통에 몸을 숙이고 어떤 사람이 급히 지나가는 다른 사람을 불러 세운다. 그리고 그들은 위층으로 올라갔다가 아래로 내려간다. 교정에 어떤 가득함이 자리 잡을 때까지, 벌통이 벌들로 가득 찰 때까지, 벌들이 금빛으로 짙게, 나른해서 붕붕거리며 갑자기 소리를 내며 집으로 돌아올 때까지. 월광 소나타는 왈츠가 되어 화답한다.

월광 소나타가 울리며 퍼져나간다. 왈츠가 부서졌다. 젊은이들이 아직도 들락거리긴 했으나 그들은 마치 약속을 지키는 사람들처럼 걸었다. 어쩌다가, 무거운 가구 하나가, 저녁 식사 후의 예사로운 움직임이 아니라, 예상치 않게, 저절로 떨어진 것 같은 소리가 쿵하고 났다. 어떤 사람은 추측한다. 가구가 떨어졌을 때 젊은이들이 그들이 보던 책에서 눈길을 들었을 것이라고. 그들은 책을 읽고 있었나? 확실히 집중을 하고 있는 분위기였다. 회색 벽 뒤에 수많은 젊은이들이 앉아 있었다. 그들 중 몇은 틀림없이 책을 읽고 있었다. 잡지나 싸구려 소설임에 틀림없을 것이다. 다리를, 아마도 의자 팔걸이 위에 걸치고, 담배를 피우면서, 탁자 위에 손발을 쭉 펴고 눕다시피 한 자세로, 펜이 움직임에 따라 머리도 원을 그리며 같이 따라 움직이면서 — 단순한 젊은이들, 이들을 누가 — 그러나 그들이 늙어가는 것에 대해서는 생각할 필요가 없다. 어떤 이들은 단 것을 먹고 있다. 여기서는 주먹질을 한다. 그리고, 자, 호킨스 씨가 화가 난 게 분명한 것이 갑자기 창문을 휙 열어젖히더니 소리를 지른다. "조—셉! 조—셉!" 그러고는 교정을 가로질러 전속력으로 달린다. 한편, 녹색 앞치마를 두른 나이 든 남자 하나가 거대한 식기 세트 더미를 멈칫대다가, 균형을 잡으며 계속 옮기고 있었다. 그러나 이것은 주의를 잠시 다른 데로 돌린 것일 뿐이다. 책을 읽고 있는 젊은이들이 있다. 낮은 안락의자에 드러누워, 책을 들고, 마치 손에 그들이 꿰뚫어 볼 수 있는 무엇인가를 들고 있는 것처럼. 중부의 소읍에서 온, 목사의 아들들, 그들은 모두 고통 속에 씨름을 하고 있다. 다른 이들은 키츠[4]를 읽고 있다. 그리고 여러 권으로 된 긴 역사책들 — 분명히 어떤 이는, 꼭 그래야 하는 것처럼, 성스러운 로마제국을 이해하기 위해 처음부터 시작을 하고 있다. 비록 그것이 더운 봄날 밤 집중하기에는 위태롭더라도. 아마도, 한 가지 책에, 한 장에 너무 집중하는 것이 위태롭지만. 어느 순간, 문이 열리고 제이콥이 들어올지도 모르는데, 아니면 리처드 보나미가, 더 이상 키츠를 읽지

4   1795~1821, 영국의 낭만기 시인으로 짧은 생애 동안 완성도 높은 시를 씀.

않고, 날짜 지난 신문으로 불쏘시개를 만들고, 몸을 앞으로 숙이고 열성적이 되었다가 더 이상 만족할 게 없어 격해진다. 왜? 단지, 아마도 키츠가 너무 젊은 나이에 죽어서—그 역시 시를 쓰고 싶고 사랑하고 싶고—오! 가증스러워! 그것은 끔찍이도 어려운 일이다. 그러나 결국, 만일 다음 층계참에 있는 커다란 방에서 두 명, 세 명, 다섯 명의 젊은이가 이것을 확인해 준다면 그렇게 어려운 것도 아니다—그 가증스러움, 즉 옳고 그름 사이의 분명한 구분 말이다. 소파가 하나 있고, 의자 몇 개, 네모난 탁자 하나, 그리고 창문은 열려 있고, 그들이 어떻게 앉아 있는지 볼 수가 있다— 여기에 다리들이 나와 있고, 한 사람은 소파의 구석에 구겨져 앉아 있고, 그리고, 아마도 여기서 보이지 않는 누군가가 벽난로 가리개 옆에 서서 이야기를 하고 있을 터였다. 어떻든, 제이콥은 의자에 비스듬히 앉아 긴 상자에 든 대추야자를 먹어 치우며 웃음을 터뜨렸다. 그의 파이프가 공중에 들렸다가 내려간 걸로 보아 응답이 소파 구석에서 온 모양이었다. 제이콥은 방향을 바꾸었다. 탁자에 앉아 있는 건장한 붉은 머리의 젊은이가 머리를 천천히 이쪽에서 저쪽으로 흔들면서 그것을 부정하는 것 같아 보였지만 그는 그것에 대해 무슨 말을 하고 싶었다. 그러더니 그는 주머니칼을 꺼내 칼끝으로 탁자에 있는 옹이를 파고 또 팠다. 마치 벽난로 가리개 옆에서 나온 소리가 제이콥이 부정할 수 없는 진실임을 확인이라도 하는 듯이. 아마도, 그가 대추야자의 씨를 다 정리한 뒤라면, 그는 어쩌면 그것에 대해 무언가 할 말을 찾을 수도 있을 것이다—정말 그의 입술이 벌어졌다—그러나 입에서는 한바탕 웃음이 터져 나왔을 뿐이었다.

웃음은 공중에서 사라졌다. 그 웃음소리는 교정의 반대편으로 뻗은 교회 옆에 서 있는 어떤 사람에게는 가 닿지 않았다. 웃음은 사라졌고 단지 팔의 동작, 신체의 움직임만이 방 안에 무엇인가 형체를 만들면서 보일 뿐이었다. 논쟁을 했나? 보트 경주에 내기를 걸었나? 그런 종류의 것이 전혀 아닌가? 황혼의 방 안에서 팔과 몸을 움직이며 만든 형체가 무엇이었나?

창문에서 한두 발짝 떨어진 곳에는 에워싸고 있는 건물들 말고는 아무것도 없었다─똑바로 서 있는 굴뚝들, 수평을 이룬 지붕들, 아마도 오월의 밤을 위해서는 너무 많은 벽돌과 건물이었다. 그러고는 누군가의 눈앞에는 터키의 헐벗은 언덕이 떠오를지도 모른다─예리한 선들, 건조한 땅, 색색의 꽃들, 그리고 돌 위에서 아마포를 두들기며 시냇물에 맨다리로 서 있는 여자들의 어깨 색깔. 시냇물이 여자들의 발목 주위에 고리를 만든다. 그러나 이 모든 것들이 케임브리지의 밤이 만든 감싸기와 덮어씌우기를 뚫고 분명히 드러날 수는 없다. 시계 치는 소리조차도 억눌린다. 마치 제대에 서 있는 성스러운 누군가의 영창에 따른 듯, 마치 수세대에 걸친 학식 있는 자들이 그들 계급의 횡렬에 따라, 마지막 시간이 굴러가는 소리를 듣고, 살아 있는 자들의 용도에 맞게 그들의 축복과 함께, 매끈하고 낡아빠진 시간을 내주듯이.

과거로부터의 이 선물을 받기 위해, 그 젊은이는 창가로 와 서서 교정을 내다보고 있는가? 그는 제이콥이었다. 시계가 시각을 치는 소리가 부드럽게 그의 주위에서 가르랑거릴 때 그는 파이프를 피우고 서 있었다. 아마도 논쟁이 있었던 것 같다. 그는 만족해 보였다, 정말 대가다웠다. 그곳에 서 있는 동안 그의 표정이 조금 바뀌었다. 시계 치는 소리가 (아마도) 그에게 오래된 건물들과 시간에 대한 느낌을 전해준 것 같았다. 그 자신이 바로 계승자였다. 그리고 내일을 향해, 친구들, 그들을 생각하자 순수한 확신과 기쁨이 차는 듯했고 그는 하품을 하고는 기지개를 켰다.

한편 그의 뒤에서는, 논쟁에 의해서건 아니건, 그들이 만든 형태, 그 정신적 형태는, 마치 교회의 검은 석재와 비교되는 유리가 견고하나 깨어지기 쉽듯이, 부딪쳐 쪼개져 있었고, 젊은이들이 의자와 소파의 모퉁이에서 일어나, 방 안을 웅성거리고 느릿느릿 움직이면서, 하나가 다른 하나를 침실 문에 대고 밀어붙여, 문이 열리면서 그들은 문 안으로 나가떨어졌다. 그러고 나서, 제이콥은 거기 얕은 안락의자에 남아 있었다. 마샴과 단 둘이? 앤더슨인가? 시메온? 오, 그래, 시메온이지. 다른 사람은 모두 가버렸다.

"…… 배교자 줄리안……" 그들 중 누가 이 말을 했는지 다른 말들이 이 말을 싸고 중얼거려졌는지? 그러자 자정쯤 돼서, 때때로 그렇듯, 마치 갑자기 깨어난 베일을 두른 형체처럼 심한 바람이 일었다. 이제 바람이 트리니티 전체를 펄럭이게 하며 안 보이던 잎사귀를 들어 올리고 모든 것을 흐릿하게 만들었다. "배교자 줄리안" ― 그러고 나서 바람. 느릅나무 가지들이 위로 올라가고, 돛이 바람에 불리고, 낡은 범선이 치솟다가 곤두박질하고, 뜨거운 인도양의 회색 파도가 격정적으로 휘몰아치고, 그리고 모든 것이 다시 평탄해진다.

그렇게, 만일 그 베일을 쓴 숙녀 같은 바람이 트리니티의 교정으로 넘어 들어왔다면 바람은 이제 다시 졸음에 겨워 휘장을 두른 채 기둥에 머리를 기댈 것이다.

"어쨌든 중요한 것 같아."

낮은 목소리는 시메온의 것이었다.
더 낮은 목소리가 그에게 답했다. 벽난로 위에 예리하게 두들기는 파이프 소리가 그 말들을 지워버렸다. 그리고 아마도 제이콥은 단지 '흠'이라고 했거나 아무 말도 하지 않았다. 정말 그 말들은 들리지 않았다. 그것은 친밀감이었다. 마음이 마음에 지울 수 없이 찍히는 일종의 정신적 유연함이었다.

"그래, 그 문제를 연구한 것 같군," 제이콥이 일어나 시메온의 의자 위에 올라서면서 말했다. 그는 균형을 잡았지만 몸이 약간 흔들렸다. 그는 대단히 행복해 보였다. 만일 시메온이 말을 하면 그의 기쁨이 차올라 옆으로 흘러넘칠 것 같았다.

시메온은 아무 말도 하지 않았다. 제이콥은 그대로 서 있었다. 그러나 친밀감—방은 고요하고 깊은 마치 웅덩이 같은 친밀감으로 가득했다. 움직임이나 말이 필요 없이 친밀감은 부드럽게 솟아올라 모든 것을 씻어내리고 진정시키고 정화해서 진주의 광채로 마음을 덮는다. 그래서 만일 당신이 빛에 대해, 케임브리지에서 타고 있는 빛에 대해 이야기를 한다면, 그것은 언어로만 이루어지는 것은 아니다. 그것은 그냥 배교자 줄리안이면 족하다.

그러나 제이콥이 움직였다. 그는 잘 자라고 속삭였다. 그는 교정으로 나갔다. 그는 윗옷의 가슴 단추를 채웠다. 그는 자신의 방으로 돌아갔다. 그는 그 시간에 방으로 걸어 돌아가는 유일한 사람으로 발소리가 울려 퍼졌고 그의 그림자가 크게 어른거렸다. 교회에서 돌아오는, 식당에서 돌아오는, 도서관에서 돌아오는 그의 발소리는 마치 오래된 돌이 위엄 있는 권위로 울리듯 그런 소리를 냈다. "그 젊은이가—그 젊은이가—그 젊은이가—그의 방으로 돌아온다."

제4장

셰익스피어를 읽으려고 애를 쓰는 게 무슨 소용이 있는가? 특히나, 책이 작고 얇은 종이 제본으로 되어 있고 낱장이 주름이 져 있거나 아니면 바닷물로 들러붙어 있는데 말이다. 아무리 셰익스피어의 희곡들이 자주 칭송을 받고, 인용도 되고 그리스 것보다 높은 자리를 차지하고 있다 하더라도, 제이콥은 여행을 시작한 뒤로는 책을 끝까지 읽어내지 못했다. 그렇지만 얼마나 좋은 기회인가?

티미 듀란트의 눈에 들어온 실리 섬은 물에 덮여 정확하게 그 자리에 드러누운 산꼭대기처럼 놓여 있었다. 그의 계산은 완벽하게 들어맞았다. 손을 키의 손잡이에 얹고, 장밋빛 얼굴에 수염이 삐죽삐죽 난 모습으로, 근엄하게 별을 바라보다, 나침반을 바라보다, 영원한 교과서의 읽던 페이지를 한 자 한 자 정확하게 뱉어내며 앉아 있는 그의 모습은 어느 여자라도 움직일 만했다. 제이콥은 물론 여자가 아니었다. 그에게 티미 듀란트의 모습은 하늘을 배경으로 찬탄을 보낼 그런 보기 좋은 것이 아니었다. 그런 것과는 거리가 멀었다. 그들은 말다툼을 했다. 그렇게도 멋있는 조건하에서, 셰익스피어도 배에 실었는데, 소고기 통조림 깡통을 따는 방법에 대한 시비 때문에 어린 학동들처럼 부루퉁해야 하는 이유를 아무도 몰랐다. 소고기 통조림은 차가운 채로 먹어야 했다. 그리고 소금물이 비스킷을 못 쓰게 만들었다. 시간이 가고 또 가도 파도는 계속 뒤집어지고 튀어 올랐다. 지평선을 가로질러 내내 뒤집히고 튀어 올랐다. 해초가 물보라를 치며 떠서 지나가고, 나무토막이 지나가고. 여기서 배들이 난파했었다. 배가 한두 척 항로를 따라 지나갔다. 티미는 그들이 어디로 향하고 있는지, 그들이 싣고 있는 화물이 무엇인지 다 알고 있었다. 망원경으로 바라보는 것으로 선박 회사의 이름과 심지어 주주들에게 배당될 배당금까지 추측했다. 그러나 그것이 꼭 제이콥이 부루퉁한 이유는 아니었다.

실리 섬은 거의 물에 잠겨 산꼭대기만 남은 모습이었다. 운 나쁘게, 제이콥은 프라이머스 석유스토브의 핀을 망가뜨렸다.

실리 섬은 곧장 몰려오는 큰 파도에 흔적이 지워질 수도 있을 것이다.

그들이 이런 상태에서 아침밥을 먹은 것이 내키지 않은 일이긴 했지만 충분히 두 사람 다 진지했다는 사실을 인정하는 점에 대해 누구라도 젊은이들에게 점수를 주어야 한다. 대화를 나눌 필요가 없었다. 두 사람은 파이프를 꺼냈다.

티미는 과학적으로 관찰한 것을 적어놓았다. 그리고 ─ 침묵을 깬 질문이 무엇이었나 ─ 정확한 시간, 아니면 그 달의 정확한 날짜였나? 그러나 어떻든 조금의 어색함도 없이 말을 했다. 세상에서 가장 당연한 일을 하는 것처럼 말이다. 제이콥은 수영을 할 생각인 듯 단추를 풀고 셔츠만 빼고는 모두 벗고 앉아 있었다.

실리 섬은 푸르게 바뀌었다. 그리고 갑자기, 푸른색, 자줏빛, 그리고 초록색이 왈칵 바다로 흘러들어와 회색으로 됐다가, 사라지는 줄무늬를 덮쳤다. 그러나 제이콥이 셔츠를 그의 머리 위로 벗자, 파도는 모두 푸르고 하얗게 주름지고 잔물결이 일다가, 때때로 널따란 멍든 자국처럼 자줏빛이 나타나기도 했다. 아니면, 노란빛이 도는 완전한 에메랄드색이 떠 있기도 했다. 그는 뛰어들었다. 그는 바닷물을 꿀꺽 삼키고 뱉어내고, 오른팔로 치고, 왼팔로 치면서 밧줄에 끌려 헐떡거리면서, 물을 튀기며 배 위로 끌어올려졌다.

보트 위의 자리는 정말 뜨거웠고, 손에 수건을 들고, 실리 섬을 바라보며 벗은 채 앉아 있는 그의 등을 태양이 달구었다. 제기랄, 돛이 펄럭였다. 그러자 셰익스피어가 뱃전에서 물속으로 떨어져버렸다. 책장이 마구 넘어가면서 셰익스피어가 아주 유쾌하게 떠내려가는 것을 볼 수 있었다. 그러고는 셰익스피어가 물 밑으로 가라앉았다.

참으로 이상하게도, 바이올렛 꽃 냄새를 맡을 수 있었다. 그러나 만일 칠월에 바이올렛이 피는 게 불가능하다면, 아마도 육지에서 뭔지 아주 자극적인 냄새가 나는 것을 기르는지도 모를 일이었다. 육지가 그렇게 멀리 떨어져 있지 않았다―낭떠러지에 갈라진 틈들이 보이고, 하얀 오두막들, 연기가 피어오르고―그 육지는 마치 그곳에 사는 사람들 위로 지혜와 경건함이 내려앉은 듯 이상할 정도의 고요함과 밝게 비치는 평화스러움을 띠고 있었다. 웬 사람이 큰길에서 정어리를 사라고 외치기라도 하는 것처럼 어떤 소리가 들렸다. 그것은 이상스러운 경건함과 평화의 모습을 담고 있었다. 마치 노인들이 문가에 나와 담배를 피우고 있는 것처럼, 소녀들이 엉덩이에 손을 얹고 우물가에 서 있는 것처럼, 그리고 말들이 서 있는 것처럼. 마치 세상의 종말이 와서,

양배추 밭과 돌담들이, 해안 수비대의 초소들이, 무엇보다도, 아무에게도 보이지 않은 채 파도가 부서지는 하얀 모랫벌이, 일종의 황홀경 속에 하늘로 오른 것 같았다.

그러나 알아챌 수 없을 정도로 그 오두막의 연기는 사그라지면서 애도의 상장처럼, 무덤 위를 스쳐가는 깃발의 표류처럼 보였다. 갈매기들이 넓은 날갯짓을 하다가 평화롭게 날아오르는 것이 무덤을 드러나게 하는 것 같았다.

만일 이곳이 이탈리아나 그리스, 아니면 스페인의 해안이었다면, 낯섦 때문에, 흥분 때문에, 고전 교육의 환기로 하여 틀림없이 슬픔이 따랐을 것이다. 그러나 콘월의 언덕 위에는 헐벗은 알몸의 굴뚝들이 서 있다. 그리고 웬일인지, 사랑스러움은 지독히도 슬프다. 그렇다, 굴뚝과 해안수비대 초소와 아무에게도 보이지 않은 채 파도가 부서지는 작은 만들이 사람으로 하여금 압도적인 슬픔을 기억하게 만든다. 그런데 이 슬픔은 어떤 슬픔이란 말인가?

그것은 땅이 스스로 빚어놓은 것이다. 그것은 해안에 있는 집들에서 온다. 우리는 투명하게 시작을 한다. 그러고 나서 구름이 짙어진다. 모든 역사가 우리들 유리창의 배경이 되고 있다. 거기서 벗어난다는 것은 헛된 일이다.

그러나 이것이, 벗은 채, 햇빛 속에, 랜즈 엔드[1]를 바라보고 있는 제이콥의 우울을 올바로 해석한 것인지 말하기는 불가능하다. 그는 한마디도 말을 않기 때문이다. 티미는 때때로(아주 잠깐 동안만) 그의 가족이 그를 괴롭히나 하고 생각했다…… 상관없었다. 말할 수 없는 것들도 있기 마련이다. 털어내버리자. 몸을 말리고 코앞에 온 일부터 먼저 하자…… 티미 듀란트의 과학적 관찰

---

1   영국 콘월 주의 서쪽 끝에 있는 땅끝을 이름.

을 적어둔 노트.

"자, 이제……" 제이콥이 말했다.

그것은 대단한 논쟁이었다.

한 발짝씩 따라갈 수 있는 사람들이 있다. 끝에 가서는 혼자 육 인치 길이밖에 안 되는 보폭을 취하는 사람도 있다. 그리고 또 다른 사람들은 밖으로 드러난 표지판만 관찰하기도 한다.

눈이 부지깽이 위에 고정돼 있다. 오른손이 부지깽이를 잡아서 들어 올린다. 천천히 그것을 돌리다가, 아주 정확하게 제자리에 놓는다. 무릎 위에 놓여 있는 왼손이 어떤 장엄하고, 그러나 단속적으로 이어지는 행진곡을 연주한다. 깊은 숨을 들이마신다. 그러나 그 숨을 쓰지 않은 채 기화하도록 내버려둔다. 고양이가 발깔개 위를 가로질러 지나간다. 아무도 그것을 눈여겨보지 않는다.

"거기가 내가 닿을 수 있는 가장 가까운 곳이야," 듀란트가 정리를 했다.

다음 순간은 무덤처럼 고요했다.

"이어지는 것은……" 제이콥이 말했다.

단지 반 문장만이 이어졌다. 그러나 이 반 토막 문장들은 아래에서 외부의 광경을 관찰하는 사람에게는 건물 꼭대기에 꽂혀 있는 깃발과 같았다. 바이올렛 향기와, 애도의 상장과 고요한 경건함이 같이하면서도 그의 마음이 행진해 나아가는 뒤에 곧바로 휘장이 걸리게 하는 이 콘월의 해안은 도대체 무엇이란 말인가?

"이어지는 것은……" 제이콥이 말했다.

"그래," 생각을 해본 뒤에 티미가 말했다. "그렇군."

이제 제이콥은 빠져들기 시작했다. 반쯤 기지개를 켜면서 반쯤 의심할 여지 없는 유쾌함으로. 돛을 말아 올리고 접시를 닦으며 그의 입술에서 너무도 이상한 소리가 흘러나왔기 때문이다 ─ 거칠고 가락이 맞지 않는—일종의 찬가가. 논쟁을 장악했기 때문에, 그 상황의 주인공이 되었기 때문에, 햇빛에 그을고, 면도도 하지 않고, 게다가, 얼마 안 있어 각반을 차고 변호사 사무실에 안주하는 대신에 십 톤짜리 요트를 타고 세계를 항해할 수 있을 것 같기 때문이다.

"우리 친구 마샴 말이야," 티미 듀란트가 말했다. "지금 우리처럼 일행이 되기는 어렵겠지." 그의 단추가 떨어졌다.

"너, 마샴네 아주머니 알아?" 제이콥이 말했다.

"아주머니가 있는 줄도 몰랐어," 티미가 말했다.

"마샴은 아주머니가 수도 없이 많아," 제이콥이 말했다.

"토지조사대장에 마샴 이름이 언급되지," 티미가 말했다.

"걔네 아주머니들도 언급돼," 제이콥이 말했다.

"걔 누이동생이," 티미가 말했다, "아주 예쁜 여자거든."

"일 나게 생겼군, 티미," 제이콥이 말했다.

"너한테 먼저 생길지도 몰라," 티미가 말했다.

"내가 지금 너한테 말하고 있는 여자는—마샴의 아주머니—"

"오, 계속해봐," 티미가 말했다. 제이콥이 너무 많이 웃느라 말을 할 수가 없었기 때문이다.

"마샴네 아주머니……"

티미 또한 너무 웃어서 말을 할 수가 없었다.

"마샴의 아주머니 말이야……"

"마샴이 어땠길래 사람을 이렇게 웃기지?" 티미가 말했다.

"다 그만두고라도—넥타이핀도 삼키는 녀석이잖아," 제이콥이 말했다.

"오십이 되기 전에 대법관이 되고도 남지," 티미가 말했다.

"걔는 신사야," 제이콥이 말했다.

"웰링턴 공작도 신사였어," 티미가 말했다.

"키츠는 아니었지."

"솔즈버리 경은 신사였지."

"하느님은 어때?" 제이콥이 말했다.

실리 섬은 이제 곧장 구름에서 나온 황금 손가락 하나가 바로 손가락질 해준 것처럼 눈앞에 나타났다. 누구나 다 이 광경이 얼마나 경이적인지, 그리고 이 넓은 광선이, 그것이 실리 섬을 비추건, 성당의 십자군 용사들의 무덤을 비추건, 늘 회의주의의 근본을 흔들어놓으면서 어떻게 하느님에 대한 농담으로 이끌어가는지 잘 알고 있었다.

> "저와 함께 하소서
> 밤은 급히 다가오고
> 어둠이 깊어지니
> 주여, 저와 함께하소서,"

티미 듀란트가 노래했다.

"우리 고향에서는 이렇게 시작하는 찬송가를 부르지.

> 위대한 하느님, 내가 보고 듣는 게 무엇입니까?"

제이콥이 말했다.

갈매기가 보트 아주 가까이에서 두세 마리씩 짝을 지어 부드럽게 몸을 흔들며 날아올랐다. 가마우지가 영원한 무엇을 찾는 것처럼 긴 목을 팽팽하게 쭉 뽑고서 옆에 있는 바위 쪽으로 수면 일 인치 높이로 스치듯 날아갔다. 동굴 속으로 밀려간 조수의 단조로운 소리가, 마치 누군가가 스스로에게 말을 하는 것처럼 낮고 억양 없이 바다를 가로질러 들려왔다.

"만세반석 열리어
나를 숨게 하시네,"

제이콥이 노래했다.

마치 어떤 괴물의 뭉뚝한 이빨처럼 바위의 표면이 드러났다. 끊임없이 떨어지는 폭포로 갈색이 되어 있었다.

"만세반석,"

제이콥은 똑바로 누워 한낮의 하늘을 올려다보고 노래를 불렀다. 구름 조각들이 모두 물러가고 없어 하늘은 마치 영원히 덮개를 벗어버린 무엇처럼 펼쳐져 있었다.

여섯 시쯤에는 산들바람이 저 멀리 얼음 벌판에서 불어왔다. 일곱 시에는 바닷물이 푸르기보다는 보랏빛이었다. 일곱 시 반경에는 거친 금박 조각이 실리 섬을 둘러쌌고, 앉아서 노를 젓고 있는 듀란트의 얼굴이 여러 대에 걸쳐 윤을 낸 붉은 자개 상자 색깔같았다. 아홉 시가 되자, 모든 불길과 혼란은 하늘에서 사라지고, 쐐기 모양의 산뜻한 황록색과 연노랑색의 판자들이 깔려 있는 것 같았다. 열 시쯤에는 보트 위의 등잔들이 파도가 쭉 뻗어가거나 구부러지는 데에 따라 늘어지거나 웅크린 모습의 비틀린 색깔을 파도 위에 비추었다. 등대의 불빛이 바다를 가로질러 급하게 성큼 지나갔다. 수백만 마일 저 멀리서 가루처럼 뿌려놓은 별들이 반짝였다. 파도가 뱃전을 치며 부서졌고 규칙적이고 무서운 엄숙함으로 바위에 부딪혔다.

오두막집의 문을 두드리고 우유 한 잔을 청하는 것이 가능한 일일지라도 그런 주제넘은 짓을 하게 하는 건 목마름뿐일 것이다. 아마 파스코 부인은 반가워했을지도 모른다. 여름날은 힘들게 지나갈 것이다. 작은 개수대 앞에서 설거지를 하면서 그녀는 아마 벽난로 선반 위에 놓인 싸구려 시계의 똑딱, 똑딱, 똑딱······ 똑딱, 똑딱, 똑딱 소리를 들을지도 모른다. 그녀는 집에 혼자 있다. 남편은 파미 호스킨을 도와주러 나가고 없다. 딸은 결혼해서 미국으로 갔다. 큰아들도 결혼을 했다, 그러나 그녀는 며느리를 받아들이지 않는다. 웨슬리 파 목사가 와서 작은 아들을 데려가버렸다. 그녀는 혼자 집에 있다. 아마도 카디프로 가는 기선 한 척이 지금 지평선을 넘어가고 있고, 바로 가까이에 디기탈리스 꽃의 종 하나가 뒝벌이 왔다 갔다 하는 데 따라 앞뒤로 흔들리고 있다.
이 하얀 콘월의 오두막들은 벼랑 끝에 세워져 있다. 마당에는 양배추보다 가시금작화가 더 쉽게 자란다. 어떤 태곳적 생각을 가진 사람이 울타리로 둥근 화강암을 둥글게 쌓아놓았다. 아마 역사학자는 이 중 하나에 제물의 피를 담았을 거라고 추측할지도 모른다. 그러나 웅덩이는 비어 있고 우리 시대에는 그것이 거나즈 헤드의 경치를 방해받지 않고 보려는 여행객들이 가서 앉는 자리로 잘 길들여져 있다. 그렇다고 오두막의 마당에 푸른색 물감을 들인 원피스에 흰 앞치마를 두른 사람이 있다고 해서 싫어하지는 않는다.
"저것 봐—그녀가 마당의 우물에서 물을 긷고 있어."

"겨울에는 참 외롭겠다. 언덕 위로 바람이 몰아치고 파도가 바위에 부서지고."

어느 여름날에는 이런 중얼거림을 들을 수 있다.

파스코 부인은 물을 길어 들고 안으로 들어갔다. 여행객들은 망원경을 가져오지 않은 걸 후회했다. 가져왔더라면 부정기 화물선의 이름도 읽을 수도 있었을 텐데. 정말 좋은 날씨여서 쌍안경 안에 들어오지 않을 경치가 없었던 것이다. 세인트 이브스 만에서 온 것으로 생각되는 두 척의 고기잡이 거룻배가 화물선의 반대 방향으로 지나갔고 바다의 표면은 교대로 투명과 불투명을 번갈아 보여주었다. 벌로 말할 것 같으면 잔뜩 꿀을 빨고, 이제는 산토끼 꽃으로 갔다가, 파스코 부인의 잔디 위로 곧장 날아와 여행객들에게 다시 한 번 그 노부인의 나염 원피스와 하얀 앞치마에 눈길이 머물게 했다. 부인이 오두막 문 밖으로 나와 서 있었기 때문이었다.

수백만 번도 넘게, 아마도 그녀는 바다를 바라보았을 것이다. 공작나비 한 마리가 산토끼 꽃 위에 날개를 폈다. 푸르고 초콜릿 색이 나는 솜털이 날개 위에 있는 것으로 보아 이제 막 새로 나온 꽃인가 보았다. 파스코 부인은 집 안으로 들어가서 크림 냄비를 들고 나와 선 채로 냄비를 문질러 닦았다. 그녀의 얼굴은 확실히 부드럽지도, 육감적이지도, 음탕하지도 않았다. 그러나 굳세고, 현명하고, 아주 건전해서 세련된 사람들이 가득 찬 방에서도 생명의 피와 살의 의미를 알게 해주는 것 같았다. 그녀는 거짓말을 할지도 모른다, 그러나 금방 진실을 털어놓을 것이다. 그녀 등 뒤의 벽에는 커다란, 말린 홍어가 걸려 있었다. 거실에 갇혀 지내는 그녀는 깔개나 도자기 머그잔, 그리고 사진들을 귀중하게 생각했다. 그래도 곰팡이 난 작은 방은 벽돌 한 장 깊이만으로 소금기 있는 바람에서 구제되고, 레이스 커튼 사이로 부비새가 조약돌처럼 하강하는 것을 볼 수 있었다. 비바람 치는 날이면 갈매기들이 공중을 떨며 날아오고, 기선의 불빛들이 어떤 때는 높아지기도 하고, 또 어떤 때는 깊어지기도 한다. 겨울밤이면 그 소리들은 우수에 잠기게 한다.

일요일이면 정확하게 화보가 배달된다. 그녀는 오랫동안 웨스트민스터 사원에서 있었던 신시아 양의 수상 아들과의 결혼식 사진을 뚫어지게 보았다. 그녀도 역시 스프링 장치를 한 마차를 타보고 싶었다. 교육받은 사람들의 부드럽고 빠른 음절의 말이 몇 마디 하지도 못하는 그녀의 거친 말씨를 부끄럽게 했다. 그러고는, 이인승 포장마차나 자동차를 휘파람으로 부르는 하인들 소리 대신에 밤새도록 대서양의 파도가 바위를 갈아대는 소리를 듣는다…… 그렇게 그녀는 크림 냄비를 닦으면서 꿈을 꿀지도 모른다. 그러나 수다스럽고 약삭빠른 사람들은 읍내로 나간다. 마치 수전노처럼 그녀는 자신의 감정을 모두 가슴에 간직해둔다. 이 몇 년 동안 단 한 푼어치도 꺼내어 쓴 적이 없어서, 그녀를 부럽게 지켜보노라면, 마치 그녀의 내면은 순금으로 되어 있을 것 같았다.

그 현명한 늙은 여인은 눈길을 바다에 고정시키고, 다시 한 번 뒤로 물러갔다. 여행객들은 거나즈 헤드로 옮겨 갈 때가 됐다고 결정을 내렸다.

삼 초 후에 듀란트 부인이 문을 톡톡 두들겼다.

"파스코 부인?" 그녀가 말했다.

듀란트 부인은 꽤 오만하게 여행객들이 들판에 난 길을 건너는 것을 지켜보았다.

부인은 고지 족 족장들로 유명한 하이랜드 출신이었다.

파스코 부인이 나타났다.

"저 관목 덤불이 부러워요, 파스코 부인," 듀란트 부인이 문을 두들겼던 양산으로, 그 옆에서 자라고 있는 보기 좋은 물레나무 덤불을 가리키면서 말했다. 파스코 부인은 그 덤불을 그렇지 않다는 눈으로 바라보았다.

"아들이 하루, 이틀 사이에 올 거예요," 듀란트 부인이 말했다. "팔마우스에서 친구 하나와 작은 배로 항해를 해서⋯⋯ 리지에게서는 아무 소식도 없나요, 파스코 부인?"

그녀의 꼬리가 긴 망아지가 이십 야드 떨어진 길 위에 귀를 실룩거리며 서 있었다. 커나우라는 소년이 가끔 파리를 쳐서 쫓고 있었다. 그는 주인마님이 오두막으로 들어가는 것을 보았다. 그녀가 다시 나왔다. 그녀의 손 움직임으로 판단하건대 열정적으로 이야기하면서 오두막 앞의 채소밭을 돌아 지나갔다. 파스코 부인은 커나우의 아주머니였다. 두 여인이 덤불을 자세히 살폈다. 듀란트 부인이 허리를 굽히고 작은 가지를 꺾었다. 다음으로 그녀는 (그녀의 동작은 위압적이었다; 그녀는 몸가짐을 꼿꼿이 했다) 감자를 가리켰다. 감자는 병충해를 입었다. 그해의 모든 감자는 병충해를 입었다. 듀란트 부인은 파스코 부인에게 감자에 병충해가 얼마나 심한지 보여주었다. 듀란트 부인은 열정적으로 이야기했다. 파스코 부인은 유순하게 들었다. 그게 너무나 간단한 일로 물 한 갤런에 가루만 섞으면 된다고 듀란트 부인이 말하는 것을 소년 커나우는 들었다. "나도 우리 마당에 내 손으로 그렇게 했어요,"라고 듀란트 부인은 말하고 있었다.

"감자가 한 알도 안 남아날 거예요 — 감자가 한 알도 안 남을 거라구요." 듀란트 부인은 둘이 대문 앞에 닿았을 때 강조하는 목소리로 말하고 있었다. 소년 커나우는 돌처럼 부동자세가 되었다.

듀란트 부인이 손에 채찍을 들고 마부석에 자리를 잡았다.

"다리 조심하세요, 그렇지 않으면 제가 의사를 보낼 거예요." 그녀가 어깨 너머로 소리쳤다. 망아지들을 쳤다. 마차가 앞으로 나아갔다. 소년 커나우는 구두 앞발로 휙 돌아서는 시간밖에 없었다. 소년 커나우는 뒷자리의 가운데 앉아 아주머니를 바라보았다.

파스코 부인은 대문에 서서 그들이 가는 것을 지켜보았다. 이륜 경마차가 모퉁이를 돌 때까지 대문에 서 있었다. 대문에 선 채로 오른쪽을 보았다, 왼쪽을 보았다 하더니 오두막 안으로 들어갔다.

곧 망아지들이 앞다리로 애를 쓰며 솟아오른 황무지 길로 달려 올라갔다. 듀란트 부인은 채찍을 느슨하게 내려뜨리고 뒤로 기대었다. 활기는 사라지고 없었다. 그녀의 매부리코는 그 사이로 빛이 비쳐 보이는 바랜 뼈처럼 얇았다. 무릎 위에 채찍을 올려놓은 그녀의 손은 휴식을 하는 순간에도 단호했다. 윗입술이 너무 짧게 갈라져서 조소할 때 그런 것처럼 앞니 위로 치켜졌다. 그녀의 마음이 넓은 면적을 대충 훑어보는 것이라면 파스코 부인의 마음은 외딴 땅뙈기에 집착하고 있었다. 망아지들이 언덕을 오를 때 그녀의 마음은 넓은 면적을 대충 훑고 있었다. 지붕 없는 오두막들, 화산암 찌꺼기로 된 둔덕들, 디기탈리스와 검은 딸기들이 웃자란 오두막의 마당들이 마치 그녀의 마음에 그림자를 드리운다는 듯이 그녀는 앞으로, 뒤로 그녀의 마음을 내던지고 있었다. 꼭대기에 이르자, 그녀는 마차를 세웠다. 희미한 언덕들이 그녀를 둘러쌌고 언덕에는 오래된 돌들이 흩어져 있었다. 그 아래는 바다. 변덕스러운 남쪽 바다 같은 바다였다. 그녀는 우수와 웃음 사이에 균형을 잡고, 매부리코를 한 채 똑바로 앉아 언덕에서 시작해 바다를 바라다보았다. 갑자기 그녀가 망아지를 채찍으로 쳐서 커나우 소년은 장화 앞코로 획 방향을 틀어야 했다.

떼까마귀가 내려앉았다. 떼까마귀가 날아올랐다. 까마귀들이 변덕스럽게 건드리는 나무들이 그 많은 까마귀들을 다 앉히기에는 충분치 않은 것 같았다. 나무 꼭대기가 산들바람을 안고 노래했다. 나뭇가지들이 삐걱거렸고 계절이 한여름임에도 가끔 껍질이나 잔가지를 떨어뜨렸다. 까마귀들이 날아올랐다가 다시 내려앉고, 숲 안의 대기가 거의 어두워질 만큼 이미 저녁은 저물어가고 있어 영리한 새들은 이미 자리를 잡아 날아오르는 새의 숫자는 매번 줄어들고 있었다. 이끼는 부드러웠고 나무둥치가 유령같아 보였다. 그 너머로 은빛 초원이 누워 있었다. 초원 끝의 녹색둔덕에서 긴 초원의 풀잎들이 깃털 같은 풀잎의 날을 세웠다. 넓은 바닷물이 번득였다. 벌써 메꽃 나방이 꽃 위를 맴돌고 있었다. 오렌지색과 보랏빛의 한련과 쥐오줌풀이 석양에 씻기고 있었고 커다란 나방이 알을 깐 담배 나무와 시계꽃은 도자기처럼 하얬다. 떼까마귀들이 나무 꼭대기에서 날개를 퍼덕이며 잠자리를 잡는 동안, 멀리서 친숙한 소리가 흔들리며 떨리며 커지고 있었다. 그들의 귀에는 꽤 시끄럽게 들리는 그 소리가 졸리운 날개를 다시 대기에 펄럭이게 했다. 그것은 집에서 울리는 저녁 식사를 알리는 종소리였다.

엿새 동안이나 소금기 있는 바람과 비와 햇빛과 보낸 뒤에 제이콥 플랜더스는 저녁 식사를 위해 정장을 했다. 보트 안에서 어쩌다가 흘낏 깡통이나 피클, 소금으로 절여놓은 고기 사이에서 모습을 보이다가 여행이 계속되면서는 점점 아무런 상관이 없어 보였던 이 조신한 검은 물건의 쓸모라니. 이제 세상이 안정권에 들고 촛불이 밝혀지자 이 정장 재킷만이 그를 보호해주고 있었다. 그렇다고 충분히 고맙다고만은 생각할 수가 없었다. 그라는 사람 전체가 노출이 됐건 안 됐건은 차치하고 그의 목, 팔목, 얼굴이 가리개 없이 노출됐던 터라 얼얼하고 화끈거리는 것이 이 검은 옷을 더욱 불완전한 가림막에 불과하다고 느끼게 만들었다. 그는 식탁보 위에 놓여 있던 크고 붉은 손을 슬그머니 끌어당겼다. 남의 눈을 피해 날씬한 유리잔과 구부러진 은 포크 가까이 손이 갔다. 얇게 저며 구운 고기의 뼈에 핑크색 주름 장식을 해놓았다. 어제만 해도 그는 뼈에서 허벅다리 살을 갉아내 먹었는데! 그의 맞은편에는 아련한 반투명의 노란색과 푸른색 옷을 입은 여인들의 모습이 있었다. 그들 뒤로는 다시금, 회청색의 정원이 있었고 에스칼로니아의 배 모양의 잎들 사이로 고깃배가 붙잡힌 듯 머물러 있었다. 범선이 여인들 등 뒤를 지나쳐 갔다. 두세 사람의 형체가 어둠 속에서 급히 테라스를 가로질러 갔다. 문이 열렸다 닫혔다. 어느 것도 가만히 있거나 깨지지 않은 채 머무는 것은 없었다. 이쪽저쪽으로 젓는 노처럼 식탁의 양쪽으로부터 말소리가 이어지고 있었다.

"오, 클라라, 클라라!" 듀란트 부인이 소리쳤고 티모시 듀란트가 "클라라, 클라라,"라고 덧붙였고 제이콥은 노란색의 얇은 비단 옷을 입고 있는 티모시의 누이동생인 클라라의 이름을 불러보았다. 그녀는 앉은 채 미소를 띠고 얼굴을 붉혔다. 오빠의 것과 같은 검은 눈은 오빠보다 더 모호하고 부드러웠다. 웃음이 가라앉고 나자 그녀가 말했다. "그러나 어머니, 그게 사실이에요. 그 사람이 그렇게 말했어요. 그렇지 않아요? '미스 엘리엇'은 동의했는데……"

그러나 키가 크고 머리가 희끗희끗한 미스 엘리엇은 테라스에서 들어온 나이 든 남자에게 자신의 옆에 자리를 만들어주고 있었다. 저녁 식사가 끝날 것 같지 않다고 제이콥은 생각했다. 그리고 범선이 창틀의 이쪽 끝에서 또 다른 창틀의 끝으로 지나가고 있고 이제 불빛이 창과 창 사이의 벽이 끝임을 보여주고 있음에도 그는 저녁 식사가 끝나지 않기를 바랐다. 그는 듀란트 부인이 그 빛을 응시하고 있음을 알았다. 그녀는 그에게로 몸을 돌렸다.

"당신이 주도를 했나요? 아니면 티모시가?" 그녀가 말했다. "내가 제이콥이라고 불러도 용서하세요. 당신 이야기를 많이 들었어요." 그러고는 그녀의 눈길이 다시 바다로 향했다. 경치를 바라보는 그녀의 눈에 윤이 났다.

"한때는 작은 마을이었는데," 그녀가 말했다. "그리고 이제는 이렇게 커져서……" 그녀는 일어나 냅킨을 집어 들고 창가에 가서 섰다.

"티모시와 다투기도 했어요?" 클라라가 수줍게 물었다. "나라면 분명 다퉜을 거예요."

듀란트 부인이 창가에서 자리로 돌아왔다.

"점점 늦어지네요," 그녀가 똑바로 앉아 식탁을 내려다보면서 말했다. "부끄러워해야 돼요. 당신네들 모두요. 클러트벅 씨 부끄러운 줄 아셔야 해요." 클러트벅 씨의 귀가 어두워 그녀는 소리를 높여야 했다.

"부끄러워하고 있어요," 어떤 여자가 말했다. 그러나 턱수염을 기른 나이 든 남자는 계속 자두 타르트를 먹고 있었다. 듀란트 부인은 마치 그 남자의 응석을 받는 것처럼 웃으면서 의자의 등받이에 기댔다.

"당신께 맡겼어요, 듀란트 부인," 두꺼운 안경을 쓰고 코 밑 수염이 불같이 빨간 젊은 남자가 말했다. "제 말은 조건이 충족됐다는 말입니다. 나한테 금화 한 닢 빚졌어요."

"생선 요리가 나오기 전에는 안 돼요, 생선이 나올 때 해야 돼요, 듀란트 부인," 샬로트 와일딩이 말했다.

"내기였어요. 생선 요리에 들어가는," 클라라가 진지하게 말했다. "베고니아예요, 어머니. 베고니아를 생선과 같이 먹는 거예요."

"오, 세상에," 듀란트 부인이 말했다.

"샬로트가 돈을 내지 않을 걸요," 티모시가 말했다.

"어떻게 그런 말을……" 샬로트가 말했다.

"그 특권은 내 차지가 될 거요," 품위 있는 워틀리 씨가 금화가 가득 담긴 은상자를 꺼내 금화 하나를 식탁 위에 미끄러지게 하면서 말했다. 그러자 듀란트 부인이 몸을 꼿꼿이 세우고 일어나 방을 지나갔고 노란색과 푸른색 그리고 은빛 얇은 비단 옷을 입은 여자들이 그녀 뒤를 따랐다. 벨벳 옷을 입은 나이 많은 미스 엘리엇도, 그리고 아마도 가정교사로 보이는 산뜻하고 용의주도한 몸집이 작은 혈색 좋은 여자가 문에서 머뭇거리다가 그녀 뒤를 따랐다. 모두 열려 있는 문을 지나 밖으로 나갔다.

"샬로트, 당신도 나처럼 나이가 들면," 테라스를 같이 아래위로 오르내리며 그녀의 양팔을 자신에게로 끌면서 듀란트 부인이 말했다.

"왜 그렇게 슬퍼하세요?" 샬로트가 충동적으로 물었다.

"슬퍼 보여요? 그렇지 않길 바라는데," 듀란트 부인이 말했다.

"글쎄, 바로 지금요. 늦지 않으셨어요."

"티모시의 어미가 될 만큼은 늙었지요." 두 사람은 멈추어 섰다. 미스 엘리엇은 테라스의 가장자리에서 클러트벅 씨의 망원경으로 하늘을 보고 있었다. 귀가 먹은 노인은 자신의 턱수염을 만지작거리며 성좌의 이름을 뇌고 그녀 옆에 서 있었다. "안드로메다좌, 목동좌, 시도니아좌, 카시오페이아좌……"

"안드로메다좌," 망원경을 조금 옮겨놓으면서 미스 엘리엇이 중얼거렸다.

듀란트 부인과 샬로트가 하늘을 향해 있는 망원경의 몸체를 따라가며 보고 있었다.

"수백만 개의 별이 있네요," 샬로트가 확신을 가지고 말했다. 미스 엘리엇은 망원경에서 몸을 돌렸다. 젊은 남자들이 갑자기 거실에서 웃음을 터뜨렸다.

"보게 해주세요," 샬로트가 열성적으로 말했다.

"별들은 지루해," 줄리아 엘리엇과 테라스 아래로 걸어 내려가면서 듀란트 부인이 말했다. "별에 대해 쓴 책을 읽은 적이 있어요…… 무슨 말들을 하고 있지?" 거실 창문 앞에서 그녀는 멈추어 섰다.

'티모시로군,' 그녀가 알아챘다.

"저 말 없는 젊은이는," 미스 엘리엇이 말했다.

"네, 제이콥 플랜더스예요," 듀란트 부인이 말했다.

"오, 어머니! 어머닌 줄 몰랐어요!" 엘스베스와 함께 반대 방향에서 오던 클라라 듀란트가 소리쳤다. "얼마나 향긋한지 몰라요," 그녀는 마편초 이파리를 으깨 향기를 맡았다.

듀란트 부인은 돌아서서 혼자 걸어가버렸다.

"클라라!" 어머니가 불렀다. 클라라가 어머니에게로 갔다.

"두 사람은 얼마나 다른지 몰라!" 미스 엘리엇이 말했다.

워틀리 씨가 시가를 피우며 그들을 지나쳐갔다.

"매일 나는 동의하는 나 자신을 보며 살지……" 그는 그들을 지나치며 말했다.

"추측을 해보는 건 참 흥미로워요……" 줄리아 엘리엇이 중얼거렸다.

"우리가 처음 여기 나왔을 때 화단에 꽃이 핀 걸 볼 수 있었는데," 엘스베스가 말했다.

"지금은 보기가 힘들어요," 미스 엘리엇이 말했다.

"정말 아름다웠을 거예요, 물론 모두가 다 그분을 사랑하고," 샬로트가 말했다. "제 생각은 그래요, 워틀리 씨……" 그녀는 말을 멈추었다.

"에드워드의 죽음은 비극이었어요," 미스 엘리엇이 단정적으로 말했다.

여기에 어스킨 씨가 합류했다.

"정적이란 건 있을 수가 없어요," 그가 확신을 갖고 말했다. "이런 밤이면 당신네들 말소리 말고도 스무 개가 넘는 서로 다른 소리를 들을 수가 있단 말이오."

"내기를 해볼까요?" 샬로트가 말했다.

"좋아요," 어스킨 씨가 대답했다. "하나, 바다소리, 둘, 바람소리, 셋, 개소리, 넷……"

다른 사람들이 지나쳐갔다.

"가엾은 티모시," 엘스베스가 말했다.

"아주 멋진 밤이에요," 클러터벅 씨의 귀에다 대고 미스 엘리엇이 소리 질렀다.

"별 보기를 좋아하시오?" 망원경을 엘스베스 쪽으로 돌리면서 노인이 말했다.

"울적해지지 않나요—별을 보는 게?" 미스 엘리엇이 소리쳤다.

"저런, 저런 아니오." 그녀가 무슨 말을 하는지 알고서 그는 껄껄 대고 웃었다. "왜 그게 날 울적하게 하겠소? 한순간도 그런 적 없어요—전혀 아니오."

"고마워요, 티모시, 난 들어갈래요." 미스 엘리엇이 말했다.

"엘스베스, 여기 숄이 있어요."

"들어갈게요." 엘스베스가 눈은 망원경을 향한 채 중얼거렸다. "모두 어디 있어요?" 망원경에서 눈을 떼면서 그녀가 말했다. "이렇게 캄캄하다니!"

듀란트 부인은 거실 램프 옆에 앉아 털실 뭉치를 감고 있었다. 클러트벅 씨는 『타임스』 신문을 읽고 있었다. 조금 떨어진 곳에 다른 램프가 있는 주변에서 젊은 여성들이 둘러앉아 은밀하게 준비된 연극을 위한 은색의 번쩍거리는 금속 장식의 천 위로 가위를 획획 움직이고 있었다. 워틀리 씨는 책을 읽고 있었다.

"그래요. 그 사람이 틀림없이 옳아요." 듀란트 부인이 털실 감는 것을 멈추고 몸을 끌어당기면서 말했다. 클러트벅 씨가 랜즈다운 경의 연설의 나머지 부분을 읽는 동안 그녀는 털실은 건드리지 않고 똑바로 앉아 있었다.

"아, 플랜더스 씨," 마치 랜즈다운 경에게 하는 것처럼 그녀는 자랑스럽게 말했다. 그러고는 한숨을 쉬고 털실을 다시 감기 시작했다.

"거기 앉으세요." 그녀가 말했다.

제이콥은 서성거리고 있던 창가의 어두운 곳에서 앞으로 나왔다. 빛이 그에게 쏟아져 살갖의 모든 틈새를 비추고 있었다. 그러나 앉아서 정원을 내다보고 있는 동안 그의 얼굴 근육은 전혀 움직이지 않았다.

"항해 이야기를 듣고 싶군요," 듀란트 부인이 말했다.

"네," 그가 말했다.

"이십 년 전에 우리도 똑같은 걸 했어요."

"네," 그가 말했다. 그녀가 그를 날카롭게 쳐다보았다.

'저 사람은 유별나게 어색해 하네,' 그가 손가락으로 양말을 만지작거리는 모습을 주의 깊게 보며 그녀는 생각했다. '그래도 아주 고귀한 용모야.'

"그 시절에는……" 그녀는 어떻게 항해를 했는지 그에게 말해주기 시작했다. "남편은 항해에 대해 아주 많이 알고 있었어요. 그 사람은 결혼 전에 이미 요트가 있었거든요…… 지각없이 어부들을 이기려고 했다가, 거의 목숨을 잃을 뻔했지 뭐예요, 그래도 얼마나 우리 스스로가 자랑스럽던지!" 그녀는 털실 뭉치를 들고 있는 손을 불쑥 내밀었다.

"털실을 잡아드릴까요?" 제이콥이 뻣뻣하게 말했다.

"어머니께 해드린 적이 있군요," 듀란트 부인은 털실 타래를 그에게 주면서 다시 그를 유심히 바라보았다. "그래요, 훨씬 낫네요."

그는 웃었다. 그러나 아무 말도 하지 않았다.

엘스베스 시돈스가 그녀의 팔에 무언지 은색의 것을 올려놓고 그들의 뒤에서 서성이고 있었다.

"우리가 바라는……" 그녀가 말했다. "내가 온 건……" 그녀가 멈추었다.

"딱한 제이콥," 마치 제이콥을 일생 알아왔던 것처럼 조용히 듀란트 부인이 말했다. "저 사람들이 당신을 연극에 출연시킬 건가 봐요."

"당신이 너무 좋아요!" 엘스베스가 듀란트 부인의 의자 옆에 꿇어앉으면서 말했다.

"털실 이리 주세요," 듀란트 부인이 말했다.

"그가 와요―그가 와!" 샬로트 와일딩이 소리쳤다. "내가 이겼어요!"

"조금 더 위에 다른 송이가 또 있어요," 사다리를 한 계단 더 올라서며 클라라 듀란트가 속삭였다. 그녀가 포도나무의 높은 곳에 달린 포도에 닿으려 몸을 뻗치는 동안 제이콥은 사다리를 잡고 있었다.

"보세요!" 그녀가 줄기를 자르면서 말했다. 포도 잎사귀와 노랗고 자주색인 포도송이 사이에서 그녀는 반투명으로, 창백하게, 놀랄 만치 아름다워 보였고 그녀 위로 빛이 색색의 섬을 이루며 헤엄치고 있었다. 제라늄과 베고니아가 받침대를 쭉 따라 화분에 심어져 있었고 토마토 줄기가 담장 위로 기어오르고 있었다.

'이파리들을 솎아야겠어,'라고 그녀가 생각했고 초록색 이파리 하나가 벌린 손바닥처럼 제이콥의 머리를 지나 선회하며 떨어졌다.

"이미 먹을 양보다 많이 땄어요," 그가 올려다보며 말했다.

"말도 안 되는 것 같죠……" 클라라가 운을 뗐고 "런던으로 돌아가는 게 말이에요……"

"어리석은 일이죠," 제이콥이 단호하게 말했다.

"그러면……" 클라라가 말했다. "내년에 정식으로 꼭 다시 오셔야 해요," 아무렇게나 또 다른 이파리를 싹둑 잘라내면서 말했다.

"만일에…… 만일에……"

어린아이가 소리를 지르며 온실 앞을 달려 지나갔다. 클라라는 포도 바구니를 들고 천천히 사다리를 내려왔다.

"한 송이는 백포도고 두 송이는 적포도예요," 그녀는 바구니 속에 따뜻하게 웅크리고 있는 포도송이 위로 두 개의 커다란 이파리를 덮었다.

"재미있었습니다," 온실을 내려다보며 제이콥이 말했다.

"그래요, 즐거웠어요," 그녀가 애매하게 말했다.

"오, 미스 듀란트," 포도 바구니를 받으면서 그가 말했다. 그러나 그녀는 온실 문을 향해 그를 지나쳐 걸어갔다.

"당신은 너무 멋져요—너무 멋져," 그녀는 생각했다. 제이콥을 생각하면서, 그가 그녀를 사랑한다는 말을 절대로 해서는 안 된다고 생각하면서. 안 돼. 안 돼, 안 돼.

아이들이 문을 지나 빙글빙글 돌며 공중에 높이 무언가를 던지고 있었다.

"작은 악마들!" 그녀가 소리쳤다 "저 아이들이 갖고 있는 게 뭐예요?" 그녀가 제이콥에게 물었다.

"양파 같은데요," 제이콥이 말했다. 움직이지 않고 그는 아이들을 바라보고 있었다.

"내년 8월, 기억하세요, 제이콥," 듀란트 부인이 테라스에서 그와 악수를 나누며 말했다. 테라스에는 푸크시아 꽃이 마치 그녀 귀 뒤에 진홍빛 귀고리같이 매달려 있었다. 워틀리 씨가 노란색 실내화를 신고 창문 밖으로 나와 『타임스』 신문을 질질 끌면서 아주 예의를 차려 손을 내밀었다.

"안녕히 계세요," 제이콥이 말했다. "안녕히 계세요," 그는 되풀

이해서 말했다. "안녕히 계세요." 그는 다시 한 번 더 말했다. 샬로트 와일딩이 그녀의 침실 문을 활짝 열고 소리쳤다. "잘 가요, 제이콥 씨!"

"플랜더스 씨!" 클러트벅 씨가 벌통 모양의 의자에서 자신을 일으키려고 애를 쓰면서 소리쳤다. "제이콥 플랜더스!"

"너무 늦었어요, 조셉." 듀란트 부인이 말했다.

"날 위해 그렇게 포즈를 취하지는 마세요." 미스 엘리엇이 잔디 위에 그녀의 삼각대를 박아넣으면서 말했다.

제5장

"내가 생각하기에는," 제이콥이 입에서 파이프를 빼면서 말했다. "그건 버질이 쓴 거야," 그리고 의자를 뒤로 밀고 일어나 창문 쪽으로 갔다.

세상에서 가장 성급한 운전사들은 분명 우편 차를 운전하는 기사들이다. 램스 콘디트 가를 휙 돌아 내려간 그 주홍색깔의 우편 차는 편지를 우체통에 넣으려고 까치발을 한 어린 소녀가 반쯤 놀라, 또 반쯤 신기하게 쳐다보게 하고는 우체통 옆 모퉁이 보도를 살짝 스치듯 지나갔다. 소녀는 우체통 입에 손을 넣은 채 잠시 그대로 있다가 편지를 떨어뜨리고는 달려갔다. 까치발을 한 어린애를 연민에 차서 보는 일이 우리에게는 거의 일어나지 않는다. 그것은 연민이라기보다는 없애버릴 가치를 거의 느끼지 못하는 모래 한 알갱이가 신발 속에 들어 있는 불편보다 더 미미한 것이리라. 그게 우리의 느낌이라는 것이다. 그러고는 제이콥은 책장 쪽으로 돌아섰다.

오래전 굉장한 사람들이 이곳에 살았다. 자정이 지나 왕궁에서 돌아와 비단 옷자락을 치키며 조각한 문설주 밑에 서 있노라면 하인이 마룻바닥에 깐 요에서 몸을 일으켜 급히 조끼의 밑 단추를 여미고 그들을 들어오게 해주었다. 지독한 18세기의 비가 하수구로 콸콸 흘러내려갔다. 그러나 요즘 사우스햄튼 로우에서 주로 눈에 띄는 건 애완 거북을 양복점 주인에게 팔려는 남자를 늘 그 자리에서 볼 수 있다는 점이다. "트위드를 돋보이게 해준답니다, 나리─신사분들이 원하는 건 눈길을 끄는 뭔가 신기한 거예요, 나리─이놈들은 습관이 아주 깨끗합니다, 나리!" 그렇게 돼서 그들은 애완용 거북을 진열하고 있다.

옥스퍼드 가의 무디 순회 서점 모퉁이에 붉고 푸른 구슬들이 줄에 꿰어 있는 것처럼 계속 이어지고 있다. 이층 버스들이 움직이지 않고 서 있는 것이다. 구 런던의 중심가로 가려는 스폴딩 씨가 반대편의 셰퍼즈 부시로 가는 찰스 버전 씨를 쳐다보고 있다. 버스들이 가까이 서 있어 옥외 이층 버스 승객들은 각자 얼굴을 뚫어지게 볼 수 있는 기회가 주어졌다. 그러나 그 기회를 활용하는 사람은 거의 없었다. 각자가 생각해야 할 용무가 따로 있었다. 각자가 자신의 과거를 마치 암송할 수 있는 책갈피처럼 자신 속에 닫아걸고 있었다. 친구들은 제임스 스폴딩이나 찰스 버전 같은 제목만 읽을 수 있을지도 모른다. 그리고 반대 방향으로 가고 있는 승객들은 '붉은 콧수염의 사나이', '회색 옷을 입고 파이프 담배를 피우는 젊은이'라는 걸 제외하고는 아무것도 읽을 수가 없다. 시월의 햇빛이 움직이지 않고 앉아 있는 모든 남자와 여자들 위에 머물렀다. 몸집이 작은 조니 스타전은 이 기회를 틈타 아래 계단으로 휙 돌아 내려와 수상한 꾸러미를 들고 바퀴 사이를 지그재그로 피해 보도에 닿자 휘파람으로 노래를 부르면서 곧바로 시야에서 사라졌다.─영원히. 버스가 덜컹거리며 움직이자 타고 있던 사람 하나하나가 모두 이제 갈 길의 끝이 조금 더 가까워진 것에 안도감을 느꼈다. 그래도 몇 사람은 도시 중심에 있는 식당의 연기 자욱한 한쪽에서 도미노 게임을 하거나 술을 마시거나 콩팥 푸딩을 먹거나 스테이크를 먹는 특전이 주어진 약속을 생각하면서 지금 겪고 있는 이 지체가 지나가고 있는 것에 스스로 마음을 달래고 있었다. 그렇다, 인간의 삶은 홀본의 이층 버스 꼭대기에서는 아주 관대해진다. 경찰관이 팔을 치켜 올릴 때면, 그리고 햇빛이 등 뒤에 내리쬘 때면, 그리고 만일 인간이 인간에게 맞는 외피를 만들어낸 게 있다면 여기 이 큰길들이 만나는 템스 강의 강둑에서 그리고 달팽이 껍질 꼭대기의 소용돌이 모양을 한 세인트 폴 대성당이 그것을 완성시킨다. 제이콥은 이층 버스에서 내리면서 시계를 보고 성당의 계단에서 밈칫거리다가 마침내 성당 안으로 들어가기로 마음을 정한다…… 수고가 필요한 일인가? 그렇다. 이런 기분의 변화는 우리를 지치게 한다.

　하얀 대리석의 유령들이 출몰하고 그들을 위해 오르간 소리가 영원히 울리는 교회 안은 어두웠다. 만일 구두에서 삐걱거리는 소리가 나면 끔찍한 일이다. 질서가 있고 기율이 있다. 교회당지기는 그의 막대기로 그런 장애물이 없도록 엄하게 다룬다. 천사 같은 성가대는 다정하고 성스럽다. 대리석 조각의 어깨들을 빙 돌고 접힌 손가락 안과 밖으로 목소리와 오르간의 가늘고 높은 음이 지나간다. 영원히 이어지는 진혼곡—정적. 날마다 프루덴셜 보험회사 사무실 계단을 닦는 데 지친 리드겟 부인은 위대한 웰링턴 공작의 무덤 바로 밑에 자리를 잡고 손을 포개고 나서 눈을 반쯤 감았다. 늙은 여자가 쉬러 들어오기에는 훌륭한 이곳에서, 공작의 승리가 그녀에게 아무런 의미도 없고 이름조차 모르는 위대한 공작의 뼈 바로 옆에서 그녀는 반대편의 작은 천사 조상들에게 인사를 보내지 않은 적이 없었다. 그곳을 지나 나가면서 자신의 무덤에도 이런 것이 있었으면 좋겠다고 그녀는 바랐다. 그것들로 하여 마음의 가죽 장막이 활짝 젖혀져 살그머니 발뒤꿈치를 들고 나가면서 휴식과 달콤한 곡조 등을 떠올리며. 황마 상인인 올드 스파이어는 이런 생각은 전혀 하지 않았다. 참으로 이상하게도 그는 세인트 폴 성당에 지난 오십 년 동안 한 번도 온 적이 없었다. 그의 사무실 창문에서 성당 마당을 바라볼 수 있는데도. "이게 다야? 글쎄, 음침하고 오래된 곳이군…… 넬슨의 무덤이 어디라고? 지금은 시간이 없어—다시 오지—상자에다 동전을 넣어야지…… 비가 오는 거야? 아니면 개인 거야? 참, 둘 중 하나라고 딱 잘라 말할 수 있으면 좋으련만!" 빈둥거리며 아이들이 흩어져 들어왔다—성당 지기가 아이들에게 그렇게 하지 말라고 했다—또 다른 사람 그리고 또 다른 사람…… 남자, 여자, 남자, 여자, 소년…… 위를 올려다보면서 입술을 오므리면서 똑같은 그림자가 똑 같은 얼굴을 쓸어내리고 있었다. 마음속의 가죽 장막이 활짝 젖혀졌다.

사람들마다 코트와, 스커트와, 구두를 갖추고 있다는 놀라운 사실이 세인트 폴 성당의 계단에서보다 더 확실하게 드러나는 곳은 없다. 한 번 수입이 있으면 한 번 물건을 사고. 러드게이트 힐에서 산 핀리의 『비잔틴 제국』을 손에 들고 있는 제이콥만이 조금 달랐다. 그의 손에는 책이 들려 있고 아마 그가 정확하게 아홉 시 반이 되면 자신의 난롯가에서 이 수많은 사람들 중에 어느 누구도 하지 않는 일인 책을 펼치고 연구를 할 것이기 때문이다. 그들은 집을 소유한 게 아니었다. 거리가 그들의 것이었다. 가게가, 교회가, 그리고 수많은 책상들이, 퍼져 있는 사무실의 빛이, 자동차들이, 길 위로 높이 매달려 있는 기찻길이 그들의 것이었다. 만일 좀 더 가까이 들여다본다면 나이 지긋한 세 남자가 서로 조금씩의 거리를 둔 채, 마치 거리가 자신들의 응접실인양 거리를 따라가고 있는 것을 보게 될 것이다. 그리고 여기 담장에 기대어 한 여자가 구두끈을 늘어놓고 사라고 청하지도 않으면서 허공을 바라보고 있다. 포스터 또한 그들의 것이다. 뉴스가 그들에게 쏟아진다. 어떤 마을이 파괴되고. 경마에서 이기고. 강철 줄 마무리의 천장 덮개와 잘게 부서져 먼지가 된 말똥 때문에 원래의 푸른색, 아니면 흰색이 차단된 하늘 아래서 선회하고 있는 집 없는 사람들.

저기, 녹색 차양 아래서 하얀 종이 위에 머리를 숙이고 시블리 씨는 장부의 좌우에 숫자들을 옮겨 적는다. 그리고 책상 위마다 보이는 것은 마치 여물처럼 한 뭉치의 서류들이 하루치의 자양분인양 서서히 부지런한 펜에 의해 소모된다는 것이다. 복도에는 품질이 어떻다고 적어놓은, 수도 없이 많은 외투들이 하루 종일 주인 없이 걸려 있다가 시계가 여섯 시를 치면 정확하게 모두 임자를 찾고 그 작은 형체들은 양 갈래로 갈라진 바지의 형태거나 하나로 된 두꺼운 모습이 되거나에 상관없이 모두 급하게 몸을 획 돌려 보도를 따라 경직된 전진 동작을 취하는 것이다. 그러고는 어둠 속으로 떨어져버린다. 보도 아래 땅속에 가라앉은, 노란 불빛이 줄지어 있는 속이 빈 배수로는 그들을 끝없이 이쪽저쪽으로 실어 나르고 지하세계의 법랑 판에 새겨져 있는 커다란 글씨는 지상의 공원들과 광장들 그리고 십자로들을 알려준다. '마블 아치―셰퍼즈 부시'―대다수의 사람들에게 아치와 부시는 푸른 바탕 위의 영원한 하얀색 글씨이다. 단지 한 지점―아마도 엑튼, 홀로웨이, 켄설 라이즈, 칼레도니안 로드일 수도 있겠지만―만이 당신이 물건을 사는 가게들의 이름을 의미할 수도 있고 오른쪽 아래로 있는 집들 중 하나에는 가지를 짧게 쳐낸 나무들이 보도의 돌 사이에서 자라고 있고 거기에는 네모난 커튼 친 창문이 있으며 침실이 하나 있는 것이다. 해가 지고도 한참이 지났는데 나이 든 장님 여자가 런던 스미스 합병 은행의 돌담에 등을 기댄 채 접이식 의자에 앉아 갈색 잡종 개를 품에 꽉 끌어안고 큰 소리로 노래를 부르고 있었다. 동전을 위해 부르는 것이 아니었다. 아니다. 그녀의 방종하고 거친 가슴 저 깊이에서 ― 그녀의 죄 많고 타버린 가슴에서 나오는 노래였다. 여기에 그녀를 이끌어 데리고 온 아이는 그녀의 죄의 열매로, 은행 담장에 기대 앉아 가슴에 개를 안고 가로등 아래에서 동전 때문에 부르는 게 아닌, 어머니의 황량한 노래를 듣기보다는 잠자리에 들어 커튼을 치고 잠이 들어 있으면 좋을 것을.

그들은 집으로 갔다. 회색의 교회 첨탑들이 그들을 맞아준다. 낡고, 죄 많고, 위엄 있는 고색창연한 도시. 하나 뒤에 또 다른 것이 둥글지 않으면 뾰족하게, 하늘을 찌르거나 아니면 저희끼리 뒤엉겨서 마치 항해하는 범선처럼, 화강암 절벽처럼, 첨탑과 사무실 그리고 부두와 공장들이 은행 주위에 밀집해 있다. 영원히 순례객들은 무거운 발걸음을 옮긴다. 짐을 가득 실은 바지선이 강물 한가운데 정지해 있다. 어떤 이들이 믿는 것처럼 도시는 그들의 매춘부를 사랑한다.

그러나 그 정도까지 인정하는 사람은 거의 없는 것 같다. 코벤트 가든의 오페라 하우스 아치를 떠나는 모든 마차들 중에 오른쪽으로 도는 마차는 하나도 없다. 텅 빈 시장터에서 어린 도둑이 잡혔을 때, 흑백으로 빼입은 이나, 장밋빛의 이브닝드레스를 입은 이나, 어느 누구도 길을 막고 마차 문에 손을 얹은 채 멈추어 서서 그들을 돕거나 욕을 하려고 하지 않는다. 공정하게 말하자면 레이디 찰스는 계단을 오르며 슬프게 한숨을 쉬었고 토머스

아 켐피스[1]의 책을 빼 들고 세상사의 복잡성을 파고 들어가는 일에 마음을 쓰느라 잠을 자지 못했지만 말이다. '왜? 왜? 왜?' 그녀는 한숨을 쉬었다. 대체로 오페라 하우스에서부터 걸어서 돌아오는 편이 가장 좋은 일이다. 피곤함이야말로 가장 안전한 수면제이므로.

가을 시즌 공연이 한창이었다. 트리스탄이 그의 겨드랑 밑의 담요를 일주일에 두 번씩 잡아당겼다. 이졸데는 그녀의 스카프를 지휘자의 지휘봉과 놀라운 공감을 이루며 흔들었다. 극장 안 구석구석에서 핑크색 얼굴과 번쩍이는 가슴을 볼 수 있었다. 몸체는 보이지 않는 왕가의 손 하나가 미끄러져 나와 진홍색 선반 위에 놓여 있는 붉고 흰 꽃다발을 슬며시 뒤로 빼갔을 때 영국 여왕은 목숨을 내어놓을 가치가 있는 이름이었다. 미인들이 온실 속 꽃의 다양함 그대로(최악의 것은 하나도 없었다) 오페라 박스마다 피어 있었다. 비록 심오한 이야기는 오가지 않았어도, 그리고 월폴[2]이 죽음으로 해서 위트가 아름다운 입술들을 저버렸다는 게 통설이긴 하지만 어떻든 빅토리아 여왕이 잠옷 차림으로 각료들을 맞으러 내려올 때 (오페라 안경을 통해서) 그 입술들은 아직 붉은 채 숭배할 만했다. 금색 머리장식의 지팡이를 쥔 저명한 대머리 남자들이 일 층 특석 사이의 진홍빛 통로를 천천히 내려오고 오페라 박스 사이에 친교가 멈추고 불빛이 어두워지면, 지휘자가 처음에는 여왕에게 머리를 숙이고 다음에는 대머리 남자들에게 숙인 후 그의 발을 휙 돌려 지휘봉을 치켜든다.

그러고 나면 반쯤 어두운 곳의 이천 개의 가슴은 기억하고 예견하며 어두운 미로를 여행한다. 그리고 클라라 듀란트는 제이콥

---

1 1380~1471, 아우구스티누스 회 수도사이자 『그리스도의 삶의 모방』의 저자.
2 1717~1797, 영국의 소설가.

에게 작별을 고하고 상상 속에서 죽음의 달콤함을 맛본다. 오페라 박스의 어둠 속 그녀 뒤에 앉은 듀란트 부인은 날이 선 한숨을 내쉰다. 이탈리아 대사 부인의 뒷자리에서 워틀리 씨는 자세를 바꿔 앉으며 이졸데의 하녀인 브랑겐의 소리가 좀 거칠다고 생각했다. 그리고 그들 머리 몇 피트 위의 맨 위층 좌석에 자리 잡은 에드워드 휘테커는 축소판 악보 위에 몰래 손전등을 비추고, 그리고…… 또 그리고……

　다른 말로 바꾸면, 관찰자는 관찰로 숨이 막힌다. 오로지 우리가 혼란에 빠지는 걸 막기 위해 자연과 사회는 그들 사이에 단순성 그 자체인 분류라는 체계를 만들어놓았다. 일 층 특등석, 오페라 박스, 반원형 계단식 좌석, 맨 위층 좌석. 그 구조물은 밤마다 채워진다. 세세한 것을 구별지을 필요는 없다. 그러나 어려움은 남아 있다―선택을 해야 하는 것이다. 비록 내가 영국 여왕이 되고 싶지 않더라도―단지 잠깐만이라도―나는 기꺼이 그녀 옆에 앉을 것이고 수상의 가십을 들을 것이다. 백작부인이 귓속말을 하며 저택과 정원에 대한 그녀의 기억들을 나눌 것이다. 존경할 만한 사람의 그 거대한 전면은 결국 그들의 비밀스런 규약을 감추고 있다. 아니면 왜 그렇게 뚫고 들어갈 수가 없는가? 그리고 자신의 투구를 벗고 잠시라도 누군가의―어떤 누구라도―시늉을 해본다는 것은 얼마나 이상한 일인가, 이를테면 제국을 지배하는 용맹스런 사람이 되어보는 것. 브랑겐이 소포클레스의 구절들을 노래하는 동안, 목동이 피리를 부는 동안 전광석화처럼 다리와 수로를 보는 것. 그러나 아니다―우리는 선택을 해야 한다. 이것보다 더 가혹한 필연은 없다! 그렇지 않으면 더 큰 고통을 수반하고 더 확실한 파국을 일으킨다. 왜냐하면 내가 나를 어디에 앉히든, 나는 유배지에서 죽는 것이다. 휘테커는 그의 하숙집에서. 레이디 찰스는 그녀의 저택에서.

*

7파운드 6페니짜리 좌석에 앉았던 매부리코의 젊은이가 오페라가 끝났을 때 돌계단을 내려오고 있었다. 마치 음악의 영향으로 동료들과 아직은 격리되어 있는 것처럼.

자정에 제이콥 플랜더스는 그의 방문을 똑똑 두들기는 소리를 들었다.

"세상에!" 그는 소리쳤다. "바로 내가 원하던 사람이 너야!" 더 이상 법석을 떨지 않고 두 사람은 그가 하루 종일 찾고 있던 구절을 알아냈다. 그건 버질[3]의 작품에 나온 구절이 아니라 루크레티우스[4]의 것에서 나오는 구절이었다.

"그래, 그게 그를 정신 차리게 하겠군," 제이콥이 읽기를 끝내자 보나미가 말했다. 제이콥은 흥분했다. 그가 쓴 에세이를 소리 내어 읽은 것은 처음이었다.

"빌어먹을 돼지!" 그가 조금 과장되게 말했다. 그러나 칭찬이 그를 자만하게 했다. 리즈 출신의 불틸 교수는, 말하지 않고 남겨 놓은 것이 있다거나 내장을 빼버렸다는 언급은 않고 단지 몇 개의 상스러운 단어나 상스러운 구절에 별표만을 한 채 위철리[5]의 희곡을 간행했다. 무례한 짓이야, 제이콥이 말했다. 신념의 불이

---

3 B.C. 70~B.C. 19, 로마의 시인이자 저술가로 고대 그리스 시인들의 작품과 경쟁적으로 비교된다.
4 B.C. 99~B.C. 55, 역시 로마의 시인이자 저술가.
5 1640~1716, 성도덕과 결혼의 관습을 주제로 쓴 희곡작가.

행, 순전히 고상한 척하는 것, 음탕한 심성과 구역질나는 성품의 표시일 뿐이지. 아리스토파네스와 셰익스피어가 인용되었다. 현대식 삶이 거부되었다. 학자연하는 직책으로 위대한 연극이 만들어지고 학문 연마의 자리로서 리즈는 조롱의 비웃음을 샀다. 놀라운 것은 이 젊은이들이 완전히 옳다는 것이다. 놀라운 까닭은 비록 제이콥이 자신의 에세이를 그대로 베껴 보낸다고 하더라도 아무도 이것을 출판하지 않으리라는 것이며『포트나이틀리』,『컨템퍼러리』,『19세기』등의 문학잡지에서도 분명히 되돌려 보낼 것임을 그가 알고 있었다는 것이다. 제이콥은 어머니의 편지와 자신의 낡은 플란넬 바지와 콘월의 우편 소인이 찍힌 한두 개의 쪽지를 보관하는 검은 나무 상자에 그것을 집어던졌다. 진실 위에 뚜껑이 덮였다.

그의 이름이 흰색 페인트로 아직 알아볼 수 있게 적힌 이 검은 나무 상자는 거실의 긴 창문 사이에 놓여 있었다. 창문 아래에 길이 뻗어 있었다. 침실은 뒤쪽에 있음이 분명했다. 가구―세 개의 고리버들 세공의 의자와 접었다 폈다 할 수 있는 책상은 케임브리지에서 가져온 것이었다. 이 하숙집은 (가핏 부인의 딸인 화이트혼 부인이 이 집의 주인이었다) 말하자면 한 150년 전쯤에 지은 것이었다. 방들은 모양이 괜찮았고 천장은 높았다. 문께에 장미 또는 양의 머리가 나무로 조각이 되어 있었다. 십팔 세기는 기품이 있다. 검자줏빛 페인트로 채색된 내부 벽의 나무판들조차 그 기품을 잘 보여주고 있다……

'기품'―듀란트 부인은 제이콥 플랜더스가 '기품 있는 얼굴'이라고 말했다. '아주 서툴고', '그러나 아주 기품 있는 모습'이라고 그녀는 말했다. 처음 그를 보면 그 말이 그에게 맞는다. 의자에 눕듯이 기댄 채로 입술에서 파이프를 떼면서 보나미에게 말하고 있었다. "자, 이제 오페라에 대해 이야기하자."(왜냐하면 상스러움에 대한 이야기는 끝이 났기에) "이 바그너라는 친구는" ……기품이라는 말을 자연스럽게 그에게 쓸 수 있었다. 그를 바라보면서 그가 오페라 하우스에서 일 층 앞쪽의 특석에 앉았는지, 맨 위층의 값이 싼 좌석에 앉았는지, 아니면 이 층의 특등석에 앉았었는지 말하기는 어렵긴 했지만. 작가? 그는 자의식이 결여돼 있었다. 화가? 그의 손의 형태에는 어딘지(어머니 쪽 가계는 아주 오래된 집안에 특별히 드러낼 명색이 없었다) 취향이 드러나는 데가 있었다. 그리고 그의 입 — 그러나 확실히 가장 쓸데없는 일 중에서도 이렇게 얼굴의 이목구비를 나열하는 것이 최악일 것이다. 한마디면 충분하다. 그러나 그 한마디를 찾지 못한다면?

'나는 제이콥 플랜더스가 좋아,'라고 클라라는 자신의 일기장에 썼다. '그 사람은 너무도 세속적이지 않아. 그 사람은 잰 체하지도 않지. 그 사람의 어떤 점이 좋은지 말할 수 있긴 하지만 그 사람이 겁나기도 해. 왜냐하면……' 레츠 씨가 펴낸 1실링짜리 일기장은 쓸 공간이 얼마 없다. 수요일 일자를 넘어 들어가서 쓰는 사람이 클라라만은 아니었다. 가장 겸손하고 가장 솔직한 여자! '안 돼, 안 돼, 안 돼,' 그녀는 온실 문 앞에 서서 한숨을 쉬었다. "망가뜨리지 말아요 — 깨뜨리지 말아요" — 무엇을? 무언지 끝없이 좋은 것을.

그러나 한편 이것은 단지 사랑을 하는, 아니면 사랑하기를 억제하는 젊은 여자의 언어일 뿐이다. 그녀는 그 순간이 그 칠월 아침의 것과 똑같이 영원히 지속되기를 바랐다. 그러나 순간은 그렇지 못하다. 예를 들어서 지금 제이콥은 그가 했던 도보여행과 그들이 묵었던 '거품 나는 요강'이라는 여인숙에 대해 이야기를 하고 있다. 그 여인숙의 주인 여자 이름을 생각해보면…… 그들은 소리를 지르며 웃었다. 그 농담은 외설스러웠다.

그리고 줄리아 엘리엇은 수상들과 식사를 하면서 '그 말 없는 젊은이'라고 말했는데 틀림없이 그녀는 이런 뜻으로 말했다. '만일 그가 출세를 하려면 할 말은 해야 할 것이다.'

티모시 듀란트는 전혀 어떤 의견도 말하지 않았다.

그 집의 하녀는 아주 후하게 사례를 받는다는 사실을 알고 있었다.

숍위드 씨의 견해는 클라라만큼 감상적이지만 그래도 훨씬 기술적으로 표현되었다.

베티 플랜더스는 아처에게는 낭만적이고 존에게는 부드러웠지만 제이콥이 집에서 서툴게 구는 것에는 터무니없이 짜증이 났다.

바풋 대령은 세 아이들 중에 제이콥을 가장 좋아했다. 그러나 왜 그런지 말하라고 하면……

그러니 여자나 남자나 다 똑같이 잘못하고 있는 것 같다. 우리와 다른 성性에 대해 근원적이고 공평무사한, 그리고 절대적으로 공정한 의견이란 결코 알 수가 없는 것 같다. 우리가 남자이건 아니면 여자이건. 우리가 냉정한 사람이건, 아니면 감상적인 사람이건. 우리가 젊은이건 늙어가고 있건. 어떤 경우에라도 삶이란 그림자의 행렬일 뿐인데, 그런데 왜 이다지도 우리는 그 그림자를 열렬히 껴안는지, 그리고 그들이 떨어져 나가 그림자가 되는 것을 그렇게 고통에 차서 바라보는지. 그리고 왜, 만일 이것이, 이 것보다 더한 것이 진실이라면, 왜 우리는 아직도 창문 모퉁이에 서서 이 갑작스러운 영상, 즉 의자에 앉아 있는 그 젊은이가 이 세상에 있는 어떤 것보다 더 실재적이고 가장 견고하며 우리에게 가장 잘 알려진 사람이라는 것에 이다지도 놀라는 것인가? ― 왜 진정으로? 왜냐하면 이 순간이 지나고 나면 우리는 그에 대해 아무것도 모를 거면서도.

이런 것이 바로 우리가 보는 방식이다. 또한 우리의 사랑의 조건이기도 하고.

('나는 스물두 살이다. 시월 말이 다 됐다. 인생은 정말 즐겁다. 불행하게도 바보들이 주변에 참 많지만. 사람은 무엇엔가 전념해야 한다 ― 그게 뭔지는 아무도 모른다. 모든 게 정말 아주 즐겁다 ― 아침에 일찍 일어나 연미복을 입어야 하는 것 빼고는.')

"이봐, 보나미, 베토벤은 어때?"

('보나미는 놀라운 친구다. 그는 실제로 모든 걸 다 안다. ― 영국 문학에 대해서는 나보다 모르지만 ― 그러나 그는 프랑스 작가들을 모두 읽었다.')

"나는 네가 놀리고 있다는 생각이 드는데, 보나미. 네 말에도 불구하고 그 가엾은 늙은 테니슨……"

('사실대로 말하자면 사람은 불어를 배워야 한다. 지금 늙은이 바풋이 어머니와 이야기를 하고 있을 것이라는 생각이 든다. 그건 틀림없이 좀 이상한 연애이긴 하다. 그러나 저 아래에서 보나미를 볼 수가 없다. 거지 같은 런던!') 장터의 짐수레가 길 아래를 덜커덩거리며 지나갔기 때문이다.

"토요일에 산책하는 거 어때?"

('토요일에 뭐가 있더라?')

그러고는 수첩을 꺼내 다음 주가 듀란트네 파티가 있는 밤이라는 것을 확인했다.

그러나 비록 이 모든 것이 사실이 될 수 있다 하더라도 ― 그렇게 제이콥이 생각하고 말한 것이―그렇게 그가 다리를 꼰 것이―파이프에 담배를 채운 것이―위스키를 홀짝거린 것. 한번 수첩을 들여다본 것이, 그러면서 머리를 마구 헝클어뜨린 것이, 그래도 그럼에도 제이콥 자신에 의하지 않고서는 다음 사람에게 결코 전달될 수 없는 무엇인가가 남아 있는 것이다. 더군다나 이 장면의 일부는 제이콥이 아니라 리처드 보나미이다―그 방, 장터의 짐수레들, 그 시간, 역사의 바로 그 순간, 그러면 성의 영향을 고려해보자―어떻게 그것이 남성과 여성 사이에 기복을 드리우는지, 흔들리는지, 그래서 여기에는 계곡이 있고, 저기에는 정상이 있다고, 그러나 실제로는 아마 내 손처럼 모든 것이 평평하기만 한데. 심지어 정확한 단어들도 틀린 강세를 줄 수도 있는 것이다. 그러나 무엇인가가 항상 박각시나방처럼 신비의 동굴 입구에서 몸을 떨며 윙윙거리게 몰아간다, 제이콥 플랜더스에게 그가 갖지도 않은 모든 자질을 부여하면서―확실히 그가 앉아서 보나미에게 이야기하고 있을 때, 그가 말한 것의 반은 되풀이하기에는 너무 재미없는 것이고, 너무 알아들을 수가 없는 것인데도 말이다(모르는 사람들이나 국회에 대해서는). 남겨진 것은 모두 어림짐작의 문제인 것이다. 그럼에도 우리는 그의 위에서 떨며 머뭇거린다.

"그래요," 베티 플랜더스의 벽난로 안쪽 대에 파이프 재를 털어내고 외투에 단추를 채우면서 바풋 대령이 말했다. "그게 일을 두 배로 만들긴 했지만 상관없습니다."

그는 지금 시의원이다. 그들은 런던의 밤과 똑같은 밤을, 그러나 아주 더 투명한 밤을 바라보았다. 저 아래 시내에 있는 교회의 종이 열한 시를 쳤다. 바람은 이제 바다를 벗어났다. 모든 침실의 창문들은 캄캄하다─페이지네 식구들은 잠이 들었다. 가핏네도 자고 있다. 크랜치 집 사람들도 자고 있다─반면에 런던서는 이 시간에 팔리아먼트 힐에서 가이 포크스[6] 허수아비를 불태우고 있었다.

---

6 1570~1606, 제임스 1세 시절 구교도와 신교도의 갈등 중 구교도였던 포크스가 의회 지하에 폭약을 설치해 의회와 국왕을 처치하고자 한 모의가 사전에 발각돼 사형당한 사건에서 유래한 것으로 매년 포크스의 허수아비를 불태운다.

제6장

불길이 꽤 잘 타올랐다.

"저기 세인트 폴 성당이 보여!" 누군가가 소리쳤다.

나무가 타오르자 런던 시내는 잠깐 환해졌다. 불이 붙고 있는 곳 말고는 모두 나무들이 있었다. 마치 노란색과 붉은색으로 페인트칠을 한 것처럼 생생하고 선명한 얼굴들 중에 가장 눈에 띄는 건 한 여자의 얼굴이었다. 불길의 속임수로 그녀는 마치 몸체가 없는 것처럼 보였다. 뒷배경은 모두 캄캄한 허공인 채 타원형의 얼굴과 머리카락이 불 옆에 매달려 있는 것 같았다. 마치 불꽃의 번쩍임에 놀란 듯 그녀의 녹청색 눈이 불길을 뚫어지게 보고 있었다. 얼굴의 모든 근육이 팽팽히 당겨져 있었다. 그렇게 뚫어지게 바라보는 모습에는 어딘지 비극적인 데가 있었다─그녀의 나이는 스무 살에서 스물다섯 사이였다.

얼룩덜룩한 어둠 속에서 손이 하나 내려와 그녀의 머리 위에 피에로의 하얀 고깔모자를 눌러 씌웠다. 머리를 흔들면서도 그녀는 계속 불길을 응시하고 있었다. 구레나룻이 있는 얼굴이 그녀 위에 나타났다. 사람들이 책상 다리 두 개를 불길에 던져 넣었고 잔가지와 잎들도 뿌려 넣었다. 모든 것들이 불길로 타올랐고 멀리 뒤에 있는 사람들의 둥글고, 창백하고, 매끈하고 턱수염이 나고, 더러는 중절모를 쓰고 있는 얼굴들이 보였다. 모두가 불길에 몰두해 있었다. 고르지 않은 하얀 연무 위에 세인트 폴 성당과 두세 개의 좁고 종잇장처럼 하얀 소화기 모양의 첨탑이 함께 떠 있었다.

불길이 나무를 태우려 애를 쓰며 위로 솟아오르자 어디서 왔는지 양동이들이 윤을 낸 거북의 등 같은 속이 빈 아름다운 형태의 물을 퍼부어댔다. 다시 또다시 퍼부었다. 증기의 슈우하는 소리가 벌떼 같았고 모든 얼굴들이 보이지 않게 되었다.

"오, 제이콥," 어둠 속에서 언덕 위로 쿵쿵거리며 올라가며 그여자가 말했다. "나는 끔찍히 불행해요!"

사람들에게서 커다란 웃음소리가 터져 나왔다—높게, 낮게. 앞서거니 뒤서거니.

호텔의 식당은 불이 환하게 밝혀져 있었다. 식탁의 한쪽 끝에는 석고로 만든 사슴 머리가 있었고 다른 한쪽에는 오늘 밤이 가이 포크스의 밤임을 기념해 로마인의 흉상을 시커멓게 또 붉게 칠해놓았다. 식탁 앞의 손님들은 길게 이은 종이 장미로 함께 연결돼 있어 손을 맞잡고 올드 랭 자인을 부를 때면 핑크색과 노란색 줄이 식탁의 길이대로 오르내렸다. 녹색의 포도주 잔을 부딪치는 소리가 굉장했다. 젊은 남자 하나가 일어서자 플로린다는 식탁 위에 있는 자줏빛의 공 모양 유리 용기를 집어 들어 그의 머리에 정통으로 집어던졌다. 그 공 모양의 용기는 산산조각이 났다.

"나는 끔찍이 불행해요!" 그녀는 옆에 앉은 제이콥 쪽으로 고개를 돌리며 말했다. 식탁이 마치 보이지 않는 다리 위에 놓인 듯

방 한쪽 옆으로 미끄러져 갔고 붉은 천과 종이꽃 분 두 개가 장식된 손풍금이 왈츠를 연주했다.

제이콥은 춤을 출 수가 없었다. 그는 벽에 기대서서 파이프 담배를 피웠다.

다른 사람들로부터 빠져 나온 춤을 추던 두 사람이 그의 앞에서 머리를 깊이 숙이고 "당신은 우리가 본 사람 중 가장 멋진 사람이에요."라고 말했다.

그렇게 그들은 그의 머리에 종이꽃 화관을 만들어 씌웠다. 그러고 나서 누군가가 흰색과 금색의 의자를 가져와 그를 앉게 했다. 사람들이 지나가면서 마치 난파선의 뱃머리 조각처럼 보일 때까지 그의 어깨 위에 유리로 만든 포도 넝쿨을 걸어 놓았다. 그리고 플로린다가 그의 무릎 위에 올라앉아 얼굴을 그의 조끼에 파묻었다. 그는 한 손으로는 그녀를 붙잡고 또 다른 손에는 파이프를 들고 있었다.

"자, 이제 이야기를 해보자구," 11월 6일 아침 네 시와 다섯 시 사이, 해이버스톡 힐을 티미 듀란트와 어깨동무를 하고 걸어 내려가면서 제이콥이 말했다. "뭔가 의미 있는 것 말이야."

그리스 문학은 ─ 그렇다, 그들은 그리스 문학에 대해 이야기를 하고 있었다 ─ 언제 어떻게든 세계의 모든 문학으로, 중국 문학과 러시아 문학(이 슬라브 작가들은 세련되지 못했어)까지 포함해서, 입을 가시고 났을 때 그래도 결국 남는 것은 그리스 문학의 맛이었다. 듀란트는 아이스킬로스를 인용했고 ─ 제이콥은 소포클레스를 인용했다. 어떤 그리스 사람도 이해 못할 것이고 아니면 교수 또한 그 점을 지적하길 삼가지만 ─ 신경 쓸 것 없다. 새벽에 해이버스톡 힐에서 외치지 않는다면 그리스 문학이 무엇에 소용된단 말인가? 더군다나 듀란트는 소포클레스에 대해 귀를 기울이지 않고 제이콥 역시 아이스킬로스에 대해 듣지 않는다. 그들은 뽐내며 승리감에 취해 있다. 두 사람 다 이 세상의 모든 책을 다 읽은 것 같았고, 모든 죄와 모든 열정과 모든 즐거움을 다 알아버린 것 같았다. 문명이 마치 꺾일 준비가 된 꽃처럼 그들 주변에 서 있었다. 모든 시대가 항해를 떠나기에 딱 맞는 파도처럼 그들의 발밑에서 찰싹거렸다. 이 모든 것을 다 조망해본 두 젊은이는 안개와 가로등, 런던의 어둠 사이로 불쑥 나타나 그리스를 좋아하기로 결정을 보았다.

"아마도," 제이콥이 말했다. "우리 둘은 이 세상에서 유일하게 그리스 문학의 의미를 아는 사람이야."

카운터를 따라 작은 등잔이 타고 있고 커피 주전자들이 윤이 나는 노점에서 두 사람은 커피를 마셨다.

제이콥을 군대 경력이 있는 신사로 생각한 노점 주인이 지브롤터에 있는 자신의 아들 이야기를 했고 제이콥은 영국 군대를 욕하고 웰링턴 공작을 칭찬했다. 그렇게 다시 그들은 그리스 문학에 대한 이야기를 하면서 언덕 아래로 내려갔다.

생각을 해보면 참 이상한 것이, 이 그리스 문학에 대한 사랑이 이런 몽롱함 속에서 떠벌려지고, 왜곡되고, 실망스럽다가도 특별히, 갑자기 사람들이 많이 있는 방을 벗어날 때 아니면 활자에 식상했을 때, 구릉의 굽이 사이에 떠 있는 달을 볼 때, 아니면 공허하고 창백하고 메마른 런던의 나날을 보내고 있을 때 어떤 특효약처럼 깨끗한 칼날처럼, 항상 하나의 기적처럼 뛰어오르는 것이다. 제이콥은 그리스어를 희곡을 더듬거리며 읽을 정도로밖에 모른다. 고대 역사에 대해서는 아는 바가 없다. 그럼에도 그가 런던의 거리를 터벅거리며 걸을 때면 아크로폴리스로 가는 길의 보도에 깐 판석을 울리고 있는 것 같았고 만일 소크라테스가 그들이 오고 있는 것을 본다면 벌떡 일어나 '내 좋은 친구들'이라고 말할 것 같았다. 자유롭고 대담하고 기개 있는 아테네인들의 모든 감정이 그의 마음에 담겨 있기 때문이었다…… 그녀는 그의 허락도 받지 않고 그를 제이콥이라고 불렀다. 그녀는 그의 무릎 위에 올라앉았다. 옛날 그리스 시대에는 모든 멋진 여자들이 그렇게 했었다.

이 순간, 흔들리고 떨리는, 그러면서도 스스로를 풀어낼 힘이 결여된, 그러나 슬픔에 잠긴 애도의 소리가 대기를 흔들다가 점점 그 소리가 약해지며 이어졌다. 그 소리에 뒷골목의 문들이 음울하게 열어젖혀졌다. 일꾼들이 무겁게 걸어 나왔다.

플로린다는 앓고 있었다.

듀란트 부인은 늘 그렇듯이 잠이 들지 못하고 단테의 『신곡』에서 「지옥 편」의 어떤 구절 옆에 표시를 했다.

*

클라라는 베개에 머리를 파묻고 잤다. 그녀의 화장대 위에는 어수선한 장미꽃과 길고 하얀 장갑이 놓여 있었다.

아직도 피에로의 하얀 고깔모자를 쓰고 플로린다는 앓고 있었다.

그 침실은 이런 재앙에 딱 어울리는 것 같았다. 싸구려에, 겨자색 도배를 한, 반은 다락이고 반은 스튜디오 같은, 이상스럽게 은박지로 별 장식을 해놓고, 웨일스 여자의 모자들, 그리고 벽에 달린 가스등 고리에 걸어놓은 묵주 등등. 플로린다의 이야기를 들어보면, 그녀의 이름은 어느 화가가 처녀성을 빼앗기지 않았다는 걸 의미한다면서 그녀에게 붙여준 것이라고 했다. 어찌됐건 그녀는 성이 없었다. 부모에 대해서는 아버지가 묻혀 있는 비석의 사진만 있다고 말했다. 때로 그녀는 그 크기를 자세히 설명하기도 했다. 소문에 의하면 플로린다의 아버지는 아무것으로도 멈출 수 없는 뼈가 자라는 병으로 죽었다고 했고 어머니는 왕족인 주인의 신임을 누렸고 가끔 플로린다 자신이 공주라고 말하기도 하지만 주로 취했을 때의 일이다. 그렇게 버려져 게다가 아름답기까지 한 비극적인 눈과 어린아이 같은 입술을 가진 그녀는 보통의 여자들보다 처녀성에 대한 이야기를 더 많이 한다. 이야기하는 상대 남자에 따라 바로 어젯밤에 잃었다고 하거나 그녀의 가슴속 저 너머에 잘 간직하고 있다고 말한다. 그러면 그녀는 늘 남자들에게만 그런 말을 하는가? 아니다. 그녀는 속을 털어놓는 사람이 있다. 스튜어트 원장님이다. 그 부인이 말했듯이 스튜어트는 왕가의 이름이다. 그러나 어떤 의미에서 그런지, 하는 일이 무엇인지는 아무도 알지 못한다. 단지 스튜어트 부인은 매주 월요일 아침에 우편 주문을 하고 앵무새를 키우며 영혼의 윤회를 믿고 차 이파리로 미래를 읽을 수 있다고 한다. 그녀는 플로린다의 정절 뒤에 숨어 있는 지저분한 하숙집의 벽지인 것이다.

지금 플로린다는 울고 있다. 거리를 헤매며 하루를 보내고 첼시에 서서 강물이 헤엄치며 흘러가는 것을 바라보고 있다. 상점들이 있는 거리를 죽 따라 걸었다. 가방을 열고 이층 버스 안에서 뺨에 분칠을 했다. 에이비씨 빵 가게의 우유 주전자에 기대놓고 연애편지들을 읽었고 설탕 항아리에 유리가 들어 있는지 살폈다. 그러면서 웨이트리스가 그녀를 독살하려 한다고 혐의를 두기도 했다. 젊은 남자가 그녀를 뚫어지게 바라본다고 단언하기도 하면서. 저녁때가 돼 오자 그녀는 제이콥이 사는 거리로 자신이 천천히 어슬렁거리며 내려가고 있다는 것을 알았다. 그때 그녀는 지저분한 유태인들보다 제이콥이라는 남자를 훨씬 더 좋아한다는 생각이 들었고 그는 책상 앞에 앉아 있었고(그는 외설 윤리에 대한 에세이를 쓰고 있었다), 그녀는 장갑을 벗고 스튜어트 원장님이 차 주전자 덮개로 어떻게 그녀의 머리를 때렸는지 제이콥에게 이야기했다.

제이콥은 그녀의 말을 그녀가 순결하다는 뜻으로 받아들였다. 그녀는 불가에 앉아 유명한 화가들에 대해 재잘거렸다. 그녀 아버지의 무덤에 대한 이야기도 했다. 그녀가 야성적이고 연약하고 아름답게 보인다고, 그리스의 여자들도 그러리라고 제이콥은 생각했다. 그리고 이것이 삶이다. 그리고 자신은 남자고 플로린다는 순결하다.

그녀는 팔 밑에 셸리의 시집 한 권을 끼고 떠났다. 스튜어트 원장님이 가끔 시인에 대해 이야기했다고 그녀는 말했다.

순진한 사람은 경탄스럽다. 이 여자 자신이 모든 거짓말을 초월한다고 믿는 것(제이콥은 맹목적으로 이런 걸 믿을 만큼 바보가 아니다), 정착하지 않고 사는 삶을 부럽게 생각해보는 것, 그 자신의 귀염 받고 조용한 듯 보이는 삶과 비교해볼 때 영혼의 무질서를 위한 특효약으로 아도니스[1]와 셰익스피어의 희곡을 손

---

1 셸리(Percy Bysshe Shelley, 1792~1822)가 존 키츠(John Keats, 1795~1821)의 죽음을 애도해 쓴 시.

가까이에 두고 있는 것, 두 사람의 동지애를 살펴보면서 그녀 쪽은 활기가 넘치고 그의 쪽은 방어적이나 여자들도 남자와 똑같으니 둘은 동등하다고 제이콥은 생각했다. 이런 순진함이야말로 충분히 경탄스러운 것으로 아마도 결국은 그렇게 어리석은 것이 아닐지도 모른다.

그날 밤 플로린다는 집에 돌아와 머리를 감았다. 그러고는 초콜릿 크림을 먹었고 셸리의 시집을 열었다. 정말 끔찍하게 지루했던 게 사실이다. 도대체 이게 다 무슨 소리야? 또 다른 걸 먹기 전에 페이지를 넘기라고 스스로와 내기를 해야 했다. 사실 그녀는 잠이 들어버렸다. 그녀의 하루가 길었기 때문이었다. 스튜어트 원장님은 차 주전자 덮개를 던졌고 거리에서는 끔찍한 광경이 벌어졌다. 비록 플로린다가 올빼미처럼 무지했지만, 그리고 자신의 연애편지조차도 제대로 읽는 법을 못 배웠지만, 그래도 그녀는 나름의 느낌이 있었고 어떤 남자를 다른 남자들보다 더 좋아하고 온전히 삶이 시키는 대로 하는 사람이었다. 그녀가 처녀인지 아닌지는 전혀 중요한 문제가 아닌 것 같았다. 정말 그것이 유일하게 중요한 문제가 아니기만 하다면.

그녀가 떠나자 제이콥은 안정을 찾을 수가 없었다.

밤새도록 남자들과 여자들은 누구나 다 아는 그 치고받는 일로 끓어올랐다 내렸다 한다. 늦게 귀가하는 사람들은 가장 점잖은 교외의 블라인드에서조차 어른거리는 그런 그림자들을 볼 수 있는 법이다. 눈 덮인 광장이나 안개 낀 곳이라고 해서 이런 사랑을 나누는 한 쌍이 없으란 법이 없다. 모든 연극도 같은 주제로 향한다. 거의 모든 밤마다 그것 때문에 호텔 방에서 머리에 총알이 관통된다. 신체가 손상을 면한다 하더라도 가슴이 상처가 나지 않은 채 무덤까지 가는 법은 없는 것이다. 연극에서도 통속 소설에서도 이것 말고 다른 이야기는 하는 법이 없다. 그러나 우리는 이것이 그렇게 중요한 문제가 아니라고 말을 한다.

셰익스피어와 아도니스, 모차르트와 버클리 주교[2]라 하더라도—아무라도 좋아하는 사람을 택해보라—사실은 감추어진 채 우리들 대부분의 저녁은 존경할 만하게 지나가거나 아니면 풀밭을 미끄러지듯 지나가는 뱀과 같은 미동만을 만들 뿐인 것이다. 바로 그런 감추기 자체가 활자와 음향으로부터 우리의 정신을 산란시키는 것이다. 만일 플로린다가 정신이란 게 있다면 우리들보다 훨씬 더 밝은 눈으로 그것을 읽을 수 있을 것이다. 그녀나 그녀와 같은 종류의 사람들은 이 문제를 자러 가기 전에 밤마다 손을 씻는 것과 같은 사소한 것으로 바꾸어버릴 것이다. 유일한 어려움이라면 뜨거운 물을 좋아하는지, 차가운 물을 좋아하는지 하는 것으로 그 문제가 해결되면 정신은 다시 그런 문제로 공격을 받지 않게 되는 것이다.

그러나 제이콥이 저녁을 반쯤 먹었을 때 혹시 그녀에게 정신이란 게 있는 걸까 하는 생각이 떠올랐다.

그들은 식당의 작은 테이블 앞에 앉아 있었다.

플로린다는 테이블에 팔꿈치 끝을 기대고 손으로 컵 모양을 만들어 자신의 뺨을 받치고 있었다. 그녀의 외투가 그녀 뒤로 미끄러져 내렸다. 금색과 흰색의 밝은 구슬이 달린 옷을 입은 그녀가 나타났다. 얼굴이 그녀의 몸에서 꽃으로 피어나 순진하게, 거의 색조가 없이, 눈은 솔직하게 자신의 주위를 바라보거나 아니면 천천히 제이콥에게로 옮겨져 거기에 그대로 머물렀다. 그녀가

2   1685~1753, 아일랜드의 철학자이자 신부.

이야기했다.

"아주 오래전에 오스트레일리아 사람이 내 방에 놓고 간 크고 검은 상자 알죠? …… 내 생각에는 모피가 여자를 늙어 보이게 하는 것 같아요. 지금 들어온 사람은 벡슈타인이에요…… 제이콥, 당신이 어린아이였을 때는 어떤 모습이었는지 궁금해요." 그녀는 롤빵을 조금씩 물어뜯으며 그를 쳐다보았다.

"제이콥, 당신은 조각상처럼 보여요…… 대영 박물관에는 멋진 것들이 많이 있을 것 같아요, 안 그래요? 멋진 것들이 많을 텐데……" 그녀는 꿈꾸듯 말했다. 식당이 사람들로 채워지고 열기가 더해졌다. 식당에서 이야기를 하는 것은 망연한 몽유병자의 이야기 같다. 둘러볼 것도 너무 많고―너무 시끄럽고―다른 사람들도 이야기를 하고 있고. 엿들을 수도 있을까? 오, 그러나 사람들이 우리 이야기를 엿들어선 안 돼.

"저 사람은 엘렌 네이글 같아요.―저 여자……" 등등.

"제이콥, 당신을 알고부터 몹시 행복해요. 당신은 정말 좋은 사람이에요."

식당은 점점 차기 시작했다. 말소리는 더 커지고. 칼들은 더 달그락거렸다.

"글쎄, 그녀가 왜 그런 소리를 하는지 당신도 알잖아요……"

그녀가 말을 멈추었다. 모든 사람이 다 멈추었다.

"내일은…… 일요일…… 짐승 같은…… 말해봐…… 그럼 가버려!" 쟁그랑! 그리고 그 여자는 휙 나가버렸다.

이야기 소리가 점점 더 빠르게 높아졌던 곳은 바로 그들 옆 테이블이었다. 갑자기 여자가 마룻바닥에 접시를 집어 던졌던 것이다. 남자는 그 자리에 남아 있었다. 모든 사람들이 쳐다보았다. 그러고 나서―"자, 가엾은 친구, 우리가 그렇게 쳐다보기만 하면

안 돼지. 무슨 짓이람! 그 여자가 말하는 소리 들었어? 원 세상에, 얼이 빠졌군! 내 생각에 정신을 차릴 준비가 아직 안 됐어. 식탁보에 온통 겨자를 엎었잖아. 웨이터들이 웃고 있어."

제이콥은 플로린다를 관찰했다. 그녀가 그렇게 앉아 뚫어지게 바라보는 얼굴 모습이 끔찍이도 생각이 없는 사람 같다는 느낌이 들게 했다.

모자에 춤추는 듯한 깃털을 단 그 흑인 여자는 그렇게 휙 나가 버렸다.

그러나 그녀는 다른 어딘가로 가야 했다. 밤은 당신이 별로 가라앉거나 항해를 해야 하는 소란스런 검은 대양이 아니다. 실은 비 오는 십일월의 밤이었다. 소호의 가로등은 보도 위에 커다란 번들거리는 빛의 점들을 만들었다. 샛길들은 문간에 기대 있는 남자나 여자들을 가려줄 만큼 어두웠다. 한 여자가 제이콥과 플로린다가 다가가자 문에서 몸을 뗐다.

"저 여자가 장갑을 떨어뜨렸어요."라고 플로린다가 말했다.

제이콥이 급히 앞으로 가서 장갑을 그녀에게 주었다.

그녀는 감정이 넘치게 제이콥에게 감사를 표했다. 그러고는 다시 뒤로 물러갔고 다시 장갑을 떨어뜨렸다. 그러나 왜? 누구를 위해서?

그러는 사이 그 다른 여자는 어디로 갔는가? 그리고 그 남자는?

거리의 가로등은 그것을 말해줄 만큼 빛을 멀리 보내지 못한다. 화난, 정욕에 찬, 절망적인, 열정적인 목소리들은 한밤중에 우리에 갇힌 짐승의 목소리와 다를 게 없다. 단지 그들이 우리에 갇히지 않았고 짐승도 아닐 뿐이다. 한 남자를 멈추게 하고 길을 묻는다. 그가 길을 일러줄 것이다. 그러나 사람들은 그에게 길을 묻는 것을 두려워한다. 사람들이 두려워하는 것은 무엇인가? —사람의 눈. 금방 보도가 좁아지고 갈라진 틈이 깊어진다. 저기! 그들은 그곳에 녹아들어 있다—남자와 여자 둘 다가. 더 나아가자 주제넘게 그 갸륵한 견고함을 광고하는 하숙집 하나가 런던의 건전성을 증언하듯 커튼이 쳐지지 않은 창문들 뒤에 모습을 드러내고 있었다. 환하게 불이 밝혀진 거기에 신사와 숙녀처럼 옷을 차려입은 남녀가 대나무 의자에 앉아 있었다. 사업가의 미망인들은 열심히 법관 친척이 있다고 증명하고 있었다. 석탄 상인 아내들은 즉각 부친들이 마부를 고용하고 있었다고 대꾸했다. 하인이 커피를 가져오자 뜨개질 바구니가 치워졌다. 그러고는 다시 어둠 속으로 들어가 여기서는 자신을 파는 여자를 지나고 저기서는 내놓을 게 성냥밖에 없는 늙은 여자를 지나, 지하철에서 나온 사람들을 지나치고 머리에 베일을 쓴 여자들을 지나고 마침내 아무도 없는 닫힌 문들만 지나고 조각해놓은 문설주와 혼자 있는 경찰관을 지나쳐서 그의 팔에 기댄 플로린다와 함께 제이콥은 자신의 방에 다다라 등잔에 불을 밝히고 아무 말도 하지 않았다.

"그런 표정을 지으면 싫어요," 플로린다가 말했다.

그 문제는 풀리지 않는 것이다. 육체는 두뇌의 작용과 함께 묶여 있다. 아름다움은 멍청함과 함께 간다. 그녀는 거기에 앉아 깨진 겨자 항아리를 뚫어지게 바라봤던 때처럼 불을 노려보고 있다. 상스러움을 옹호함에도 불구하고 제이콥은 자신이 그것을 있는 그대로 좋아하는지에 대해 의구심을 가졌다. 그는 남자들끼리만의 모임, 회랑이 있는 방, 그리고 고전 작품이 있는 곳으로 맹렬히 돌아가고 싶었다. 그리고 삶을 이따위로 만들어놓은 그 어느 누구에게라도 분노로 돌아설 준비가 돼 있었다.

플로린다가 그의 무릎 위에 손을 얹었다.

결국 이건 전혀 그녀의 잘못이 아니다. 그러나 그 생각이 그를 슬프게 했다. 재앙이나 살인이나 죽음 그리고 질병이 우리를 나이 들게 하고 죽이는 게 아니다. 사람들이 쳐다보거나 웃는 방식, 그리고 이층 버스의 계단에 뛰어올라 타는 모습이 우리를 나이 들게 하고 죽이는 것이다.

어떤 핑계라도 멍청한 여자에게는 통한다. 그는 머리가 아프다고 말했다.

그러나 그녀가 입을 다물고 반은 추측을 하며 반은 이해를 하면서 아마도 변명을 하듯 그가 했던 말을 그대로 옮기듯 곧고 아름다운 몸으로 얼굴은 마치 모자를 쓴 조가비의 모습을 하고 "내 잘못은 아니에요."라고 하자 제이콥은 회랑이나 고전 작품 따위는 결국 쓸모가 없다는 걸 알았다. 그 문제는 풀리지 않는 것이다.

제7장

바로 이때쯤 동양과 상거래를 하는 회사 하나가 물에 닿으면 꽃잎이 벌어지는 작은 종이꽃들을 시장에 내놓았다. 저녁 식사 후 손가락을 씻는 대접을 사용하는 게 관습이기도 해서 이 새로운 발명의 쓰임새는 더없이 훌륭했다. 이 차단된 호수에서 작은 채색화들은 헤엄치고 흘러간다. 매끄럽게 미끄러지듯 파도를 올라타기도 하고 때로는 유리 바닥 위의 조약돌처럼 가라앉아 누워 있기도 한다. 주의를 집중한 사랑스런 눈길들이 그 운명을 지켜보는 것이다. 그 대단한 발명품은 분명 마음을 합하고 가정의 초석을 다져주었다. 종이꽃은 적잖은 역할을 했다.

그렇지만 종이꽃이 생화를 내쫓았다고 생각해서는 절대 안 된다. 장미와 백합, 특히 카네이션이 꽃병 가장자리 너머로 인공적인척 뻴인 종이꽃의 빛나는 삶과 덧없는 파국을 지켜본다. 스튜어트 오몬드 씨가 바로 이런 관찰을 했고 그게 매력적이라고 생각한 키티 크레스트가 그 힘으로 육 개월 후에 그와 결혼을 했다. 그러나 생화 없이는 절대 지낼 수가 없다. 만일 그럴 수 있다면 인간의 삶은 완전히 다른 것이 되어버릴 것이다. 꽃들은 시든다. 국

화꽃이 최악이다. 하룻밤 동안은 완벽하다. 다음 날 아침이면 누렇거나 푸르죽죽해진다. 볼품이 없어지는 것이다. 대체로 값은 비싸 죄 받을 만하지만 그래도 카네이션이 가장 제값을 한다. 그러나 카네이션에 철사를 넣는 것이 현명한 일인지는 의문이긴 하지만 말이다. 어떤 꽃가게는 그러라고 선전한다. 확실히 무도회에서는 그것이 유일한 방법이다. 그러나 디너파티를 할 때, 방이 너무 덥지 않다면 그렇게까지 해야 하는지는 논란거리로 남는다. 나이 많은 템플 부인은 담쟁이 잎 하나를—딱 하나만—꽃병에 떨어뜨려놓으면 된다고 추천한다. 며칠이고 그 담쟁이 잎이 물을 깨끗하게 유지시켜준다고 한다. 그러나 나이 많은 템플 부인이 틀렸다고 생각할 이유들이 있다.

그 위에 이름이 새겨진 작은 방문 카드야말로 꽃보다 훨씬 더 심각한 문제다. 그걸 만드는 데 드는 비용은 차치하고라도 더 많은 말발굽이 닳아야 하고 더 많은 마부들의 삶이 소모되고 워털루 전투에서 이기는 데 드는 시간보다 더 많은 평온한 오후 시간이 낭비되기 때문이다. 이 명함이라는 작은 악마야말로 전투 자체만큼이나 많은 집행연기 영장이요, 재앙이며 근심거리이다. 때로 본햄 부인은 외출을 하고 또 그렇지 않을 때는 집에 있다. 그럴 것 같지는 않지만 만일에 방문 카드를 주고받는 것을 폐지한다 하더라도 공들인 아침시간을 엉망으로 만들고 오후의 안정감을 뿌리째 흔드는 거스를 수 없는 세력이 폭풍처럼 삶에 불어닥쳐—이를테면 드레스를 맞추러 가야 하고 제과점에도 가야 한다. 사람의 몸을 가리는 데는 실크 옷감 여섯 야드면 충분하다. 그러나 만일에 육백 가지의 서로 다른 형태를 고안해내고 그보다 두 갑절이나 되는 색깔을 만들어낸다면 어떻게 될까? 그런 와중에 녹색 크림으로 뗏장을 만들고 아몬드 반죽으로 톱니 모양을 만들어 덮은 푸딩이라는 급박한 문제까지 걱정해야 된다면 말이다. 아직 그게 배달이 안 됐다면 말이다.

'홍학은 부드럽게 날개를 펄럭거리며 여러 시간 하늘을 날아갔다.' 그러나 정기적으로 시커먼 곳에도 날개를 적셨다. 이를테면 노팅힐이나 변두리 빈민가인 클럭큰웰 같은 곳에서 말이다. 그러니 이탈리아 말을 모르고 피아노는 항상 똑같은 소나타만 친다고 해서 놀랄 일은 아니다. 원외 구호금 5실링을 수령하고 매키 씨의 염색공장에서 일하며 겨울이면 폐 때문에 고통을 받는 외아들의 도움을 받는 예순세 살의 과부인 페이지 부인에게 고무 밴드가 달린 스타킹 한 켤레를 사주기 위해서는 레즈 씨가 만든 일기장에 날씨가 얼마나 좋은지, 아이들은 얼마나 악마 같은지, 그리고 제이콥 플랜더스가 얼마나 세속적이지 않은지를 썼던 둥글고 단순한 똑같은 필체로 여러 장의 편지도 써야 했다. 스타킹을 사고 소나타를 연주하고 꽃병에 꽃도 채우고 푸딩을 가져와야 하고 방문 카드를 남겨야 하는 클라라 듀란트는 손가락을 씻는 대접에서 헤엄치는 종이꽃이라는 대단한 발명품이 나오자 그 꽃의 짧은 수명에 가장 신기해하는 사람이기도 했다.

그 주제를 찬양하는 시인도 없지 않았다. 예를 들면 시의 마지막 행을 이렇게 쓴 에드윈 말렛이 그런 사람이다.

클로에의 눈 속에서 그들의 종말을 읽었네.

이 시 구절을 처음 읽고 클라라는 얼굴을 붉혔으나 두 번째 읽고는 그를 비웃으며 클라라라는 이름을 클로에로 부르는 그가 참 그 사람답다고 말했다. 우스운 사람이야! 그러나 어느 비 오는 날 아침 열 시에서 열한 시 사이 에드윈 말렛이 그녀의 발아래서 자신의 삶을 걸고자 했을 때 그녀는 방에서 뛰쳐나가 자신의 침실에 몸을 숨겼고 아래층에 있던 오빠인 티모시는 아침 내내 그녀의 흐느낌 때문에 아무 일도 할 수가 없었던 것이다.

"그게 다 네가 노닥거린 결과지 않니,"라고 듀란트 부인이 준엄하게 말하면서 모두 똑같은 이니셜이 기록돼 있는 댄스 프로그램을 뒤적이다가 이번에는 다른 이름이네 ─ 에드윈 말렛의 두문자인 E. M. 대신 R. B.잖아, 지금은 매부리코를 한 리처드 보나미가 그 상대였다.

"그렇지만 코가 그렇게 생긴 사람과 결혼할 수는 없잖아요," 클라라가 말했다.

"말도 안 되는 소리," 듀란트 부인이 말했다.

"그렇지만 내가 너무 심한 거지," 듀란트 부인은 혼자 생각했다. 클라라가 완전히 풀이 죽어 댄스 프로그램을 모두 찢어 벽난로에 던져버렸기 때문이다.

이런 것들이 바로 대접 속에서 헤엄치는 종이꽃의 발명이 가져온 심각한 결과였다.

"제발," 줄리아 엘리엇이 출입문 거의 맞은편쯤의 커튼 옆에 자리를 잡으며 말했다. "날 소개시키려 하지 마세요. 나는 구경하는 게 좋아요." 다리를 저는 것 때문에 의자에 앉아 있는 살빈 씨에게 말을 걸며 그녀가 계속했다. "파티의 재미는 사람들을 지켜보는 거예요 ─ 오고 가고, 오고 가는."

"지난번 우리가 만난 건 파쿠아스 댁에서였지요. 가엾은 부인! 견뎌야 할 일이 그리도 많으니."

"저 아가씨 멋지지 않아요?" 클라라 듀란트가 그들 앞을 지나가자 미스 엘리엇이 감탄했다.

"누구 말이오……?" 살빈 씨가 목소리를 낮추고 기묘한 억양으로 물었다.

"너무 사람이 많아서……" 미스 엘리엇이 대답했다. 세 명의 젊은이가 문간에 서서 안주인을 찾고 있었다.

"당신은 내가 기억하는 만큼 엘리자베스를 기억하지 못하는가 보네요, 밴코리에서 하이랜드 릴 춤을 추던 그 사람 말이오. 클라라는 어머니가 가진 활기가 모자라. 클라라는 생기가 없단 말이야."

"여기서 보는 사람들은 얼마나 다른지 몰라!" 미스 엘리엇이 말했다.

"다행히 석간신문이 우릴 지배하지 않으니 말이오,"라고 살빈 씨가 말했다.

"신문은 안 읽어요," 미스 엘리엇이 말했다. "정치에 대해서는 아무것도 몰라요," 그녀가 덧붙였다.

"피아노 조율이 되어 있네," 클라라가 그들을 지나치며 말했다. "그런데 이쪽으로 피아노를 좀 옮겨달라고 해야겠어요."

"춤을 추려고 그러나?" 살빈 씨가 물었다.

"아무도 방해하지 않을 거예요," 듀란트 부인이 지나가며 단호하게 말했다.

"줄리아 엘리엇. 줄리아 엘리엇이잖아!" 두 손을 내밀며 나이 든 레이디 히버트가 말했다. "그리고 살빈 씨도. 무슨 일이 벌어질까요, 살빈 씨? 나의 영국 정치 경험으로는—세상에, 어젯밤 당신 아버지 생각을 했었는데—내 오랜 친구지요, 살빈 씨. 열 살짜리 여자애는 사랑을 할 수 없다는 말을 할 생각은 마세요! 십대가 되기도 전에 셰익스피어를 모두 암송했는걸요, 살빈 씨!"

"설마 그럴라구요," 살빈 씨가 말했다.

"그런데 그게 사실인 걸요," 레이디 히버트가 말했다.

"오, 살빈 씨, 미안해요……"

"손을 좀 빌려주신다면 몸을 좀 일으켜야겠는데," 라고 살빈 씨가 말했다.

"어머니 옆에 앉으실 거에요," 클라라가 말했다. "모두가 여기로 오는 것 같네요…… 칼토프 씨, 미스 에드워즈에게 소개시켜 드릴게요."

"크리스마스에 어디로 가실 건가요?" 칼토프 씨가 말했다.

"오빠가 휴가를 받는다면요," 미스 에드워즈가 말했다.

"어떤 연대에 있나요?" 칼토프 씨가 말했다

"경기병 20연대에 있어요," 미스 에드워즈가 말했다.

"어쩌면 내 동생을 알지도 모르겠네요," 칼토프 씨가 말했다.

"제가 성함을 잘못 들어서," 미스 에드워즈가 말했다.

"칼토프예요," 칼토프 씨가 말했다.

"그 결혼식이 실제로 있었다는 무슨 증거가 있나요?" 크로스비 씨가 말했다.

"의심의 여지가 없지요, 그러니까 찰스 제임스 폭스가……" 벌리 씨가 이야기를 시작했다. 그러나 여기서 스트래튼 부인이 자신이 여동생을 잘 안다고 말했고 육 주 전에 그녀와 같이 지냈다면서 집은 참 멋진데 겨울에는 좀 황량하다고 말했다.

"요즘 여자들처럼 돌아다녔단 말이지요—" 포스터 부인이 말했다.

보울리 씨가 주위를 돌아보다가 로즈 쇼가 그녀 쪽으로 다가오는 것을 보고 손을 내밀며 소리쳤다. "이런!"

"그런 건 안 했어요!" 그녀가 대답했다. "전혀 그런 건 없었어요. 내가 의도적으로 오후 내내 그냥 내버려두었는 데도요."

"저런, 저런," 보울리 씨가 말했다. "지미에게 아침을 같이 먹자고 해야겠군."

"누가 그녀를 마다하겠어요?" 로즈 쇼가 소리쳤다. "사랑스러운 클라라—당신을 방해해서는 안 돼는 걸 알지만……"

"보울리 씨와 함께 끔찍한 가십을 얘기하는 거, 저도 알아요," 클라라가 말했다.

"삶은 무도한 거야—삶은 고약한 거지!" 로즈 쇼가 소리쳤다.

"이런 일에는 별로 할 말이 없잖아, 안 그래?" 티모시 듀란트가 제이콥에게 말했다.

"여자들은 좋아하지."

"뭘 좋아하는데요?" 샬로트 와일딩이 두 사람 쪽으로 오면서 말했다.

"어디서 오는 거예요?" 티모시가 말했다. "어디서 식사를 한 것 같은데요."

"왜, 그러면 안 되나요," 샬로트가 말했다.

"모두들 아래층으로 가야 돼요," 클라라가 지나가며 말했다. "티모시, 샬로트를 데려가. 안녕하세요, 플랜더스 씨."

"안녕하세요, 플랜더스 씨," 줄리아 엘리엇이 손을 내밀며 말했다. "어떻게 지내셨어요?"

"실비아가 누군가요? 어떤 인가요?
　　　　멋쟁이 미남 모두가 칭송하는 그녀가?"

엘스베스 시돈스가 노래했다.
　모든 사람이 그 자리에 서 있거나 의자가 비어 있으면 거기에
앉았다.
　제이콥 옆에 서 있던 클라라가 노래 중간에 '아' 하고 한숨을
쉬었다.

　　"실비아를 위해 모두 노래해요.
　　　　실비아는 누구보다 아름다우니.
　　　재미없는 이 세상의 누구보다 아름다우니.
　　　　모두 그녀에게 꽃다발을 바쳐요."

엘스베스 시돈스가 노래했다.
　"아!" 클라라가 큰 소리로 감탄하면서 장갑 낀 손으로 손뼉을
쳤다. 제이콥은 장갑을 끼지 않은 손으로 손뼉을 쳤다. 그리고 그
녀는 앞으로 나가서 사람들을 문간에서 안으로 들어가게 했다.
　"런던에서 살고 있나요?" 미스 줄리아 엘리엇이 물었다.
　"네," 제이콥이 대답했다.
　"하숙집에서?"
　"네,"
　"클러터벅 씨가 있네요. 항상 여기서 클러터벅 씨를 본답니다.
집에서는 그리 행복하지 않은가봐요. 사람들 말로는 클러터벅 부
인이⋯⋯" 그녀는 목소리를 낮추었다. "그래서 듀란트 댁에서 머
문답니다. 워틀리 씨 연극을 공연했을 때 거기 있었나요? 오, 아니

죠, 물론 아니겠지요. 마지막 순간에 들었어요―해로게이트에 있는 어머니에게 간다고, 이제 기억이 나네요―제 말은요, 마지막 순간에 모든 게 다 준비가 되고 의상도 끝나고, 모든 게 다 끝났는데―다시 엘스베스가 노래를 하려나봐요. 클라라가 반주를 하는지 아니면 카터 씨의 악보를 넘겨주는지 모르겠네요. 아니네, 카터 씨가 혼자 연주를 하네요―" 카터 씨가 첫 번째 마디를 연주하자, "바흐예요," 그녀가 속삭였다.

"음악 좋아하세요?" 듀란트 부인이 말했다.

"네, 듣는 걸 좋아합니다," 제이콥이 말했다. "아무것도 모릅니다만."

"알고 듣는 사람은 극소수지요," 듀란트 부인이 말했다. "아마도 교육을 받지 않아 그럴 거예요. 왜 그렇죠, 제스퍼 경―제스퍼 빅햄 경이고―이쪽은 플랜더스 씨. 왜 꼭 알아야 할 걸 배우지 못하는 거죠, 제스퍼 경?" 부인은 벽에 기대 있는 두 사람을 떠났다.

두 신사는 3분 동안은 서로 아무 말도 하지 않았다. 제이콥이 왼쪽으로 5인치쯤 자리를 옮기고 나중에는 오른쪽으로 그보다 좀 더 많이 옮기긴 했지만. 그러고는 제이콥이 툴툴대더니 갑자기 방을 가로질러 갔다.

"이리 와서 뭐 좀 드시겠어요?" 그는 클라라 듀란트에게 말했다.

"네, 아이스크림이요. 어서 가죠," 그녀가 말했다.

아래층으로 두 사람은 내려갔다.

그러나 반쯤 내려가다가 두 사람은 그레셤 부부와 허버트 터너, 실비아 레쓸리, 그리고 그녀가 데리고 온 미국서 온 친구를 만났다. "뉴욕에서 온 필처 씨를 만나게 해드리고 싶어서 듀란트 부인도 알고―이분이 듀란트 양입니다."

"이야기를 많이 들었던 바로 그분이신가요,"라고 말하면서 필처 씨는 머리를 깊이 숙였다.

그래서 클라라는 제이콥을 떠났다.

제8장

아홉 시 반쯤 제이콥은 집을 떠나 방문을 쾅하고 닫고 다른 문도 쾅 닫고 신문을 사고 이층 버스에 올라타거나 날씨가 허락하면 다른 사람들처럼 길을 걷는다. 머리를 숙이고, 책상이 하나, 전화가 한 대, 녹색 가죽으로 장정된 책들이 있고 전깃불이 켜져 있다⋯⋯ "석탄을 좀 더 넣을까요?"⋯⋯"차를 가져왔습니다."⋯⋯ 축구 이야기, 핫스퍼 축구클럽, 할레퀸 럭비팀. 사환 아이가 여섯 시 반에 석간신문 『스타』를 들고 오고. 그레이스 인의 떼까마귀가 머리 위로 지나간다. 가늘고 부서질 듯한 안개 속의 나뭇가지들. 때때로 차들의 소음 사이로 외치는 소리가 들린다. '판결문 ─ 판결문 ─ 우승팀 ─ 우승팀,' 한쪽에서는 서류 바구니에 편지가 쌓이고 제이콥은 편지에 사인을 한다. 매일 저녁 걸려 있던 외투를 내릴 때면 뇌의 근육이 새롭게 뻗는 자신을 발견하는 것이다.

때로 체스를 하기도 하고, 본드 스트리트에서 그림을 보거나 아니면 보나미의 팔을 끼고 바람을 쐬며 먼 길을 걸어 집으로 오기도 한다. 그렇게 명상에 잠겨 발길을 옮기고 머리를 뒤로 젖히노라면 이 세상은 대단한 장관으로 이른 달이 첨탑 위로 칭송을 받으러 나타나고 바다 갈매기는 높이 날며 지지대 위의 넬슨 동상은 지평선을 살피고 이 세상은 우리가 탄 배가 된다.

그러는 동안 두 번째 배달로 온 가엾은 베티 플랜더스의 편지가 현관 탁자 위에 놓여 있다―가엾은 베티 플랜더스는 어머니들이 다 그렇듯이 아들의 이름을 제이콥 알란 플랜더스 귀하라고 적었다. 차 마신 걸 치워놓고 연한 잉크를 많이 찍어 벽난로의 가리개에 발을 올리고 스카보로에서 어떻게 엄마가 편지를 썼는지를 떠올리게 한다. 그러나 결코 절대 그것이 무엇이 되었건 그말은 차마 못하고, 아마 이런 말일지도 모르지―나쁜 여자들과다니지 말아라, 착한 내 아들이 되어야지, 두꺼운 셔츠를 입고 다녀라, 그리고 돌아오렴, 돌아오렴, 내게로 오렴.

그러나 어머니는 그런 말은 절대 쓰지 않는다. '기억나니, 네가백일해에 걸렸을 때 그렇게 잘해주셨던 나이 많은 미스 워그레이브 말이야,'라고 어머니는 썼다. '결국 그분이 가엾게도 돌아가셨단다. 네가 편지를 하면 가족들이 좋아할 거야. 엘렌이 와주어서 장을 보며 하루를 잘 지냈다. 늙은 마우스가 몸이 굳어서 작은언덕도 같이 올라가주어야 하지. 레베카가 얼마나 오랫동안 그렇게 참았는지 모르겠다만 마침내 아담슨 씨에게 갔단다. 그 양반말이 치아 세 개는 빼야겠다는 거야. 올해는 예년보다 날씨가 따뜻해 배나무의 어린 싹이 정말 돋았단다. 자비스 부인이 한 말인데―' 플랜더스 부인은 자비스 부인을 좋아했다. 항상 그녀에게이런 조용한 곳에서 살기에는 너무 훌륭한 사람이라고 말하면서도 그녀의 불평에는 귀를 기울이지 않고, 끝에 가서는 (위를 올려다보거나, 실을 물어 끊거나, 아니면 안경을 벗으면서) 붓꽃 주위를 싸고 있는 이탄이 서리를 막아준다고 말하거나 이 년마다 열리는 패롯의 스타킹 세일이 다음 화요일이니 '기억하세요'라고 한다―플랜더스 부인은 자비스 부인이 어떻게 느끼는지를 정확하게 알고 있다. 자비스 부인에 대한 그녀의 편지는 얼마나 재미있는지 읽고 또 읽어도 재미가 있다―펜촉이 갈라지고 뭔가가 엉겨 붙어 있어 연한 잉크를 많이 찍어 벽난로 가에서 쓰고는 잉크를 빨아들이는 압지가 구멍이 나고 닳아버려 난롯불에 말린, 여자들의 출판되지 않은 작품들인 편지. 바풋 대령 이야기도 있다. 그녀는 그냥 솔직하게 내놓고 대령이라고 부르지만 주저함이 없지만은 않다. 대령님은 그녀를 위해 가핏의 경작지를 알아보고 있고 양계에 대한 조언도 해 이익을 낼 수 있다고 약속을 하기도 하고 좌골 신경통이 있다고도 말한다. 아니면 바풋 부인이 몇 주째 집 안에만 머문다고도 하고 또 정치 상황이 좋지 않다고 했다거나 제이콥도 때로 대령이 그런 이야기를 하는 걸 잘 알고 있는, 저녁이 이울어가는 때면 아일랜드나 인도의 자치 문제에 대한 이야기도 하는 것이다. 그러다가는 다시 플랜더스 부인은 몇 년 동안 소식이 없는 모티 오빠에 대한 생각에 빠져든다. 원주민에게 잡혔나, 그가 탔던 배가 가라앉은 건 아닐까?―그렇다면 해군성에서 소식이 올 테지―이때쯤이면 제이콥도 익히 알듯이 대령은 파이프를 털고 일어나 갈 채비를 하면서 뻣뻣한 몸을 뻗어 의자 밑에 굴러가 있는 플랜더스 부인의 털실을 집어 올리는 것이다. 양계 농장에 대한 이야기를 하고 또 하고 나이 오십에도 마음이 충동적인 그 여인은 레그혼종이나 코친종의 식용 닭, 또 오핑턴종의 대형 닭들에 대한 어두운 미래를 적어놓고 있다. 윤곽이 희미하게 제이콥과 유사하면서도 제이콥처럼 힘이 넘치는 그녀는 팔팔하고 활기차게 레베카를 꾸짖으며 집 안을 뛰어다니는 것이다.

그 편지는 현관 탁자 위에 놓여 있었다. 플로린다가 그날 밤 집 안으로 들어오면서 그 편지를 집어 왔고 제이콥에게 키스를 하며 그 편지를 방에 있는 탁자 위에 놓았다. 제이콥은 편지의 필체를 보고는 비스킷 통과 담배 상자 사이에 있는 램프 밑에 편지를 두었다. 두 사람은 침실 문을 닫고 들어가버렸다.

편지가 놓인 거실은 무슨 일이 벌어지는지 알지도 못하고 상관도 없었다. 문은 닫혀버렸다. 나무가 삐걱거리는 소리가 쥐들이 바삐 왔다 갔다 하고 나무가 건조되는 소리라고만 추정하는 것은 어린애 같은 짓이다. 이 오래된 집들은 모두 벽돌과 나무로만 지어져서 인간의 땀에 흠뻑 젖어 있고 인간이 쏟은 먼지로 도배가 되어 있다. 비스킷 통 옆에 놓인 그 엷은 푸른색의 편지 봉투가 만일 어머니의 느낌을 갖고 있다면 어머니의 가슴은 작은 삐걱거림, 갑작스런 움직임으로 찢어질 것이다. 문 뒤에는 음란한 것이, 불온한 존재가 있어 그녀를 죽음이 덮칠 때와 같은 두려움, 아이의 출산 때와 같은 두려움으로 덮칠 것이다. 아마도 차라리 이렇게 앞방에서 작은 삐걱거림, 갑작스런 움직임에 귀를 기울이고 앉아 있기보다는 문을 박차고 들어가 그 짓을 마주하는 편이 나을지도 모른다. 북받쳐 오른 그녀의 가슴을 고통이 누비고 지나갔다. 내 아들아, 내 아들아―스카보로에 살며 세 아들을 낳은 여자 속에서 나온 이 외침은 아들이 플로린다와 함께 사지를 뻗고 누워 있는 변명의 여지가 없고 말도 안 되는 짓거리의 환영을 숨기려는 외마디 소리일지도 모른다. 잘못은 플로린다에게 있다. 사실, 문이 열리고 두 사람이 나왔을 때, 플랜더스 부인은 플로린다에게 달려들었을지도 모른다. 그런데 먼저 나온 사람은 제이콥으로 실내복을 입고, 생기에 넘쳐 권위 있게 막 바람을 쐰 아기처럼 보기 좋은 건강함이 있었고 눈은 흐르는 물처럼 맑았다. 플로린다가 뒤를 따랐다, 게으르게 몸을 뻗으면서. 하품을 물고 거울

앞에서 머리 손질을 하며 — 그러는 동안 제이콥은 어머니의 편지를 읽었다.

편지에 대해 좀 생각을 해보자 — 어떻게 편지가 노란 도장이 찍히거나 녹색 도장이 찍혀 그 소인으로 불멸의 것이 되어 아침 식사 시간이나 한밤에 우리에게 오는지를 — 우리 자신이 쓴 편지 봉투가 다른 사람의 탁자에 놓인 것을 보는 것은 얼마나 빨리 우리의 행위가 별개의 것이 되어 낯설게 되는지를 깨닫게 해준다. 그러고는 마침내 마음의 능력이 몸을 떠나는 게 분명해지고 아마도 우리는 탁자 위에 놓여 있는 우리 자신의 유령이 사라지는 것을 두려워하거나 싫어하거나 어쩌면 바라는지도 모른다. 그럼에도 저녁 일곱 시에 식사가 있다는 것만을 알리는 편지와, 석탄을 주문하는 편지 그리고 약속을 주고받는 편지들도 있다. 얼굴을 찌푸리거나 목소리는 말할 것도 없고 편지에 씌어 있는 필체마저도 거의 알아볼 수가 없다. 아, 그러나 우편배달부가 문을 두드리고 편지가 올 때면 항상 기적이 반복되는 것 같다 — 말하려는 시도 말이다. 이 유서 깊은 편지라는 존재, 무한히 용기 있고, 버림받고 그리고 잊혀지는.

편지가 없다면 삶이 산산조각이 날 것이다. '차 마시러 오세요, 저녁 먹으러 오세요, 그 이야기의 진실이 무어죠? 그 뉴스 들었어요? 수도에서의 생활이 즐거워요, 러시아의 무희들이……' 이것들이 우리의 버팀목이자 지주이다. 이런 게 우리의 나날을 묶어주고 삶을 하나의 완벽한 구체로 만들어준다. 그러나, 그럼에도…… 우리가 저녁 초대에 갈 때, 어디서 곧 다시 만나자고 손가락 끝을 누르며 약속을 할 때도 교묘하게 회의가 든다. 이게 우리가 나날을 보내는 방식인가? 설익고, 제한된, 곧 끝나버릴 ─ 차 마실래요? 밖에 나가 식사를 할까요? 그러고는 쪽지들이 쌓인다. 전화가 울리고. 그리고 우리가 가는 곳마다 전선과 관이 우리를 에워싸고 마지막 카드가 처리되기 전에 그래서 하루가 끝나기 전에 목소리가 관통해 들어오게 한다. '관통해 들어오려고,' 우리가 잔을 들거나 악수를 하고 바람을 표시하고 무언가를 속삭이면서 이게 다일까? 결코 알 수 없는 것, 공유가 확실히 가능할까? 나는 '와서 식사를 같이 하자'는 차 탁자에 떨어뜨려질 편지를 하루 종일 쓰고 복도로 사라질 목소리를 보내는 약속을 잡느라 삶을 축소시키는 사람으로 운명 지워졌단 말인가? 그럼에도 편지란 존경스러운 것이고 전화는 값어치가 있다. 삶의 여정이란 외로운 것인데 쪽지와 전화로 함께 묶여 같이 갈 수 있다면, 누가 알리 ─ 같이 가는 길에 이야기를 나눌 수 있을지.

그래, 사람들은 애를 쓰지. 바이런도 편지를 썼다. 쿠퍼[1]도 그랬고. 수세기 동안 서랍이 달린 책상에는 친구들과의 교류에 정확하게 맞는 편지지가 들어 있었다. 언어의 대가들인, 오랫동안 시를 쓴 시인들은 혼자 잘 견디고 있는 종이를 사라져버릴 종이로 바꾸어 차 쟁반을 한쪽으로 밀어놓고 난롯가로 다가가서 (편지란 원래 밝고 붉은 동굴인 난롯가에 어둠이 내려앉을 때 쓰는지라) 개개인의 가슴에 닿고 만지고 스며들 수 있는 임무를 가진 말을 거는 것이다. 가능한 것인가! 그러나 말이란 너무 자주 쓰이고 닿고 돌아서서 거리의 먼지에 노출되어버린다. 우리가 찾는 말들은 나무 가까이에 매달려 있다. 우리는 새벽에 돌아오면서 잎새 아래 달려 있는 싱싱한 말들을 발견한다.

플랜더스 부인도 편지를 쓴다. 자비스 부인도 쓴다. 듀란트 부

1 1731~1800, 영국의 시인, 저술가.

인도 역시. 스튜어트 원장님은 편지지에 향수를 뿌려 영어라는 언어가 제공하지 못하는 맛을 더한다. 제이콥도 한창때 예술, 도덕, 정치에 대해 대학 친구들에게 편지를 썼다. 클라라의 편지는 어린아이의 것과 같다. 플로린다 ─ 플로린다와 그녀의 펜 사이에 놓인 장애물은 뛰어넘기가 쉽지 않다. 나비 한 마리, 모기, 아니면 다른 날개 달린 곤충이 진흙이 달라붙어 있는 나뭇가지에 붙어 편지지 위를 굴러가는 것 같다. 철자법이 엉망이다. 그녀의 정서는 유치하다. 무슨 이유에선지 편지를 쓰면서 하느님에 대한 믿음을 선언한다. 그러고는 북북 지우고 눈물이 얼룩진다. 글씨는 아무렇게나 삐뚤빼뚤하지만 그래도 그녀가 신경을 쓰고 있다는 사실 하나만으로 구제 받는다. 그것이 항상 플로린다를 구제한다. 그렇다. 초콜릿 크림이 됐건, 뜨거운 목욕이 됐건, 거울에 비친 자신의 얼굴 모습이 됐건 플로린다는 위스키를 꿀꺽 삼킨 느낌 이상을 가장해 쓸 수가 없다. 거절을 제대로 못하는 것이다. 위인들은 진실하다. 그리고 이 어린 창녀들, 불꽃놀이에서 별모양의 장식을 하고 분첩을 꺼내 일 인치도 안 되는 거울을 보고 입술을 치장하는 이 여자들은 불가침의 정절을 지킨다고. (그렇게 제이콥은 생각했다.)

그런 뒤에 제이콥은 다른 남자의 팔에 매달려 그리크 스트리트에 나타난 그녀를 보았다.

아크등에서 나온 불빛이 그를 머리에서 발끝까지 흠뻑 적신다. 그는 잠시 동안 그 불빛 아래 꼼짝 않고 서 있다. 그림자들이 거리를 알록달록하게 물들이고 있다. 다른 형체들이 혼자 아니면 또 같이 쏟아져 나와 흔들리며 길을 가로질러 플로린다와 그 남자의 흔적을 지워버린다.

가로등의 불빛이 제이콥을 머리에서 발끝까지 흠뻑 적신다. 그가 입은 바지의 무늬도 볼 수 있다. 지팡이에 있는 오래된 가시까지도. 그의 구두끈도. 장갑을 끼지 않은 손도. 그리고 얼굴도.

마치 돌이 가루로 갈아지는 것 같다. 그의 등뼈인 검푸른 숫돌에서 하얀 불꽃이 흘러나오는 것 같다. 마치 가파른 언덕을 기어오른 지그재그 선로가 급하게 하강해 깊이 아래로, 아래로 떨어지는 것 같다. 그것이 그의 얼굴에 그대로 드러나 있었다.

그의 마음속 생각을 우리가 알고 모르고는 또 다른 문제이다. 열 살이나 나이가 더 많고 성차가 있음에도 그에게서 두려움을 느낀다. 이 두려움은 플로린다를, 운명을 도와주고 싶다는 욕망에 잡아먹힌다―압도적인 느낌, 이성, 그리고 밤 시간이라는 것. 분노가 그런 것들 뒤를 바짝 따른다. 그러고는 무책임한 낙관론이 거품처럼 인다. '분명히 거리에는 이 순간 우리의 모든 근심을 금빛으로 잠기게 할 만큼의 불빛이 있지!' 아, 그걸 말로 하는 게 무슨 소용이 있어? 말을 하고 어깨 너머로 샵스버리 가를 바라보는 동안에도 운명이 패인 자국을 내며 그에게서 깨져 나간다. 그는 돌아가려고 몸을 돌린다. 그의 하숙집으로 따라가는 것, 아니야―그건 하지 않을 거다.

그런데 그게 말할 것도 없이 정확하게 사람이 하는 일이다. 도시에 걸린 시계 하나가 열 시를 쳤을 뿐인데 그는 집에 들어와 문을 닫는다. 아무도 열 시에는 자지 않는다. 아무도 잠자리에 들 생각을 하지 않는 것이다. 일월이고 음산한 날씨지만 웨그 부인은 마치 무슨 일이 생기기를 기대하는양 문가에 서 있다. 거리 악사의 손풍금이 젖은 나뭇잎 아래의 외설스런 나이팅게일처럼 연주를 하고 있다. 아이들이 거리를 가로질러 달려간다. 여기저기서 현관문 안으로 보이는 갈색의 나무 판넬을 본다…… 다른 사람들의 창문 아래서 우리의 마음이 움직여가는 모습은 참으로 기묘하다. 갈색 나무 판넬의 벽에 주의를 분산시키는가 하면 화분에 심어진 양치식물을 보기도 하고 손풍금의 몇 구절을 즉흥적으로 따라 불러보기도 한다. 그러다가 다시 술 취한 사람의 초연한 쾌활함을 낚아채기도 하고 그러고는 모든 게 그 술꾼이 길 건너 다른 이에게 소리쳐 대는 말에 완전히 흡수돼버린다. (그렇게 노골적이고, 그렇게 원기 넘치는) ― 그런 동안 내내 젊은이가 혼자 자신의 방에서 중심이 되어 자석처럼 모든 걸 끌어당기고 있다.

"삶이란 무도한 거야 ― 삶이란 가증스러워," 로즈 쇼가 소리 질렀었지. 삶이 낯설어지는 것은 바로 이런 것이다. 수백 년에 걸쳐 삶이 어떠한지 그 본질이 분명히 드러난 것 같은데도 어느 누구도 그것에 대해 적절한 설명을 남겨놓지 않았다는 것이다. 런던의 거리에는 지도가 있다. 그러나 우리의 열정에는 지도가 없다. 만일 당신이 이 모퉁이를 돌아서면 무엇을 맞닥뜨릴까?

"똑바로 가시면 홀본입니다," 경찰관이 말했다. 아, 그러나 흰 턱수염에 은메달을 목에 건 싸구려 바이올린을 들고 있는 노인을 스쳐지나가다 그의 이야기를 들어주게 되고 결국 그 이야기가 멀리 퀸즈 스퀘어에 있는 그의 방으로의 초대로 이어지고 거기서 그는 웨일즈 공의 비서가 보낸 편지와 새의 알을 수집해놓은 걸 보여주고 그리고 이것이 (그 중간에 끼어 있는 단계를 뛰어넘어) 당신을 어느 겨울날 에섹스의 해안가로 데려가고 그곳에서 작은 보트에서 큰 배로 옮겨 타고 항해를 하며 지평선에서 육체에서 영혼을 분리시키는 죽음의 천사를 보게 되는 일 대신에 어디로 갈 수 있겠는가? 그리고 플라밍고가 날아오른다. 그곳에서 늪지의 경계에 앉아 럼 펀치를 마신다. 죄를 범했기에 문명으로부터 추방자가 되어 황열병에 걸리고, 그렇지 않을 수도 있겠지—원하는 대로 스케치를 채워보시길.

우리가 가는 길에 홀본의 거리 모퉁이들만큼이나 많은 이런 틈새들을 만날 수도 있는 것이다. 그래도 우리는 곧장 가보자.

며칠 밤 전으로 돌아가 듀란트 부인의 저녁 파티에서 로즈 쇼가 보울리 씨에게 다소 감정적인 태도로 했던 말, 삶이 무도하다는 말은 지미라는 이름의 남자가 헬렌 에이트킨(기억을 제대로 한 것이라면)이라는 여자와 결혼하기를 거절했기 때문이었다.

두 사람 다 잘생겼다. 두 사람 다 활기찬 사람은 아니었다. 타원형의 차 탁자가 변함없이 두 사람을 갈라놓고 있었고 비스킷 접시가 그가 그녀에게 건넨 유일한 것이었다. 그는 그녀에게 머리를 숙여 인사했다. 그녀는 고개를 숙였다. 두 사람은 춤을 추었다. 남자는 아주 멋지게 추었다. 두 사람은 벽이 움푹 들어간 곳에 앉아 있었다. 서로 한 마디도 하지 않았다. 여자의 베개는 눈물로 젖었다. 친절하신 보울리 씨와 경애하는 로즈 쇼가 이 사실을 놀라워하고 개탄했다. 보울리는 올바니에서 하숙을 했다. 로즈는 매일 저녁 정확하게 시계가 여덟 시를 치면 새로 태어났다. 이 네 사람 모두는 문명이 빚은 업적물이다. 그리고 만일 당신이 영어라는 언어의 구사력을 우리가 물려받은 유산의 일부라고 고집한다면 미인은 거의 항상 입을 다물고 있다는 말로 대답할 수밖에 없다. 미녀와 같이 있는 미남은 구경꾼들에게 일종의 공포심을 불러일으킨다. 가끔 그들을 보고—헬렌과 지미를—표류하는 배로 비유하면서 내 스스로 기술이 없는 것을 겁냈었다. 아니면 다시 이렇게 말해볼까? 아주 잘생긴 콜리종의 개가 서로 이십 야드의 거리를 두고 웅크리고 있는 것을 지켜본 적이 있냐고? 그녀가 그의 앞을 지나가면 거기 놓인 그의 찻잔이 그녀의 옆에서 흔들렸다. 보울리가 사태를 파악하고 — 지미를 아침식사에 초대했다. 헬렌은 로즈에게 속을 털어놓았음에 틀림이 없다. 내 입장에서 보자면 가사가 없는 노래를 해석하기란 대단히 어렵다는 점이다. 지금 지미는 플랜더스 지방에서 까마귀에게 먹이를 주고 있고 헬렌은 병원에 가서 봉사를 한다. 로즈 쇼가 말한 것처럼 오, 이렇게 삶이란 가증스럽고, 삶이란 이렇게 무도한 것이라니.

런던의 가로등은 불타는 총검의 칼끝 위에서처럼 어둠을 떠받치고 있다. 노란 덮개와 같은 안개가 거대한 네 기둥 위로 가라앉았다 부풀어 오른다. 18세기에 런던으로 달려 들어오는 우편 마차에 탄 승객들은 잎이 없는 나뭇가지 사이로 그것들 아래에서 너울거리는 안개를 보았다. 불빛이 노란 블라인드 뒤에서, 핑크 블라인드 뒤에서 부채꼴 채광창 위에서 그리고 지하실 창문 아래서 불타고 있다. 소호의 거리 시장은 불빛으로 현란하다. 날고기, 도자기 머그, 실크 스타킹이 화염처럼 빛나고 있다. 거친 목소리들이 훨훨 타오르는 가스등의 불꽃을 휘감고 있다. 케틀 씨와 윌킨슨 씨가 팔짱을 끼고 보도에 서서 큰 소리로 이야기를 하고 있다. 그들의 아내는 목에 모피를 두르고 팔짱을 끼고 경멸스러운 눈길을 하고 가게에 앉아 있다. 우리가 보는 얼굴들은 이런 모습이다. 고기를 만지작거리고 있는 작은 남자는 무수히 많은 하숙집의 난롯가에 쪼그리고 앉아 있으면 좋을 것을 너무 많이 듣고, 보고, 알고 있어서 마치 검은 눈도, 헤벌린 입술도 달변을 뱉고 있는 것 같았다. 조용히 고기를 만지작거리고 있는 그의 얼굴은 한 번도 시를 쓰지는 못했는데도 시인의 그것처럼 슬펐다. 숄을 두른 여자들이 자줏빛 눈꺼풀의 아기들을 안고 간다. 사내아이들이 거리 모퉁이에 서 있다. 여자애들은 길 건너편을 바라보고 있다―이 거친 삽화들, 마치 우리가 책장을 넘기고 또 넘기면 마침내 우리가 찾던 걸 찾기라도 할 것 같은 책 속의 그림들이다. 모든 얼굴, 모든 가게, 침실의 창문, 술집, 어두운 광장이 우리가 그렇게 열에 들떠 넘긴 그림인가―무엇을 찾으려고? 책도 마찬가지다. 그 수백만의 책장을 넘기면서 우리가 찾는 것이 무엇인가? 아직도 희망을 가지고 책장을 넘긴다―오, 여기 제이콥의 방이 있군.

그는 탁자 앞에 앉아『글로브』신문을 읽고 있다. 약간 분홍빛이 도는 신문이 그의 앞에 쫙 펼쳐져 있다. 그는 손으로 얼굴을 괴고 있어서 뺨의 살에 깊은 주름이 잡혀 있었다. 엄청나게 진지하고 단호하고 도전적으로 보였다. (사람들은 반 시간 동안 무슨 일을 겪는가! 아무것도 그를 구제할 수는 없었다. 이런 사건들이 우리 주변 풍경의 모습이다. 런던에 오는 외국인은 세인트 폴 성당을 보지 않고 지나칠 수는 없는 것이다.) 그는 삶을 심판했다. 이 불그스름하고 푸르스름한 신문은 이 세계의 가슴과 머리 위를 밤마다 내리누르는 얇은 젤라틴 감광지이다. 그것은 전체의 인상을 찍는다. 제이콥이 신문에 눈길을 보낸다. 동맹파업, 살인, 축구, 사체 발견. 영국 전역의 동시다발적 성난 외침이다.『글로브』신문이 제이콥 플랜더스에게 좀 더 나은 아무것도 제공할 수 없는 건 참 딱한 일이다! 어린아이가 역사를 읽기 시작하면 그 아이가 새로운 목소리로 낡은 단어를 또박또박 읽어내는 것에 놀라워하면서도 슬퍼한다.

　수상의 연설이 다섯 칼럼에 걸쳐 보도되고 있었다. 주머니에 손을 넣고 제이콥은 파이프를 꺼내 담배를 채우기 시작했다. 오 분, 십 분, 십오 분이 지나갔다. 제이콥은 신문을 난롯가로 가져갔다. 수상은 아일랜드에 자치권을 주는 조치를 제안했다. 제이콥은 파이프를 톡톡 쳤다. 그는 분명 아일랜드의 자치에 대해 생각하고 있었다―아주 어려운 문제이고 아주 추운 밤이었다.

　밤새 내리던 눈이 오후 세 시에는 벌판과 언덕을 덮고 있었다. 언덕 꼭대기에는 시든 잔디 덤불이 튀어나와 있었다. 가시금작화 덤불은 검은색이었고 가끔씩 바람이 갑자기 내린 눈의 조각들을 그 앞으로 몰고 가면 시커먼 흔들림이 눈 위를 가로질렀다. 그 소리는 빗자루로 쓸어내리는 것 같았다―비질하는 소리.

　누구의 눈에도 보이지 않는 작은 시내가 길옆으로 살그머니 흘렀다. 잔가지와 나뭇잎들이 언 잔디에 가서 걸렸다. 하늘은 회색으로 찌푸려 있었고 나무들은 시커먼 강철색이었다. 전원의 혹독한 날씨는 굽힐 줄 몰랐다. 네 시에 다시 눈이 내리기 시작했다. 하루가 저물었다.

　이 피트쯤 건너에 있는 노란색이 도는 창문 하나만이 하얀 들판과 시커먼 나무들과 싸우고 있었다…… 여섯 시에 등잔을 든 남자의 형체가 들판을 가로질러 갔다…… 잔가지 무더기가 돌 위에 머물다가 갑자기 떨어져 나가 하수관 쪽으로 떠내려갔다…… 침엽수 가지 위에 있던 눈 덩어리가 미끄러져 떨어졌다…… 조금 있다 구슬픈 외침이 있었다…… 자동차 한 대가 그 앞에 있는 어둠을 밀쳐내며 길을 따라왔다…… 그 뒤로 어둠이 모든 것을 차단했다……

완전히 움직임이 없는 공간이 이 각각의 움직임을 분리시키고 있었다. 대지는 죽어 누워 있는 것 같았다…… 그러고 나서 늙은 양치기가 뻣뻣하게 들판을 가로질러 돌아왔다. 뻣뻣하게 그리고 고통스럽게 얼어붙은 땅이 밟히고 있었고 발로 밟아 돌리는 바퀴처럼 땅 밑으로 압력이 가해지고 있었다. 지쳐빠진 시계 소리가 밤새도록 시간이 흐른다는 사실을 되풀이해 알리고 있었다.

제이콥 역시 그 소리를 들었고 벽난로의 불을 긁어냈다. 그는 일어났다. 기지개를 켰다. 그는 자러 갔다.

제9장

　　록스비어 백작부인이 제이콥과 단둘이 식탁의 상석에 앉아 있었다. 최소한 이 세기 동안 샴페인과 맛난 진미를 실컷 먹어서 (여자 쪽의 가계로 따지면 사 세기 동안이나), 백작부인 루시는 영양이 좋아 보였다. 마치 향을 찾기 위해 그런 것 같은, 기다란, 향을 감별하는 코, 좁고 붉은 선반처럼 튀어나온 아랫입술, 눈은 작았고, 엷은 갈색의 작은 타래 같은 눈썹, 그리고 그녀의 아래턱은 육중했다. 그녀 뒤로 (창이 그라스버너 스퀘어를 향해 있어서) 몰 프랫이 보도에 서서 바이올렛을 팔고 있었고 힐다 토머스 부인은 치맛자락을 추키고 길을 건널 채비를 하고 있었다. 한 사람은 월워스 출신이고 다른 한 사람은 퍼트니 출신이다. 두 사람 다 검은 스타킹을 신고 있었지만 토머스 부인은 모피를 감고 있었다. 비교야말로 레이디 록스비어가 즐겨하는 것이다. 몰이 좀 더 유머가 있겠지만 격렬하고 역시 멍청할 것 같았다. 힐다 토머스는 말솜씨가 좋고 그녀의 은으로 만든 액자는 모두 기울어져 있고 거실에 삶은 달걀을 넣는 컵을 두고 창문은 모두 가려놓을 것 같았다. 레이디 록스비어는 외모의 결점이 뭐였든지 간에 사냥개를 앞세워 말을 타고 사냥을 하는 대단한 사냥꾼이었다. 그녀는 권위를 가지고 칼질을 했으며 제이콥에게 양해를 구하며 자신의 손으로 직접 닭고기 뼈를 뜯어냈다.

"지금 지나가는 저 마차에 누가 탔지요?" 그녀가 집사인 복스올에게 물었다.

"레이디 핏틀미어입니다, 마님," 이 말이 각하의 안부를 묻는 카드를 보내야겠다는 사실을 상기시켜주었다. 무례한 노부인이야, 제이콥은 생각했다. 포도주는 맛이 뛰어났다. 그녀는 자신을 '늙은이'라고 불렀다—'친절하게 늙은이와 점심을 해줘서'—이 말이 제이콥을 우쭐하게 했다. 그녀는 자신이 알고 있는 조지프 체임벌린 이야기를 했다. 그녀는 명사인 그를 제이콥이 꼭 와서 만나야 한다고 했다. 그리고 레이디 앨리스가 개 세 마리를 목줄에 매어 데리고 들어왔고 재키가 할머니에게 뛰어들어와 키스를 했고 복스올이 전보를 들고 들어왔으며 제이콥에게는 아주 좋은 시가를 주었다.

잠시 전 말이 한 마리 뛰어올랐다가 속도를 줄이고 옆걸음질을 하다가 거대한 파도처럼 힘을 모아 위로 치솟더니 멀리 저쪽으로 곤두박질치듯 내리꽂혔다. 울타리와 하늘이 획 덮치듯 그 반원 안으로 들어왔다. 그러자 마치 자신의 몸이 말의 몸 안으로 달려 들어간 듯, 그리고 자신의 앞다리가 튀어 오르는 말의 앞다리에서 자라나온 듯 가고자 하는 방향의 대기를 뚫으며, 바닥에서 튕겨 오르며, 말과 사람의 두 몸이 마치 한 힘줄 덩어리인양 그러면서도 주도권을 쥐고 똑바른 부동의 자세로 눈은 정확한 판단을 내리고 있었다. 그러고는 곡선이 끝나며 아래로 내려치는 망치질처럼 끼익 소리를 냈다. 그리고 거칠게 흔들리며 멈추어 섰다. 약간 뒤로 젖혀 앉아 불꽃을 튀기며 얼얼한 흥분상태로 뛰는 동맥 위에 얼음 표면을 씌우듯 진정시키며 숨을 헐떡였다. '아, 호, 하!' 하고. 팻말이 있는 갈림길에는 서로 겨루며 가고 있는 말들이 김을 뿜어내고 있었고 앞치마를 두른 여자가 문간에 서서 그 모양을 눈여겨보았다. 양배추 밭에서 몸을 일으킨 남자가 역시 그 모양을 유심히 보았다.

이렇게 제이콥은 에섹스의 들판을 말을 타고 달려갔다. 진흙 속에 콱 들어가고 일행을 잃고 혼자 샌드위치를 먹으며 말을 달려 울타리 너머를 보며 새로 문질러 닦아낸 듯한 색채들을 보며 자신의 불운을 저주했다.

그는 시골 여인숙에서 차를 마셨다. 그곳에 사람들이 모두 모여 있었다. 찰싹 치기도 하고 발을 구르기도 하고 "자네가 먼저," 라고 급히, 짧게 익살맞게 말하기도 하고 칠면조의 볏처럼 불콰해져서 호스필드 부인이 친구인 더딩 양과 함께 치마를 추켜올리고 머리카락을 둥근 고리처럼 내려뜨리고 문가에 나타날 때까지 자유롭게 이야기를 하고 있었다. 그러고는 톰 더딩이 채찍으로 창문을 톡톡 쳤다. 자동차 한 대가 안마당으로 들어왔다. 신사분들은 성냥을 더듬어 찾으며 밖으로 나갔고 제이콥은 시골 사람들과 담배를 피우기 위해 브랜디 존스와 함께 바로 들어갔다. 눈하나가 없는 늙은 제본스가 진흙 색의 옷을 입고 등 뒤에 자루를 매고 머리를 바이올렛 뿌리와 쐐기풀 뿌리가 있는 땅바닥 발밑에 박고 있었고 메리 샌더스는 땔감 상자를 들고 있었고 교회지기 아들인 좀 모자라는 톰은 맥주를 사러 갔다―이 모든 일이 런던의 삼십 마일 반경 안에서 일어난 일이다.

코벤트 가든의 엔델 가에 사는 펩워스 부인은 뉴 스퀘어의 링컨스 인에 사는 보나미 씨의 방을 치워주고 있었다. 개수대에서 저녁 먹은 설거지를 하면서 옆방에서 젊은 신사분들이 이야기하는 소리를 들었다. 샌더스 씨가 또 거기 있었다. 실은 플랜더스 씨를 말하는 것이었다. 자꾸 무엇이 알고 싶은 늙은 여자가 이름조차 잘못 알고 있으면서 어떻게 그들의 논쟁을 제대로 전할 수 있겠는가? 접시를 물에서 꺼내 들고 그 접시들을 쉿쉿 소리를 내는 가스대 밑에 쌓으면서 그녀는 귀를 기울여 듣고 있었다. 샌더스 씨가 크고 다소 거만한 어조로 말하는 걸 들었다. "좋아" 그가 말했다. 그리고 "절대적으로" 그리고 "정의" 그리고 "벌" 그리고 "다수의 의지"라고 말했다. 그리고 그녀의 집주인인 신사 양반이 주장하기 시작했다. 그녀는 샌더스에 대항하는 그의 논쟁에 편을 들었다. 그래도 샌더스도 멋진 젊은이였다(여기서 음식 찌꺼기들이 개수대를 소용돌이치며 내려갔고 거의 손톱이 닳고 없는 그녀의 자줏빛 손이 그 뒤를 문질러 닦았다). "여자들은"―그녀는 자신의 주인과 샌더스 씨가 여자에 대해 어떤 노선을 가졌는지 의아하게 생각하면서 한쪽 눈썹을 아래로 내려뜨리며 생각에 잠겼다. 그녀는 아홉 아이의 어머니였다―그중 셋은 사산했고 하나는 태어날 때부터 귀머거리에 벙어리였다. 식기 선반에 접시들을 걸어놓으면서 다시 샌더스가 논쟁을 시작하는 소리를 들었다('도무지 보나미에게는 말할 기회를 주지 않는군,' 하고 그녀는 생각했다). "객관적인 어떤 것"이라고 보나미가 말했다. 그리고 "공동 기반" 그리고 무언가 또 다른―모두가 대단히 긴 단어들이라고 그녀는 생각했다. '공부를 한 사람들이 하는 소리지,'라고 생각하면서 그녀는 윗옷에 팔을 끼었고 무언가 다른 소리를 들었다―난로 옆의 작은 테이블에서 무언가가 떨어졌는지도 모른다. 그러고는 쿵, 쿵 쿵 하며 발을 구르는 소리 ─ 마치 둘이 서로 덤벼들기라도 하는 듯이 ─ 방을 빙빙 돌며 접시들이 흔들리며 춤을 추게 하면서.

"나리, 내일 아침밥은," 그녀가 문을 열면서 말했다. 샌더스와 보나미가 마치 서로 물고 물리는 바샨의 수소처럼 사이에 의자를 두고 소동을 피우고 있었다. 둘 다 그녀가 있는지도 몰랐다. 그녀는 두 사람에게 모성을 느꼈다. "나리, 내일 아침밥은," 그녀는 그들이 가까이 왔을 때 말했다. 온통 머리가 엉클어지고 타이가 풀어헤쳐진 보나미가 몸을 빼고 샌더스를 안락의자 쪽으로 밀어내면서 샌더스 씨가 커피 주전자를 박살냈다고, 자신이 샌더스 씨를 가르치는 중이라고 ─ 말했다.

정말 분명히, 커피 주전자가 난로 앞 깔개 위에 깨져 있었다.

'이번 주의 목요일만 빼고는 어느 날이라도 괜찮아,'라고 미스 페리가 썼다. 그리고 이건 어떻게 보더라도 첫 번째 초대는 아니었다. 미스 페리의 매주는 목요일만 빼고 늘 그렇게 비어 있고 옛 친구의 아들을 보는 게 유일한 바람인가? 처녀로 늙은 돈 많은 귀부인들에게 시간은 길고 하얀 리본과 같다. 이 리본들을 그들은 감고, 감고, 감고, 또 감는다. 다섯 명의 하녀와 집사 한 명, 멋진 멕시코 앵무새, 규칙적인 식사, 무디의 순회도서관 책, 그리고 가끔 들리는 친구들로. 제이콥이 와주지 않은 것 때문에 그녀는 이미 조금 마음을 다쳤다.

"네 어머니가 내 가장 오랜 친구 중 하나지," 그녀가 말했다.

그녀의 뺨과 난롯불 사이에 『스펙테이터』잡지를 들고 난롯가에 앉아 있는 미스 로제터는 벽난로 열 가리개를 싫다고 했다가 나중에는 가리개 치는 것을 받아들였다. 날씨 이야기를 했고 작은 탁자들을 펴는 파크스 씨를 존중해 중요한 대화는 뒤로 미루었다. 미스 로제터는 장식장의 아름다움에 대해 이야기를 해 제이콥의 주목을 끌었다.

"정말 놀라울 정도로 영리하게 물건을 고르신다니까요," 그녀가 말했다. 미스 페리는 그 장식장을 요크셔에서 찾아냈다. 영국의 북쪽 지방에 대한 이야기가 이어졌다. 제이콥이 이야기를 할 때면 두 사람은 귀를 기울였다. 문이 열리고 벤슨 씨가 왔다는 소리가 들렸을 때 미스 페리는 뭔지 적절하고 남자에게 맞는 이야기를 생각해내려 하고 있었다. 이제 그 방에는 네 사람이 앉아 있다. 예순여섯 살의 미스 페리, 마흔두 살인 미스 로제터, 서른여덟인 벤슨 씨, 스물다섯 살인 제이콥.

"오랜 친구가 어느 때보다 더 건강해 보이는군요," 벤슨 씨가 앵무새 새장의 가로대를 가볍게 두드리며 말했다. 동시에 미스 로제터는 차가 맛있다고 치사를 했다. 제이콥이 다른 접시를 건네주었다. 그리고 미스 페리는 더 가까이 다가가고 싶은 자신의 마음을 표시했다. "너희 형제들은," 하고 막연히 시작했다.

"아처와 존 말이죠," 제이콥이 그녀가 필요로 하는 걸 채워주었다. 그리고 기쁘게도 미스 페리는 레베카의 이름을 생각해냈다. 그러고는 언젠가 "너희들이 모두 어렸을 때 말이야, 거실에서 놀면서 —"

"미스 페리가 주전자를 잡는 행주를 들고 있는데," 라고 미스 로제터가 말했고 정말 미스 페리는 그 행주를 가슴에 꽉 껴안고 있었다. (그렇다면 그녀가 제이콥의 아버지를 사랑했었나?)

"아주 재치 있어" — "여느 때만큼 좋진 않아요" — "아주 불공평하다는 생각이 드는데," 벤슨 씨와 미스 로제터가 토요 판 『웨스트민스터』 신문에 대해 이야기를 했다. 그들은 규칙적으로 내기를 하고 상금을 걸지 않았던가? 벤슨 씨가 세 번이나 1기니를 따고 미스 로제터는 6펜스 10실링을 따지 않았나? 물론 에브라드 벤슨은 심장이 약하지만 그래도 내기에서 이기고 앵무새를 기억하고 미스 페리에게 알랑거리고 미스 로제터를 깔보고 그의 하숙집에서(테이블 위에 이쁜 책들이 놓여 있는, 미국 화가 휘슬러가 그린 스타일로 꾸민) 티 파티를 열고, 제이콥이 그를 모르고도 느낄 수 있는 이 모든 것이 그를 경멸할 만한 얼간이로 보이게 했다. 미스 로제터로 말할 것 같으면 암을 고쳤고 지금은 수채화를 그린다.

"그렇게 빨리 가려고?" 미스 페리가 애매하게 말했다. "매일 오후에는 집에 있어, 특별히 할 일이 없으면 — 목요일만 빼고."

"당신은 한 번도 늙은 여자들을 저버린 적이 없지," 미스 로제터가 말하고 있었고 벤슨 씨는 앵무새 새장에 몸을 숙이고 있었고 미스 페리는 초인종이 울린 쪽으로 움직이고 있었다.

*

벽난로의 불이 녹색 빛이 나는 대리석 기둥 두 개 사이에서 밝게 타고 있었고 벽난로 선반 위에는 창에 기댄 브리타니아 조각상이 장식된 녹색 시계가 놓여 있었다. 걸려 있는 그림들은 — 챙이 큰 모자를 쓴 처녀가 18세기 풍의 의상을 입고 정원 너머에 있는 신사에게 장미꽃을 건네고 있는 모습이었다. 마스티프종 개 한 마리가 낡은 문에 기대 드러누워 있었다. 창문의 아래쪽 창틀에는 젖빛 유리가 끼워져 있었고 커튼은 광택이 나는 녹색 천으로 정확히 고리에 묶여 있었다.

로레트와 제이콥은 녹색 플러시 천으로 씌운 커다란 안락의자 두 개에 나란히 앉아 발가락을 난로망 위에 올려놓고 있었다. 로레트의 치마는 짧았고 다리는 길고 가늘었으며 투명한 것으로 덮여 있었다. 그녀의 손가락이 발목을 쓰다듬고 있었다.

"그들을 이해 못한다는 건 아니에요." 그녀가 사려 깊게 말하고 있었다. "가서 다시 시도해봐야겠어요."

"몇 시에 거기 갈 건데요?" 제이콥이 말했다.

그녀는 어깨를 으쓱했다.

"내일?"

아니, 내일은 아니었다.

"날씨가 시골을 그립게 만드는군요." 어깨 너머로 창문을 통해 높은 집들의 이면 풍경을 바라보며 그녀가 말했다.

"토요일에는 나와 함께 있으면 좋겠는데요." 제이콥이 말했다.

"승마를 하는데." 그녀가 말했다. 그녀는 우아하게, 차분하게 일어났다. 제이콥도 일어났다. 그녀는 그에게 웃어 보였다. 그녀가 문을 닫고 나가자 제이콥은 벽난로 선반 위에 많은 은화를 올려놓았다.

대체로 괜찮은 대화였다. 꽤 괜찮은 방이었고, 머리가 있는 여자였다. 마담이 친히 제이콥을 배웅했는데 곁눈질과 그 음란함, 표면에 스치는 흔들림(주로 눈에 그걸 드러냈는데)이 어렵게 애를 쓰며 들고 가는 오물 한 통을 온통 보도에 쏟을 것 같은 위협을 담고 있었다. 한 마디로 뭔가가 잘못된 것이었다.

그렇게 오래전도 아닌 때에 일꾼들이 매콜리 경의 이름자의 마지막 'y'에 금박을 입혀 그 이름들이 대영 박물관 도서관[1] 둥근 천장에 끊김 없이 세로줄로 펼쳐지게 만들었다. 그 천장에서 꽤 깊이 내려온 아래에서는 수백의 살아 있는 사람들이 바퀴의 살에 앉아 인쇄된 책이나 필사본에서 뭔가를 베끼고 있었다. 가끔씩 목록을 물어보기 위해 일어났다가 조심스럽게 다시 자리를 찾아가기도 하고 중간 중간 말 없이 어떤 사람이 그들의 좌석을 채우기도 한다.

작은 소란이 있었다. 미스 마치몬트의 쌓아놓은 책이 균형을 잃고 제이콥의 좌석으로 떨어졌다. 이런 일들이 미스 마치몬트에게 일어난다. 낡은 광택이 나는 드레스에 자홍색의 가발을 쓰고 보석을 달고 동상에 걸린 그녀가 수백만 페이지를 들추며 찾는 게 무엇일까? 때로는 이것, 또 때로는 저것, 색채가 소리라는 그녀의 철학을 확인하기 위해—아니면 아마도 무언가 음악과 연관이 있는지도 몰랐다. 노력이 부족한 건 아닌데도 무어라고 딱히 말을 하기가 어려웠다. 그리고 그녀는 자신의 방으로 누구를 초대할 수는 없었는데, '깨끗하지 않은 것 같아서' 그래서 그녀는 당신을 복도에서 붙들거나 하이드 파크의 의자에 앉으라고 한 뒤에 자신의 철학을 설명할 참이다. 영혼의 리듬은 그것에 달려 있다고—('어린 사내애들이 얼마나 버릇없는지 몰라!'라고 그녀는 말할지도 모른다.) 그리고 애스퀴스 씨의 아일랜드 정책, 셰익스피어 이야기가 나오고 에드워드 7세의 부인인 '알렉산드라 왕비가 너무나 감사하옵게도 자신의 소책자 사본을 인정해주었다'고 어린 사내아이들에게 저리 가라고 멋지게 손짓을 하면서 말할지도 모른다. 그러나 그녀는 책을 출판할 기금이 필요했다. '출판업자들은 자본주의자들이고—출판업자들은 비겁한자들'

---

1 대영 박물관과 국립도서관이 같은 경내에 있음.

이기 때문이었다. 그렇게 돼서 팔꿈치로 책 더미를 뒤지다가 책들이 와르르 떨어졌던 것이다.

제이콥은 꼼짝 않고 앉아 있었다.

그러나 반대편에 있던 무신론자인 프레이저는 광택 나는 옷을 입은, 낱장으로 된 인쇄물을 들고 여러 번 말을 걸려고 했던 그 여자를 못 견디게 싫어하며 짜증스럽게 자리를 옮겼다. 그는 모호함을 극도로 싫어했다―예를 들어 기독교와 파커 학장의 선언문들. 파커 학장은 책을 저술했고 프레이저는 논리의 힘으로 그것들을 철저히 박살냈고 자신의 아이들은 세례를 시키지 않았다―그의 아내가 세숫대야에 물을 받아 몰래 했지만―그러나 프레이저는 그녀를 무시했고 계속 신성 모독자들을 지지했으며 전단을 나눠주고 대영 박물관 도서관에서 자신의 이론을 개진했다. 항상 같은 체크무늬 양복에 강렬한 색의 타이를 매고 창백한 얼굴에 점이 많고 화를 잘 냈다. 정말, 얼마나 대단한 작업인가―종교를 무찌른다는 게!

제이콥은 말로[2]의 문장 전체를 베끼고 있었다.

여권론자인 미스 줄리아 헤지가 책이 나오기를 기다리고 있었다. 그러나 오지 않고 있었다. 그녀는 펜을 적셨다. 그녀는 주위를 둘러보았다. 그녀의 눈에 매콜리 경의 이름자에 있는 마지막 글자가 들어왔다. 그리고 그녀는 천장 둘레에 있는 모든 이름을 읽었다―위대한 사람들의 이름이 상기시키는―"오, 제기랄," 줄리아 헤지가 말했다, "도대체 왜 엘리엇이나 브론테의 이름을 새길 자리는 남겨두지 않은 거지?"

불행한 줄리아! 비통함으로 펜을 적시면서 구두끈은 풀린 채로 있었다. 그녀의 책이 나오자 줄리아는 엄청난 노력을 기울였

2 1564~1593, 영국의 극작가, 시인.

다. 그러나 그녀의 격앙된 감성의 신경 줄 하나를 통해 남성 독자들은 어떤 생각을 하더라도 침착하게, 대범하게 한다는 사실을 알아차렸다. 예를 들어 저 젊은 남자만 해도 그렇다. 시를 베끼는 것 말고 그가 하는 일이 무언가? 그런데 그녀는 통계를 공부해야 한다. 세상에는 남자보다 여자가 더 많다. 그래, 만일에 여자들에게 남자들이 하는 만큼의 일을 시키면 여자들이 더 빨리 죽을 것이다. 그러면 여자들은 모두 사라질 것이다. 이것이 그녀의 논점이었다. 죽음과 원한 그리고 비통함의 티끌이 그녀의 펜 끝에 묻어 있었다. 오후가 기울어갈수록 그녀의 광대뼈가 붉어지고 눈에는 불이 켜졌다.

그러나 제이콥은 무슨 일로 대영 박물관 도서관에서 말로를 읽고 있을까?

젊음, 젊음─어딘가 야만적이고─어딘가 현학적인. 예를 들면 메이스필드[3] 씨가 있고 베넷[4] 씨가 있다. 말로의 불길 속에 그 사람들을 밀어 넣고 재가 될 때까지 태워야 한다. 한 조각도 남지 않게. 이류들과 뒤섞어 얼버무리지 말고. 우리가 타고난 시대를 못 견디게 싫어하라. 그리고 더 나은 것을 구축해보라. 그것을 실행에 옮겨 말로에 대한 터무니없이 단조로운 에세이들을 당신 친구들에게 읽어줘보라. 그 목적을 위해서는 대영 박물관 도서관에 있는 판본과 대조를 해야만 한다. 그런 일은 스스로 직접 해야 한다. 창자가 빠져나간 빅토리아조 문필가나 선전 담당자에 불과한 지금 이 시대를 사는 사람들을 믿는 건 소용없는 짓이다. 미래의 피와 살은 온전히 여섯 사람의 젊은이에게 달려 있다. 제이

---

3 1878~1967, 영국의 계관시인이자 소설가, 비평가.
4 1867~1931, 영국의 소설가. 울프는 베넷의 소설을 인간의 외면적 물질성에 치우쳐 내면의 정신성이 결여돼 있다고 여러 번에 걸쳐 비판했음.

콥은 그들 중 한 사람이었기에 페이지를 넘길 때마다 당연히 조금은 당당하고 위풍이 있었고 줄리아 헤지는 충분히 자연스럽게 그를 싫어했던 것이다.

둥글 넓적하고 밋밋한 얼굴의 남자가 제이콥에게 쪽지를 밀었고 제이콥은 의자에 등을 기대고 불편한 속삭임으로 대화를 하다가 둘이 같이 나갔고(줄리아 헤지가 둘을 지켜보고 있었다) 곧바로 홀에 나가 큰 소리로 웃었다(그녀는 그렇게 생각했다).

아무도 열람실 안에서는 웃지 않는다. 자리를 바꾸기도 하고 속삭이기도 하고 미안해하는 재채기에 그리고 갑자기 부끄럼 없는 엄청난 기침 소리가 있긴 하지만. 수업 시간이 거의 끝났다. 교사 보조가 문제지를 수거한다. 게으른 아이들은 몸을 뻗고 싶어한다. 공부 잘하는 학생들은 열심히 휘갈겨 썼다―아, 또 하루가 지났는데 이렇게 조금밖에 못하다니! 가끔 인류라는 총체로부터 무거운 한숨 소리가 들리고 이어 치욕적인 늙은이가 수치심도 없이 기침을 할 것이고 미스 마치몬트는 말처럼 히잉 하고 울 것이다.

제이콥은 그의 책을 반납해야 할 시간에 맞춰 돌아왔다.

책들은 다시 제자리에 꽂혔다. 알파벳의 몇 글자가 천장 주위에 흩뿌려져 있다. 천장 주위에 원형으로 가까이 붙어 있는 이름들은 플라톤, 아리스토텔레스, 소포클레스 그리고 셰익스피어이다. 로마, 그리스, 중국, 인도, 페르시아의 문학. 책 한 페이지에 적힌 시가 또 다른 한 페이지에 적힌 시에 납작하게 눌려져 있고 하나의 갈고 닦은 글자가 의미라는 운명 속에 다른 글자에 매끄럽게 대적해 멋진 집합을 이룬다.

"차가 마시고 싶거든요," 맡겼던 낡은 우산을 돌려달라면서 미스 마치몬트는 말했다.

미스 마치몬트는 차가 마시고 싶었다, 그렇지만 엘긴 마블스[5]를 마지막으로 한 번 더 보고 싶은 걸 억누를 수가 없었다. 그녀는 그것을 곁눈으로 보고 손을 흔들며 한두 마디 인사의 말을 중얼거린 것이 제이콥과 다른 남자들을 돌아보게 만들었다. 그녀는 그들에게 상냥하게 미소를 지었다. 그 모두가 그녀의 철학에 들어 있는 것이다—색채가 소리이고 아니면 아마 그것이 음악과 연관이 있다는 것. 임무를 끝내자 그녀는 절름거리며 차를 마시러 갔다. 폐관할 시간이었다. 사람들이 모두 우산을 돌려받기 위해 홀에 모였다.

대체로 학생들은 아주 참을성 있게 순서를 기다린다. 누군가가 하얀 원형 번호판을 점검하는 동안 서서 기다리면 진정이 된다. 우산은 틀림없이 찾아질 것이다. 그러나 그 사실이 하루 종일 매콜리[6], 홉스[7], 기번[8] 등의 철학자에게로 이끌고 팔절판 책, 사절판 책, 이절판 책 등으로 이끌어 점점 더 깊이 상아색 책장과 모로코 가죽 장정의 책이 가진 사고의 밀도 속으로 지식의 집합체 속으로 이끌 것이다.

제이콥의 지팡이는 다른 사람들 것과 같은 모양이다. 아마 지팡이 정리함에 아무렇게나 뒤죽박죽 넣어둔 모양이었다.

대영 박물관 도서관에는 위대한 정신이 있다. 플라톤이 아리스토텔레스와 나란히 있는 것을 생각해보라, 그리고 셰익스피어가 말로와 나란히 있는 것을. 위대한 정신은 단일한 정신의 소유 능력 저 너머에 비장되어 있다. 그럼에도 불구하고 (지팡이를 찾는

---

5 대영 박물관에 있는 고대 그리스의 대리석 조상으로 엘긴 경(Lord Elgin, 1766~1841)이 그리스 아테네의 고대 유적에서 발굴해 가져옴.

6 1800~1859, 영국의 역사가로 5권으로 된 『영국사』를 씀.

7 1588~1679, 영국의 철학자.

8 1737~1794, 영국의 역사학자로 『로마제국 흥망사』로 유명함.

데 시간이 너무 오래 걸렸다) 노트 한 권을 들고 와 책상 앞에 앉아 모든 걸 통째 읽어낼 수 있다는 생각을 멈출 수가 없는 것이다. 학식이 있는 사람들이야말로 가장 존경받아야 할 사람들이다— 모든 편지를 그리스어로 쓰는, 벤틀리와 겨루어도 꺾이지 않는 트리니티 대학의 헉스터블 같은 학자 말이다. 그리고 과학, 회화, 건축—위대한 정신.

이제야 지팡이를 찾아 카운터 위에 놓고 밀었다. 제이콥은 대영 박물관 도서관 입구에 서 있다. 비가 오고 있었다. 그레이트 러셀 스트리트가 비로 번득이며 빛을 내고 있었다—여기는 노랗고, 여기, 약국 바깥은 붉고 연푸른색이다. 사람들이 벽에 바짝 붙어 서둘러 가고 있다. 마차가 덜커덕거리며 아무렇게나 길 아래로 내려가고 있다. 그래, 그렇지만 비가 좀 온다고 해서 아무도 다치지는 않는다. 제이콥은 마치 시골에 있는 것처럼 길을 걸어간다. 그리고 늦은 밤 그는 파이프를 물고 책을 들고 그의 책상 앞에 앉아 있다.

비가 마구 퍼부었다. 대영 박물관은 하나의 견고하고 거대한 고분처럼 아주 창백하게 빗속에 윤기를 내며 그에게서 사분의 일 마일도 떨어지지 않은 거리에 서 있었다. 그 광대한 정신은 돌로 덮여 있었고 깊은 곳의 각각의 구획된 곳은 안전하고 비에 젖지 않는다. 야간 경비원이 2월 22일에 플라톤과 셰익스피어의 등에 손전등을 비추면서 어떤 화염도, 쥐도, 강도도 이 보물들에 범접하지 않는다는 것을 알았다—가난하면서도 아주 존경할 만한 이 경비원들은 켄티쉬 타운에 아내와 가족을 두고 이십여 년 동안 플라톤과 셰익스피어를 보호하다가 하이게이트에 묻힐 것이다.

마치 뇌의 통찰력과 열기 위에 뼈가 차갑게 놓여 있듯이 돌이 대영 박물관 위에 그렇게 놓여 있었다. 그러나 여기서는 그 뇌가 플라톤의 뇌이고 셰익스피어의 뇌이다. 그 뇌가 항아리와 동상을 만들고 거대한 소와 작은 보석을 세공하고 죽음의 강을 건너 이 길로 와서 끊임없이 어떤 상륙할 곳을 찾는다. 때로 긴 잠을 위해 몸을 감싸고, 때로 눈 위에 1페니짜리 눈가리개를 놓고 조심스럽게 발가락을 동쪽으로 돌린다. 그동안에도 플라톤은 대화를 계속한다. 비가 오는데도. 마차꾼이 휘파람을 부는데도. 그레이트 오몬드 스트리트의 뒷골목에서 여인이 술에 취해 집으로 와 밤새도록 "들어가게 해줘! 들어가게 해줘!"라고 외치는데도.

제이콥의 방 아래 길거리에서 목소리들이 높아지고 있었다.

그래도 제이콥은 계속 책을 읽었다. 어떻게든 플라톤은 흔들림 없이 계속 읽혔다. 그리고 햄릿이 그의 독백을 읊었다. 그리고 저기에 엘긴 마블스가 놓여 있고 밤새도록 존스의 손전등이 때때로 율리시즈를 불러오거나 아니면 말의 머리, 아니면 때로는 번쩍하는 금빛, 아니면 미라의 푹 꺼진 노란 뺨을 비추었다. 플라톤과 셰익스피어는 계속된다. 『파이드로스*Phaidros*』[9]를 읽고 있는 제이콥은 사람들이 가로등 주변에서 고래고래 소리 지르는 것을 들었고 여자가 문을 연달아 두드리며 마치 석탄이 하나 난로에서 떨어지듯이 아니면 파리 한 마리가 천장에서 떨어져 뒤집힌 채로 다시 뒤집기에는 너무 연약해 "들여보내주세요!"라고 외치는 소리를 들었다.

『파이드로스』는 너무 어려웠다. 그래도 계속 읽어나가다 드디어 보조를 맞추어 행군을 하면서(그런 것같이 느껴지는) 그냥 굴러 흘러가는 순간이 찾아오고 앞에 닥친 어둠을 흔들리지 않는 힘으로 헤쳐나가게 된다. 플라톤은 아크로폴리스를 걷고 있기에

9 플라톤(B.C. 429?~B.C. 347)의 중기 대화편.

불길을 보는 것은 불가능했다.

대화가 끝나가고 있었다. 플라톤의 주장은 끝났다. 플라톤의 주장은 제이콥의 정신 한쪽에 치워두고 오 분 동안 제이콥의 정신은 혼자 앞으로 어둠 속으로 나아가고 있었다. 그러고는 커튼을 열고 맞은편의 스프링에츠가 잠자리에 드는 모습을, 비가 오는 것을, 유태인과 외국인 여자가 길 끝에 있는 우편함 옆에 서서 다투는 모습을 놀라운 명징함을 가지고 지켜보았다.

문이 열릴 때마다 새로운 사람들이 들어왔고 이미 방 안에 있던 사람들은 조금씩 자리를 옮겼다. 서 있던 사람들은 어깨 너머를 보았고 앉아 있던 사람들은 말을 하다 중단했다. 불빛과 포도주와 기타를 아무렇게나 뜯고 있는 것으로 보아 문이 열릴 때마다 무언지 흥분된 일이 벌어지고 있었다. 누가 들어왔지?

"깁슨이야."

"화가?"

"하던 이야기 계속해."

그들은 내놓고 이야기하기에는 너무 사적인 이야기를 하고 있었다. 위더스 부인의 마음속으로는 사람들의 말소리가 마치 딱딱이 소리 같아서 대기 중의 작은 새떼들에게 겁을 주고 있는 것 같았고 사람들이 자리를 잡자 그녀는 겁이 나서 머리에 한 손을 얹었다가 양손으로 무릎을 감싸고 올리버 스켈턴을 불안하게 올려다보며 말했다.

"약속해요, 약속해요, 아무하고도 말하지 않겠다고." …… 그는 사려가 깊고 따뜻한 사람이었다. 남편의 성격에 대해 그녀는 이야기를 하고 있던 중이었다. 남편은 차가운 사람이라고 그녀는 말했다.

멋진 맥덜린이 갈색으로 그을려, 따뜻하고 풍만한 모습으로 샌들을 신은 발이 잔디를 스치듯 밟으며 그들 쪽으로 다가왔다. 머리카락이 바람에 날렸다. 흐르는 비단결 같은 머리카락엔 머리핀이 꽂혀 있는 것 같지도 않았다. 물론 그녀는 배우여서 한 줄기 빛이 늘 그녀 아래서 비추고 있었다. 그녀가 한 말은 "이봐요."라는 말 한 마디뿐이었지만 그녀의 목소리는 알프스산맥의 오솔길 사이에서 들리는 요들송 같았다. '아'나 '오' 말고는 할 말도 없었기에 그녀는 바닥에서 재주를 넘으며 노래를 불렀다. 시인인 맹긴이 그녀에게 다가가 그녀를 내려다보며 서서 파이프를 꺼내 물었다. 춤이 시작되었다.

머리가 하얗게 센 케이머 부인이 딕 그레이브스에게 맹긴이 누군지 말해달라고 했고 파리에서 이런 짓거리는 실컷 봐(맥덜린이 그의 무릎 위에 올라앉았다. 그의 파이프는 그녀의 입에 물려 있었다) 놀랄 일도 없다고 말했다. 제이콥에게로 다가가자 그녀가 안경을 바로잡으며 "저 사람이 누구예요?"라고 말했다. 정말 그는 조용했고 무관심해 보이지는 않았지만 마치 바닷가에서 무언가를 지켜보고 있는 사람 같았다.

"오, 이봐요, 좀 기대게 해주세요," 발목 주위에 감았던 은색 줄이 느슨해져서 한쪽 발로 깡총거리며 숨이 찬 소리로 헬렌 아스큐가 말했다. 케이머 부인이 고개를 돌리고 벽의 그림을 바라보았다.

"제이콥 좀 봐," 헬렌이 말했다(그들은 게임을 위해 그의 눈을 묶어 가리고 있었다).

딕 그레이브스는 술이 약간 취해서 아주 성실하게, 아주 단순한 마음으로 제이콥이야말로 그가 아는 가장 훌륭한 사람이라 생각한다고 그녀에게 말했다. 그리고 쿠션 위에 다리를 꼬고 앉아 제이콥에 대해 이야기를 했고 헬렌의 목소리가 떨렸다. 두 사람 모두가 그녀에게는 영웅이었고 둘 사이의 우정은 여자들의 우정보다 아름다웠기 때문이다. 이제 앤서니 폴렛이 그녀에게 춤을 추자고 했고 춤을 추면서 그녀는 어깨 너머로 테이블 옆에서 같이 술을 마시고 있는 그 사람들을 바라보았다.

  멋진 세상—살아 있고 건전하고 활기찬 세상…… 이 단어들은 일월의 새벽 두 시에서 세 시 사이 해머스미스에서 홀본 사이에 있는 나무로 만든 보도를 일컫는 것이다. 그건 제이콥의 발아래의 땅을 그렇게 표현한 것이다. 건강하고 멋진 일이었다. 강 근처 어딘가 마구간 위에 있는 방 하나에 오십 명의 흥분하고 말 많은 다정한 사람들이 같이 있었기 때문이었다. 그런 뒤에 보도에서 걸음을 옮기는 것은 (마차나 혹은 경찰관은 볼 수가 없었기에) 환희 그 자체였다. 다이아몬드가 점점이 박힌 듯한 긴 고리 모양의 피커딜리 거리는 텅 비어 있을 때 가장 두드러져 보인다. 젊은이는 아무것도 두려워할 게 없다. 두려워하기는커녕 뭐 대단한 말을 하지 않는다 해도 자신만의 것을 거머쥐고 있다는 것을 확신하는 것이다. 맹긴을 만난 것이 기뻤다. 마룻바닥에 있던 젊은 여자도 감탄스러웠다. 그는 모두가 좋았다. 그는 그런 유의 것을 좋아했다. 다시 말해 모든 북과 트럼펫이 소리를 내고 있었던 것이다. 그 순간 거리의 청소부가 유일한 사람이었다. 그 사람들에 대해 제이콥이 얼마나 호의적이었는지는 말할 필요조차 없었다. 자신의 집 문을 열쇠로 열고 들어가는 게 얼마나 기뻤는지 모른다. 집을 나설 때는 전혀 모르던 열이나 열한 명의 사람을 그의 빈 방으로 데리고 온 것 같은 기분이 들어 얼마나 기뻤는지 모른다. 제이콥은 뭔가 읽을거리를 둘러보다가 찾긴 했으나 그걸 하나도 읽지 못하고 잠이 들고 말았다.

사실, 북과 트럼펫이 울렸다는 건 빈말이다. 사실 피커딜리와 홀본, 빈 거실과 오십 명이 모여 있는 거실 어디라도 어느 순간 공중을 향해 음악 소리를 울릴 수 있다. 아마 여자들이 남자보다 훨씬 더 흥분하기 쉬운지도 모른다. 그 점에 대해 무어라고 말하는 사람은 드물다. 한 무리의 사람들이 서비튼으로 가는 직행열차를 타려고 워털루 다리를 건너는 걸 보면 이성이 그들을 그렇게 만든다고 생각할지도 모른다. 아니, 그렇지 않다. 그건 바로 북과 트럼펫이 그렇게 하게 한 것이다. 그 문제에 대해 생각해보기 위해서는 워털루 다리의 작은 난간 쪽으로 잠깐 비켜서기만 해도 그모든 것이 하나의 혼란스러움이고—하나의 수수께끼로 다가올 것이다.

사람들은 끊임없이 다리를 건너간다. 때로는 마차와 버스들 사이로 대형 화물차가 거대한 목재를 쇠사슬로 묶어 싣고 나타날지도 모른다. 그러고는 아마도 석공의 소형 짐마차는 아무개가 퍼트니에 묻힌 아무개를 얼마나 사랑했는지 이제 막 새겨넣은 비석을 싣고 지나갈지도 모른다. 그러고는 앞에 가던 자동차가 급하게 나가는 바람에 그 비석의 글자를 더 이상 읽을 수 없게 된다. 그러는 동안에도 내내 사람의 물결은 서리 쪽에서부터 스트란드까지 쉬지 않고 지나가고 스트란드에서 서리 쪽으로도 쉬지 않고 흘러간다. 가난한 이들이 도시를 급습했다가 구멍을 찾아 허둥대는 딱정벌레처럼 어슬렁거리며 자신들의 구역으로 돌아가듯이 저 늙은 여자는 낡아 반들반들해진 자루를 꽉 쥐고 마치 햇빛에 나와 있다가 이제는 긁어모은 닭 뼈를 챙겨 지하의 곳간으로 가듯이 다리를 절며 워털루 쪽으로 가고 있었다. 반면에 바람은 거칠고 얼굴을 정면으로 치는데도 손에 손을 잡고 천천히 발걸음을 옮기는 여자애들은 소리쳐 노래를 부르며 추위도 부끄러움도 느끼지 못하는 모양이었다. 모자도 쓰지 않고 있었다. 그들은 의기양양했다.

　바람이 파도를 일으켜 세웠다. 발아래서 강이 넘실대고 바지선 위에 서 있는 남자들은 키의 손잡이에 무게를 실어 기대고 있었다. 검은색의 방수포가 금빛 물건을 한가득 실은 짐 위에 덮여 있었다. 석탄 더미가 검게 빛나고 있었다. 늘 그렇듯이 페인트공들이 거대한 강변 호텔의 널빤지 위에 매달려 있었고 호텔의 창문들은 빛을 발하고 있었다. 도시 반대편은 세월 탓인지 허옇게 보였다. 세인트 폴 성당은 그 옆의 격자무늬가 있는, 뾰족한, 아니면 타원형의 건물들 위로 허옇게 부풀어 올라 있었다. 십자가만이 홀로 황금 장밋빛으로 빛나고 있었다. 그러나 우리가 도달한 건 몇 세기인가? 서리 쪽에서 스트란드로 가는 이 행렬은 영원히 이어져온 것인가? 저 노인은 오합지졸 어린 사내애들을 뒤에 줄줄 달고, 술이 취했는지 아니면 비참한 처지에 눈이 멀어 순례객들이나 매었을 법한 넝마 조각을 둘러서 묶고 이 다리를 지난 육백 년 동안 건너고 있다. 노인은 질질 끌며 계속 걷는다. 어느 누구도 가만히 서 있지 않는다. 마치 우리는 음악에 맞춰 행진하는 것 같다. 아마 강도 바람도 그럴지 모른다. 아마 영혼의 도취와 시끌시끌한 소리인 똑같은 북과 트럼펫에 맞춰서. 원 세상에, 불행한 사람도 깔깔 웃고 경찰관마저도 그를 술 취한 사람으로 치부하는 대신에 재미있게 살피고 있고 어린 사내애들은 다시 깡총거리며 돌아오고 서머셋 하우스의 사무원도 너그러움을 베풀고 길가의 서적 매대에 서서 『로테어*Lothair*』[10]를 반 페이지쯤 읽은 남자도 책에서 눈을 떼고 자애롭게 가만히 지켜보고 있었다. 그리고 교차로에서 머뭇거리고 있던 여자는 반짝이면서도 모호한 젊은 사람 특유의 눈길을 그에게 돌렸다.

반짝이면서도 모호하다니. 그녀는 아마 스물두 살일 거다. 그녀는 남루했다. 그녀는 길을 건너 꽃집 창문 안에 있는 수선화와 붉은 튤립을 바라보았다. 그녀는 잠깐 망설이다가 템플 바 쪽으로 향한다. 그녀는 빨리 걸었다. 무언가가 그녀의 마음을 혼란스럽게 했는지 때로 무얼 보는 것 같다가도 때로는 아무것도 주의해 보는 것 같지 않았다.

---

10 벤저민 디즈레일리(Benjamin Disraeli, 1804~1881)가 1870년에 출판한 당대 최고의 인기 소설.

제10장

세인트 판크라스 교구에 있는 이제는 폐기된 묘지를 통과하면서 패니 엘머는 담장에 기대 있는 하얀 비석 사이를 헤매기도 하고, 비석에 적힌 이름이 무언지 읽으려고 잔디를 가로지르다가 묘지기가 다가오면 거리로 급히 내려가기도 하고 때로 푸른색 도자기가 보이는 창문 앞에서 멈추어 서고 때로는 허비한 시간을 벌충하기 위해 빨리 걷다가 급작스레 빵집에 들어가 롤빵을 사고 케이크도 더 사고, 다시 걷기 시작한다. 누군가 뒤를 따라오고 싶다면 꽤 빠른 걸음으로 쫓아와야 할 것이었다. 그래도 그녀는 구저분하게 남루한 건 아니었다. 그녀는 실크 스타킹도 신었고 은색 버클이 달린 구두도 신었고 모자에 달린 붉은 깃털이 축 처져 있긴 했지만 말이다. 가방의 걸쇠가 헐거워 그녀가 걸을 때 마담 투소의 밀랍 인형 박물관의 선전 책자가 바닥으로 떨어졌다. 그녀의 발목은 수사슴 같았고 얼굴은 가려져 보이지 않았다. 물론 이런 어스름 속에서 급하게 움직이고 재빨리 눈길을 주다 보면 충분히 자연스럽게 희망이 솟기 마련이다. 그녀는 제이콥의 창문 바로 아래를 지나갔다.

집은 평평한 모양에 어두웠으며 조용했다. 제이콥은 집에 있었고 체스판을 두 무릎 사이 의자 위에 올려놓고 문제를 푸느라 골몰하고 있었다. 한 손은 머리 뒤쪽의 머리카락을 만지작거리고 있었다. 천천히 그 손을 앞으로 가져와 체스판 눈에서 하얀 퀸을 집어 올렸다. 그러고는 그 자리에 도로 내려놓았다. 파이프를 채웠다. 한참을 생각했다. 졸 두 개를 옮겼다. 하얀 기사를 앞으로 내보냈다. 주교 위에 손가락을 얹고 한참을 생각했다. 지금 패니 엘머는 그 창문 밑을 지나고 있다.

그녀는 화가인 닉 브램험의 모델을 하기 위해 가고 있는 중이었다.

그녀는 싸구려 소설을 손에 들고 꽃무늬가 있는 스페인식 숄을 펼치고 앉았다.

"조금 낮게, 조금 느슨하게, 그래 ― 좋아, 됐어," 브램험이 우물거리며 말했다. 그녀를 그리면서 동시에 담배를 피우느라 자연히 말이 없었다. 그의 두상은 조각가의 작품일 법도 했다. 이마를 각이 지게 하고 입은 잡아 늘이고 진흙 조상에 손가락의 자국 줄과 엄지의 표시가 남아 있는 그런 모습. 그러나 눈은 결코 감기는 법이 없었다. 눈은 튀어나왔고 마치 뚫어지게 보고 또 보는 것 때문에 그런지 핏발이 서 있었다. 말을 할 때면 잠시 불안하다가도 이내 뚫어지게 다시 바라보았다. 그녀의 머리 위로는 갓이 없는 전구가 매달려 있었다.

여자의 아름다움은 바다 위에 비치는 빛과 같아서 단 한 번의 파도에도 결코 지속되지 않는다. 다 가졌다가 다 잃는다. 어떤 때는 베이컨처럼 무디고 두껍다. 때로는 매달아놓은 유리잔처럼 투명하다. 변화없는 얼굴은 무미하다. 여기 레이디 베니스가 찬탄의 기념비처럼 전시돼 있다. 매끄럽고 하얀 석고로 조각돼 결코 먼지가 끼지 않을 것처럼 벽난로 선반에 놓여 있다. 머리에서 발끝까지 완벽한 산뜻하고 거무스름한 피부의 여성은 거실 탁자 위의 그림 노릇만 한다. 거리의 여자들은 카드 게임에 나오는 얼굴을 하고 있다. 윤곽은 빈틈없이 핑크와 노랑으로 채워지고 주위의 선은 진하게 그려져 있다. 그런 다음 꼭대기 층의 창문에서 앞으로 몸을 내밀고 아래를 내려다보자. 그러면 아름다움 그 자체를 보게 된다. 아니면 이층 버스의 한 모퉁이에서도, 아니면 도랑에 쪼그리고 앉은 모습에서도—아름다움은 빛이 나고 갑자기 표현되며 다음 순간 물러가버린다. 어느 누구도 그걸 믿고 기대할 수 없으며 붙잡을 수도 없고 종이에 싸서 가질 수도 없다. 어느 것도 가게에서 사서 가질 수 있는 게 아니다. 반짝이는 초록이나 빛나는 루비를 떨치고 아름다움이 살아 나오리라는 희망 속에 판유리로 된 창문 앞을 헤매느니 차라리 집에 앉아 있는 편이 더 나을지도 모른다. 접시에 놓아 둔, 바닷물에 씻겨 둥글어진 유리 조각은 실크가 광택을 잃는 것보다 더 빨리 그 빛을 잃는다. 그런 맥락에서 만일 아름다운 여자에 대한 이야기를 하고 싶다면 단지 한순간 눈과 입술을 스쳐 지나가는 어떤 것이나 아니면 예를 들어 패니 엘머의 뺨을 물들인 무언가 휙 날아가버리는 어떤 것을 의미하는지도 모른다.

그녀가 뻣뻣이 앉아 있을 때 그녀는 아름답지 않다. 아랫입술은 너무 튀어나왔다. 코는 너무 크고. 미간은 너무 좁다. 반짝이는 뺨과 검은 머리에 지금은 꼼짝 않고 앉아 있어서 부루퉁한 그녀는 마른 여자다. 브램험이 목탄을 부러뜨리자 그녀는 깜짝 놀랐다. 브램험은 성질이 나 있었다. 그는 가스 불 앞에 쪼그리고 앉아 손을 덥혔다. 그동안 그녀는 그림을 보았다. 그는 투덜거렸다. 패니는 가운을 끌어다 걸치고 주전자에 물을 올렸다.

"틀림없이 형편없는 그림이야." 브램험이 말했다.

패니는 마룻바닥에 내려앉아 손을 무릎에 깍지 끼고 그를 바라보았다. 그녀의 아름다운 눈—그래, 아름다움, 방을 가로질러 날아가며 잠시 거기서 빛났다. 패니의 눈은 묻는 것 같았고 애처로워하며 아주 잠시 사랑 자체가 되었다. 그러나 그녀는 과장했다. 브램험은 아무것도 눈치채지 못했다. 주전자의 물이 끓자 그녀는 사랑하는 여자이기보다는 망아지나 강아지처럼 갑자기 서둘러 일어났다.

제이콥은 창가로 걸어가 주머니에 손을 넣고 서 있었다. 맞은편 건물의 스프링엣 씨가 나와서 자신의 가게 창문을 보다가 도로 들어갔다. 어린아이들이 밀려 지나가며 달달한 핑크색 막대기 사탕에 눈길을 주고 있었다. 픽포드의 화물차가 거리 아래로 흔들리며 가고 있었다. 작은 사내애가 밧줄에서 빙그르르 돌며 내려오고 있었다. 제이콥은 돌아섰다. 이 분 후에 그는 앞문을 열고 홀본 쪽으로 걸어갔다.

패니 엘머는 옷걸이에서 외투를 내렸다. 닉 브램험은 자신의 그림을 화판에서 떼어내 둘둘 말아 팔에 끼었다. 두 사람은 불을 끄고 길을 따라 사람들, 자동차들, 이층 버스, 마차 사이를 뚫고 레스터 스퀘어에 제이콥이 도착하기 오 분 전에 당도했다. 제이콥이 오는 길이 약간 멀기도 했고 왕이 탄 차가 지나가 그걸 보느라 홀본에서 지체했던 제이콥이 회전문을 밀고 그들 옆 자리에 갔을 때, 닉과 패니는 벌써 엠파이어 극장의 프로므나드 콘서트장[1] 칸막이에 기대어 서 있었다.

"이봐, 온 줄 몰랐네," 오 분 후에 닉이 말했다.

"헛소리는," 제이콥이 말했다.

"미스 엘머야," 닉이 말했다.

제이콥은 아주 어색하게 물고 있던 파이프를 입에서 뗐다.

그는 아주 어색해 했다. 그들이 플러시 천의 소파에 앉고 무대와 그들 사이로 담배 연기를 날려 보내며 멀리서 들리는 고음의 목소리와 적시에 끼어드는 유쾌한 오케스트라를 듣고 있을 때에도 그는 아직 어색한 느낌이었고 패니만이 '정말 멋진 목소리네!'라고 생각했다. 그는 정말 말을 적게 하지만 그럼에도 단호한 사람이라고 그녀는 생각했다. 그녀는 젊은 남자가 얼마나 품위가 있으며 초연한지, 그리고 또 그걸 의식하지 못하는지, 그리고 어떻게 제이콥의 옆에 조용히 앉아 그를 바라볼 수 있는지에 대해 생각했다. 저녁에 지쳐서 돌아올 때면 얼마나 아이 같을까, 얼마나 당당할까, 아마 조금은 거만해 보일지도 모른다고 그녀는 생각했다. '그렇지만 나는 절대 기죽지 않을 거야,' 하고 그녀는 생각했다. 그는 일어나서 칸막이에 기댔다. 연기가 그의 주위를 맴돌았다.

젊은 남자들의 멋은 무엇보다도 연기 속에 있을 때에 있다. 아무리 기운차게 축구를 하거나 크리켓 공을 쫓고, 춤을 추고, 뛰고, 길을 성큼성큼 걷는다 해도 그들은 곧 그 멋을 잃을지도 모른다. 그들의 눈은 멀리 있는 영웅들의 눈을 들여다보고 있을지도 모른다. 그리고 우리와 같이 있는 이 처지를 반쯤 경멸스럽게 생각

---

1 레스터 스퀘어에 있는 엠파이어 극장은 연주 중에 청중이 이리저리 거닐 수 있는 곳으로 근처 소호의 창녀들이 자주 손님을 기다리는 곳이기도 했다.

할지도 모른다고 패니는 생각했다(현악기의 떨리는 음 비슷한 것이 계속 연주되다가 툭 끊어졌다). 어쨌든 그들은 침묵을 사랑했고 여자애들이 쓰는 작고 매끄러운 동전 같은 재잘재잘 지껄이는 소리가 아니라 각각의 단어가 마치 새로 깎은 원반이 떨어지듯 그렇게 멋지게 이야기 한다. 그러고는 마치 그들은 얼마나 오래 머물다가 언제 가야 하는지를 아는 것처럼 단호하게 움직인다―오, 그러나 플랜더스 씨는 단지 프로그램을 가지러 갔을 뿐인데.

"무용수들은 마지막에나 나오나 봅니다," 그들에게로 다시 오며 그가 말했다.

패니는 계속해서 생각했다. 젊은 남자들은 바지 주머니에서 은화를 잔뜩 꺼내서 들여다보는 게 유쾌하지 않을까, 우리 여자들처럼 지갑에 동전을 많이 넣고 다니는 대신에?

그리고 그녀는 자신이 하얀 주름 장식 의상을 입고 무대 위를 빙글빙글 돈다고 느꼈다. 음악은 그녀 영혼의 춤이자 내던짐이 되고 모든 장치, 세상의 암초와 도구들이 그 빠른 소용돌이와 낙하 속으로 부드럽게 회전한다고 그녀는 제이콥 플랜더스로부터 두 피트 떨어진 칸막이에 뻣뻣하게 기대어 서서 그렇게 느꼈다.

그녀의 비틀린 검은 장갑이 바닥에 떨어졌다. 제이콥이 장갑을 집어주었을 때 그녀는 화가 나서 깜짝 놀랐다. 이보다 더 말도 안 되게 열정적인 감정은 느껴본 적이 없었다. 제이콥은 잠시 그녀가 두려웠다―젊은 여자가 그렇게 경직되어 서 있는 모습은 너무도 격렬하고 너무도 위험했다. 칸막이를 붙잡고 사랑에 빠져 있는 모습이.

이월 중순이었다. 햄스테드 가든 서버브의 지붕이 흔들리는 안개 속에 누워 있었다. 걷기에는 너무 더운 날씨였다. 공터에서 개한 마리가 짖고, 짖고 또 짖었다. 형체가 불안정한 그림자가 평원을 덮었다. 오래 병을 앓고 난 몸은 나른하고 수동적이고 달콤함을 받아들이기 쉽지만 그러나 그것을 수용하기에는 너무 연약하다. 공터에서 개가 짖노라면 눈물이 고였다 떨어진다. 아이들이 굴렁쇠를 따라 스치듯 달아나고 시골의 풍경은 어두워지기도 하고 밝아지기도 한다. 이 모든 것이 베일 저 너머에 있는 것 같다. 아, 그래도 베일을 더 두껍게 쳐요, 그렇지 않으면 사랑의 감정으로 기절할 것 같아요, 패니 엘머는 한숨지으며 햄스테드 가든 서버브가 바라다보이는 저지스 워크의 벤치에 앉아 있었다. 그러나 개는 계속 짖어댔다. 자동차가 빵빵대며 거리를 지나갔다. 그녀는 멀리서 들리는 분주함과 웅웅거림을 들었다. 무언지 모를 마음의 동요가 가슴에 있었다. 그녀는 일어나서 걸었다. 잔디는 신선한 초록이었고 해는 뜨거웠다. 연못 주위에서 어린아이들이 몸을 구부리고 작은 배를 띄우려고 애를 쓰고 있거나 아니면 유모들이 소리를 지르며 아이들을 연못에서 물러나게 했다.

한낮에 여자들은 바람을 쐬러 걷는다. 모든 남자들은 도시에서 바쁘다. 여자들은 푸른 연못 가장자리에 서 있다. 신선한 바람이 주변에 있는 아이들의 소리를 흩날려버린다. 내 아이들, 하고 패니 엘머는 생각해보았다. 연못 주위의 여자들이 날뛰는 몸집이 큰 털북숭이 개들을 쳐서 쫓는다. 유모차에 타고 있는 아기는 부드럽게 흔들린다. 모든 유모나 어머니들, 그리고 배회하는 여자들의 눈은 약간 빛이 나고 열중해 있다. 어린 사내애들이 치맛자락을 잡아당기며 딴 데로 가자고 보챌 때면 그들은 대답을 하는 대신 온화하게 머리를 끄덕인다.

패니도 어떤 소리 — 아마 일꾼의 휘파람 소리 — 가 공중에 높게 울리는 것을 들으며 몸을 움직였다. 나무 사이에서 지빠귀가 따뜻한 대기 속에 환희의 날갯짓을 하며 노래하는 소리를 들으며 패니는 어쩌면 두려움이 지빠귀를 움직이게 했을지도 모른다고 생각했다. 마치 노래하기 위한 격정에 억눌리고 자신이 노래하는 동안 누가 지켜보기라도 하는 듯이 새 역시 가슴속의 그런 기쁨에 조바심이 나서. 바로 그렇지! 불안해 하며 새는 옆의 나무로 날아갔다. 그녀는 새의 노랫소리를 더 희미하게 들었다. 저기 더 너머로는 바퀴가 웅웅 굴러가는 소리, 바람이 휙 지나가는 소리가 들렸다.

그녀는 점심에 10펜스를 썼다.

"이봐요, 방금 그 여자가 우산을 놓고 갔어요." 익스프레스 데어리 컴퍼니 다과점 문 옆 유리로 칸을 막은 좌석에 있던 반점이 있는 여자가 불만스럽게 말했다.

"아마 쫓아갈 수 있을 거예요." 엷은 색의 머리를 땋아 내린 웨이트리스 밀리 에드워즈가 대답했다. 그리고 그녀는 문을 박차고 나갔다.

"소용없네요." 잠시 후 패니의 싸구려 우산을 들고 돌아오면서 그녀가 말했다. 그녀는 손을 땋은 머리에 갖다 댔다.

"오, 저 문!" 계산원이 불평을 했다.

그녀의 손은 검은 벙어리장갑에 쌓여 있었고 전표를 뽑는 손가락 끝은 소시지처럼 부풀어 있었다.

"파이와 야채 일 인분. 커피 큰 것 한 잔하고 핫케이크. 계란 얹은 토스트. 과일 케이크 두 쪽."

이렇게 웨이트리스들이 날카로운 목소리로 짧게 소리 질렀다.

점심을 먹으러 온 사람들은 자신의 주문이 맞게 제대로 반복되는지 들으며 옆 테이블에 나온 음식을 기대에 차서 바라보았다. 마침내 주문한 계란 없은 토스트가 나왔다. 더 이상 다른 쪽에 눈길을 보내지 않았다.

삼각의 자루처럼 열린 입 안으로 축축한 페이스트리 조각이 떨어졌다.

타이피스트인 넬리 젠킨슨은 아무 생각 없이 케이크를 산산조각 내고 있었다. 문이 열릴 때마다 그녀는 올려다보았다. 도대체 그녀는 무얼 보기를 기대하는가?

석탄 상인은 멈추지 않고 『텔레그래프』 신문을 읽느라 찻잔 받침을 놓치고 대충 어림짐작으로 컵을 테이블보 위에 놓았다.

"이렇게 무례한 예를 들어본 적 있으세요?" 파슨스 부인이 이야기를 끝내고 그녀의 모피에 묻은 빵 조각을 쓸어 내렸다.

"뜨거운 우유와 스콘 일 인분. 차 한 주전자. 롤빵과 버터," 웨이트리스들이 소리쳤다.

문이 계속 열렸다가 닫혔다.

이런 것이 나이 든 사람의 삶이다.

보트에 누워 파도를 바라보는 것은 신기한 일이다. 하나가 가면 또 하나가 거의 비슷한 규모로 세 번의 파도가 규칙적으로 몰아쳤다. 그러고는 급하게 네 번째 파도가 밀려왔다. 아주 크고도 위협적이었다. 보트를 들어 올리고는 물러갔다. 아무것도 이루지는 못했지만 어떻든 합쳐졌고 스르르 잦아들었다.

강풍 속에 내던져진 나뭇가지, 몸통까지 온통 내놓고 잔가지의 끄트머리까지 바람이 부는 대로 흘러가며 몸을 떨며 그래도 완전히 헝클어져 날아가버리지 않는 나뭇가지보다 더 격렬한 모습이 또 있을까?

옥수수는 마치 뿌리에서 뽑혀나갈 준비라도 하는 것처럼 당겨져 몸을 낮추고 몸부림을 치지만 그래도 그대로 붙어 있다.

그래, 어둠이 내리는 바로 그 창가에서 열망이 부풀어 올라 팔을 내뻗치며 눈에는 갈망을 담고 입은 벌린 채 거리를 내달리는 모습을 본다. 그러고 나서 우리는 평화롭게 가라앉는다. 만일 그 환희가 지속된다면 우리는 대기 중에 거품처럼 날아다녀야 한다. 별들이 우리를 뚫고 빛날 것이다. 때로 그런 일이 있듯 우리는 짠 물방울 속으로 강풍을 따라 내려가야 하는 것이다. 격렬한 영혼은 받쳐주는 지지대가 없을 테니까 말이다. 그런 영혼에는 흔들림도 하릴없는 빈둥거림도 없다. 어떤 가식도 아니면 기분 좋은 거짓말도 누구는 다른 누구와 비슷하다고 다정하게 생각하는 것도, 난롯불이 따뜻하다고, 포도주가 기분을 좋게 한다고, 무절제가 죄라고 생각하지도 않는다.

"일단 알고 나면 사람들은 다 좋아요."

"그녀를 나쁘게 생각할 수가 없지. 기억해야 할 건—" 그러나 아마도 닉, 아니면 패니 엘머는 그 순간의 진실을 맹목적으로 믿으며 뺨을 얼얼하게 찌르는 매서운 우박처럼 메치고 가버린다.

"오." 45분이나 늦게 작업실로 급하게 뛰어 들어오며 패니가 말했다. 그녀는 순전히 제이콥이 길을 따라 내려와 주머니에서 열쇠를 꺼내고 문을 열며 '젠장, 늦었네'라고 하는 걸 우연히라도 볼까 하고 파운들링 호스피털 근처에서 어정거리고 있었기 때문이었다. 닉이 아무 말도 하지 않자 패니는 도전적이 되었다.

"다시는 오지 않을 거예요!" 마침내 그녀가 소리 질렀다.

"오지 마, 그럼," 닉이 대답하자 그녀는 작별 인사도 없이 달려 나가버렸다.

얼마나 아름다운가—샵츠버리 가를 벗어나 있는 이블리나의 옷가게에 있는 드레스 말이다. 사월 초순의 날씨 좋은 오후 네 시경이었고 좋은 날씨의 오후 네 시를 패니가 집 안에서 보낼 사람인가? 바로 그 거리의 다른 여자들은 부기 장부 앞에 앉아 있거나 아니면 실크와 거즈 사이의 긴 올을 뽑는 데 지쳐 있거나 아니면 스완 앤 에드가스 백화점에서 리본으로 꽃줄 장식을 하거나 계산서 뒤에 급하게 잔돈을 얹어주거나 그것도 아니면 박엽지에 옷감 한 야드와 사분의 삼을 감아 싸주면서 다음 고객에게 '뭘 찾으시나요?' 하고 물을 텐데.

샵츠버리 가를 벗어나 있는 이블리나의 옷집에는 여자의 몸을 각각 따로 떼어 옷을 진열하고 있었다. 왼쪽 손에 스커트가 입혀져 있었다. 가운데 있는 기다란 기둥 같은 몸통에는 깃털로 만든 긴 목도리가 둘둘 감겨 있었다. 탬플 바의 범죄자 머리처럼 줄지어 있는 것이 모자였다—에메랄드 색, 흰색, 살짝 꽃 장식을 두르거나 짙게 염색한 깃털 아래 축 처져 있는 것들도 있었다. 카펫 위에는 여자의 발이—금빛으로 뾰족하게 아니면 진홍색의 옆이 터진 에나멜가죽 구두를 신은 발이 있었다.

여자들의 이목을 하도 많이 받아서인지 오후 네 시의 그 옷들은 제과점의 설탕 케이크처럼 쉬가 슬어 보였다. 패니 역시 그 옷에 눈길을 주었다.

그러나 제라드 거리를 따라 낡은 외투를 입은 키 큰 남자 하나가 오고 있었다. 이블리나 옷 가게의 창에 그림자 하나가 드리워졌다—제이콥의 그림자라고 생각했지만 그건 제이콥의 그림자가 아니었다. 그리고 패니는 몸을 돌려 제라드 거리를 따라 걸으며 책을 읽었으면 좋겠다고 생각했다. 닉은 한 번도 책을 읽지 않았고 아일랜드나 상원에 대해 이야기하지도 않았다. 그리고 그의 손톱을 보면! 그녀는 라틴어를 배우고 버질을 읽을 참이었다. 그녀도 전에는 대단한 독서가였다. 스코트도 읽었고 듀마의 책도 읽었다. 슬레이드 미술 학교에서는 아무도 책을 읽지 않는다. 그렇지만 슬레이드 미술 학교에서는 어느 누구도 패니를 알지 못하니 귀걸이를 열렬히 좋아하고 춤을 좋아하고 통크스[2]와 스티어[3]를 열렬히 좋아하는 것이 얼마나 공허한 일인지도 모른다. 프랑스 사람들만이 제대로 그림을 그릴 줄 안다고 제이콥이 말한 걸 보면 현대적인 건 부질없고 예술 작품 중에 미술이 가장 존중받기 어렵고 말로와 셰익스피어 말고 다른 것들은 왜 읽느냐고, 소설을 읽고 싶다면 필딩은 꼭 읽어야 한다고 제이콥이 말하지 않았던가?

"필딩"이라고 패니는 대답했다. 차링 크로스 가의 서점 점원이 무슨 책을 원하느냐고 물었을 때 말이다.

그녀는 『톰 존스 *Tom Jones*』[4]를 샀다.

아침 열 시에 학교 교사와 같이 쓰는 그녀의 방에서 패니 엘머는 『톰 존스』를 읽고 있었다 — 그 수수께끼 같은 책을. 이상한 이름의 사람들이 등장하는 이 재미없는 (패니는 생각했다) 책은 제이콥이 좋아하는 책이다. 잘난 사람들이 그걸 좋아한다. 다리를 어떻게 꼬고 앉든 개의치 않는 단정치 못한 여자들이 『톰 존스』를 읽는다 — 그 수수께끼 같은 책을. 내가 그런 쪽으로 교육을 받

2   1862~1937, 영국 화가, 슬레이드 미술학교의 교수를 지냄.
3   1860~1942, 영국의 풍경 화가.
4   헨리 필딩(Henry Fielding, 1707~1754)이 1749년에 출판한 초기 영국 소설로 소설의 발달에 지대한 영향을 미친 18세기 영국 소설의 대표작.

앉더라면 귀걸이나 꽃들보다 더 좋아할 수 있는 책들이 있었을 텐데 하고 패니는 생각했다. 그녀는 한숨을 쉬며 슬레이드 미술학교의 회랑과 다음 주에 있을 가장 무도회를 생각했다. 그녀는 입고 갈 옷이 없었다.

벽난로 위 선반에 발을 올려놓으며 그 사람들은 진실하다고 패니 엘머는 생각했다. 어떤 사람들은 그렇다. 아마 닉도 그럴지 모른다, 단지 좀 멍청할 뿐이지만. 여자들은 전혀 그렇지가 않다—미스 사전트만 빼고는, 그녀는 점심시간에 밖에 나가 바람을 쐰다. 진실한 사람들은 밤에 조용히 앉아 책을 읽는다고 그녀는 생각했다. 뮤직홀에 가지도 않고, 가게의 쇼윈도를 들여다보지도 않고, 옷을 서로 바꿔 입지도 않고, 로버트슨은 그녀의 숄을 걸치고 그녀는 그의 조끼를 입었는데 제이콥이라면 그런 짓을 아주 어색해 할 것이다. 그는 『톰 존스』를 좋아하니까.

3파운드 6펜스를 주고 산 이중으로 세로줄이 있는 그 책이 그녀의 무릎 위에 놓여 있었다. 이 수수께끼 같은 책에서 일찍이 헨리 필딩이 패니 엘머 같은 여자들은 외설적인 걸 너무 즐긴다고 비난했었는데 제이콥의 말에 따르면 완벽한 문장으로 그랬다는 것이다. 제이콥은 현대소설은 절대 읽지 않으니까. 그는 『톰 존스』를 좋아한다.

반대편 안락의자에 앉아 제이콥이 파이프를 꺼낸 사월 초순의 같은 날 오후 다섯 시 반에 패니는 "나는 『톰 존스』를 좋아해요," 라고 말했다.

딱해라, 여자들은 거짓말을 한다! 그러나 클라라 듀란트는 그렇지 않다. 흠 없는 심성에 솔직한 천성, 바위(로운데스 스퀘어를 벗어난 어디쯤의)에 쇠사슬로 묶여 있는, 하얀 조끼를 입은 늙은 이들에게 끝없이 차를 부어주는, 푸른 눈의, 당신을 똑바로 쳐다보는, 바흐를 연주하는 여자. 모든 여자들 중에 제이콥은 그녀를 가장 숭배했다. 그러나 빵과 버터가 있는 식탁에 벨벳 옷을 입은 신분 높고 나이 지긋한 여자들과 같이 앉아 늙은 미스 페리가 차를 부을 때 벤슨이 앵무새에게 말하는 만큼도 클라라에게 말을 붙이지 못하는 것이 인간 본성의 자유와 품위에 ─ 아니면 그와 똑같은 효과를 가진 단어에, 얼마나 참을 수 없는 모욕인가. 제이콥은 아무 말도 하지 않았다. 불을 노려보고 있을 뿐이었다. 패니는 『톰 존스』를 내려놓았다.

그녀는 꿰매고 짜 붙였다.

"그게 뭐예요?" 제이콥이 물었다.

"슬레이드의 무도회에 입을 거예요."

그리고 그녀는 머리 장식, 바지, 붉은 술이 달린 구두를 가지고 왔다. 무엇을 입어야 할까?

"파리에 가려구요," 제이콥이 말했다.

가장무도회를 하는 이유가 무엇인가? 패니는 생각했다. 똑같은 사람을 만나고 똑같은 옷을 입는다. 맹긴은 취할 테고 플로린다는 그의 무릎에 앉겠지. 지금 플로린다는 심하게 시시덕거리고 있다 ─ 이제는 닉 브램험과.

"파리에요?" 패니가 말했다.

"그리스로 가는 길에," 그가 대답했다.

오월의 런던보다 더 싫은 건 없기 때문이라고 그가 말했다.

그는 그녀를 잊어버리리라.

참새 한 마리가 지푸라기 하나를 끌며 창문을 지나 날아갔다 ─ 농장 안뜰의 헛간 옆에 세워둔 건초 더미에서 나온 짚이었다. 늙은 갈색 스패니얼이 쥐를 찾느라 바닥에 대고 킁킁거리고 있었다. 벌써 느릅나무의 윗가지들은 새 둥지로 그림자가 져 있었다. 밤나무는 잎을 펄럭이고 있었다. 나비들이 숲의 승마로를 가로질러 드높이 날아오르고 있었다. 아마 번개 오색나비가 모리스가 말한 대로 참나무 밑의 썩은 고깃덩이 위에서 잔치를 벌이고 있는지도 모른다.

패니는 이 모든 것이 『톰 존스』 때문이라고 생각했다. 그는 주머니에 책 한 권을 꽂고 혼자 오소리를 관찰하러 갈 것이다. 그는 여덟 시 반 기차를 타고 밤새 걸을지도 모른다. 그는 불나방을 보고 납작한 약 상자에 개똥벌레 유충을 넣어 올지도 모른다. 그는 뉴 포레스트 사냥개와 함께 사냥을 할 것이다. 이 모든 게 『톰 존스』가 초래한 것이다. 그리고 그는 주머니에 책 한 권을 꽂고 그리스로 가서 그녀를 잊을 것이다.

그녀는 손거울을 꺼냈다. 거울 속에 그녀의 얼굴이 있었다. 터번을 두른 제이콥을 상상해보는 건 어떨까? 그의 얼굴이 거울 속에 있었다. 그녀는 램프를 켰다. 그러나 햇빛이 창문으로 들어오고 있어서 램프의 반쪽만이 불이 켜진 꼴이었다. 그는 표정이 괴로워 보이고 멋져 보이면서도 숲에 가는 걸 그만두고 슬레이드의 무도회에 올 것이라고 말했다. 그리고 터키의 기사 아니면 로마의 황제(그는 그녀가 입술을 시커멓게 칠하게 내버려두었고 이를 깨물고 거울 속에서 얼굴을 찡그렸다)가 될 참이었다. 그래도 아직 『톰 존스』가 놓여 있었다.

제11장

"아처는 내일이면 지브롤터에 있겠네,"라고 플랜더스 부인이 어머니들이 곧잘 맏아들에게 보여주는 따뜻한 애정을 가지고 말했다.

그녀가 기다리고 있는 편지(돗즈힐을 산책하면서 어쩌다 울리는 교회 종소리가 찬송가의 곡조로 그녀의 귓가를 맴돌았고 그 곡조 사이로 시계가 정각 네 시를 쳤다. 잔디는 폭풍을 몰고 올 구름 아래 자줏빛으로 변해가고 마을의 스무남은 채의 집들이 엷은 그림자 아래 무리 지어 끝없이 겸허하게 웅크리고 있었다), 그 편지는 그 내용의 변화무쌍함과 함께 대담한 필체도 있고 옆으로 기울어진 필체, 어떤 때는 영국 소인이 찍히고 어떤 때는 영연방의 소인이, 아니면 어떤 때는 급하게 두드린 요금 별납 소인과 함께 전 세계에 무수한 메시지를 흩뿌리는 것이다. 이 넘치게 풍부한 의사소통의 습관으로 우리가 득을 보는지 그렇지 않은지는 우리가 말할 수 있는 게 아니다. 그러나 요즘에는 편지쓰기가 정직하지 않게 이루어지고 있고 특히 외국을 여행하는 젊은이들은 충분히 그럴 소지가 큰 것이다.

예를 들어 이 장면을 보자.

여기 제이콥 플랜더스가 외국에 나가 파리에서 잠시 휴가를 즐기고 있다. (어머니의 사촌인 늙은 미스 버크백이 지난 유월에 돌아가시면서 그에게 백 파운드를 남겨주었다.)

"자네, 그 지긋지긋한 걸 모두 되풀이할 필요는 없어, 크러튼 던," 대리석 탁자 앞에 앉아 있는 머리가 좀 벗겨진 말린슨이 커피가 여기저기 튀고 포도주도 흘린 모습으로 아주 빠르게 말을 하고 있었고 틀림없이 적잖이 취한 것 같았다.

"자, 플랜더스, 어머니께 편지 다 썼어?" 제이콥이 손에 영국 스카보로 근교의 플랜더스 부인께라고 쓴 편지 봉투를 들고 와 그의 옆자리에 앉자 크러튼던이 말했다.

"자네는 벨라스케스를 지지하지?" 크러튼던이 말했다.

"물론 그 친구는 그렇지," 말린슨이 말했다.

"저 친구는 항상 이렇게 끼어든단 말이야," 크러튼던이 짜증스럽게 말했다.

제이콥은 지나치다 싶을 만큼 침착하게 말린슨을 바라보았다.

"문학사를 통틀어 가장 위대한 작품 세 개를 자네들에게 말해주겠어," 크러튼던이 격정적으로 말했다. "'내 영혼을 거기 과실처럼 매달라,'"[1] 그가 시작했다······

"벨라스케스를 좋아하지 않는 자의 말은 듣지도 마," 말린슨이 말했다.

"아돌프, 말린슨 씨에게 포도주를 더 주지 말게," 크러튼던이 말했다.

1   셰익스피어의 『심벌린Cymbeline』 5막 5장에 나오는 대사.

"페어플레이, 페어플레이," 제이콥이 공정하게 말했다. "원하면 취하도록 마시게 하는 거지. 그건 셰익스피어의 말이지, 크러튼던, 나는 자네와 생각이 같아. 셰익스피어는 저 되지못한 개구리들을 다 합친 것보다 훨씬 낫지. '내 영혼을 거기 과실처럼 매달라,'" 그는 음악적이고 수사적인 목소리로 포도주 잔을 치켜들며 인용하기 시작했다. "악마의 저주로 검둥이가 돼라, 얼굴이 파래진 얼간이!"[2] 포도주가 잔의 가장자리로 넘쳐나게 소리 질렀다.

"'내 영혼을 거기 마치 과실처럼 매달라,'" 크러튼던과 제이콥이 동시에 다시 시작하고는 웃음을 터뜨렸다.

"이 빌어먹을 파리들," 말린슨이 자신의 벗겨진 머리를 치면서 말했다. "날 뭘로 아는 거야?"

"무언가 달콤한 냄새가 나는 걸로 아는가 보지," 크러튼던이 말했다.

"입 다물어, 크러튼던," 제이콥이 말했다. "저 친구는 예의가 없어," 그는 말린슨에게 아주 정중하게 설명을 했다. "술을 끊게 하고 싶어서. 이것 좀 봐. 지글지글 구운 갈비가 먹고 싶어. 지글지글 구운 갈비를 프랑스 말로 뭐라고 하지? 지글지글 구운 갈비 말이야, 아돌프. 자 이 얼간이들아, 뭔지 모르겠어?"

"자, 내가 말해주지, 플랜더스, 문학 작품 중에 두 번째로 아름다운 작품은," 발을 마룻바닥에 내리고 탁자 위로 몸을 뻗고 기대어 얼굴이 거의 제이콥의 얼굴에 닿게 하고는 크러튼던이 말했다.

"'자장, 자장 아가야, 새들도 아가 양도,'" 말린슨이 끼어들면서 손가락으로 탁자를 연주하듯 두들겼다. "이 세상의 문학 작품 중에 가장 절묘하게 아름다운 것은…… 크러튼던이 아주 좋은 친구라는 거지," 비밀을 털어놓듯 말했다. "그래도 약간 멍청해." 그

---

2 『맥베스Macbeth』 5막 3장에 나오는 대사.

리고 그는 머리를 앞으로 홱 당겼다.

　그렇다, 이 중 한 마디도 플랜더스 부인에게는 말하지 않았다. 그들이 계산서를 내고 음식점을 나가 라파이유를 따라 걸었을 때 무슨 일이 생겼는가도 물론 말하지 않았다.

*

　여기 또 다른 대화의 조각이 있다. 시간은 아침 열한 시이다. 장소는 작업실, 그리고 일요일이다.

　"내 말은, 플랜더스," 크러튼던이 말했다. "나는 샤르댕 보다는 말린슨이 그린 작은 그림들을 갖겠어. 내가 이 말을 하는 데는," 그는 말라붙은 물감을 짰다……"샤르댕은 한때 대단한 거물이었지…… 그런데 지금 그는 저녁 값으로 그림을 팔고 있지. 그러나 화상들이 그를 알아볼 때까지 기다려야지. 아주 대단한 거물─오, 아주 대단한 거물."

　"대단히 즐거운 인생이야," 제이콥이 말했다. "이렇게 떠나와 뒤죽박죽으로 사는 거 말이야. 그래도 그림은 좀 멍청한 예술이지, 크러튼던." 그는 방을 이리저리 돌아다녔다. "이 사람, 피에르 루이[3]가 있잖아." 그는 책을 하나 집어 들었다.

　"자, 나리님, 아주 마음을 정할 작정인가?" 크러튼던이 물었다.

　"아주 잘된 작품이야," 제이콥이 의자 위에 화폭을 하나 세우며 말했다.

3　1870~1925, 프랑스의 유미주의 시인이자 소설가로 고대 그리스의 자유로운 삶을 찬양한 대표적 인물.

"아 그건 오래전에 그린 거야," 크러튼던이 어깨 너머로 보며 말했다.

"내 생각에 자넨 꽤 능력 있는 화가야," 제이콥이 조금 있다 말했다.

"자네가 지금 내가 뭘 추구하고 있는지 알고 싶다면," 하고 말하면서 크러튼던은 제이콥 앞에 그림을 하나 갖다 놓았다. "이거야, 바로 이거라구. 이게 더 좋아. 이게……" 그는 그의 엄지를 하얗게 칠한 램프 등 주위로 원을 그리며 꼼지락거렸다.

"아주 좋은 작품이군," 제이콥이 그림 앞에서 다리를 벌리면서 말했다. "그런데 자네가 설명을 해줬으면 하는 게……"

창백하고 주근깨투성이에 우울해 보이는 미스 지니 카슬레이크가 방으로 들어왔다.

"오, 지니, 여기 내 친구, 플랜더스. 영국인이고 부자예요. 연줄도 좋고 계속해, 플랜더스……"

제이콥은 아무 말도 하지 않았다.

"그게—그게 그렇지 않다는 거군요," 지니 카슬레이크가 말했다.

"아니지," 크러튼던이 단호하게 말했다. "그럴 리가 없지."

그는 의자에서 그림을 내려 그림의 전면이 그들에게 보이지 않게 마루에 내려놓았다.

"앉으시지요, 신사 숙녀 여러분. 미스 카슬레이크는 자네와 같은 고장에서 온 사람이네, 플랜더스. 데본셔가 고향이야. 오, 자네는 데본셔라고 말하지 않았어. 좋아. 게다가 교회 집안의 딸이지. 집안의 골칫거리 검은 양인 셈이지. 어머니가 그런 식으로 편지를 써. 내 말은—지금 가지고 있는 편지 있어? 주로 일요일에 편지가 오거든. 이를테면 교회가 종을 치는 효과지, 안 그래."

"남성 화가들을 다 만나보셨어요?" 지니가 말했다. "말린슨이 취했던가요? 그의 작업실에 가면 그림을 하나 줄 거예요. 내 말은, 테디……"

"잠깐," 크러튼던이 말했다. "지금이 무슨 계절이지?" 그는 창밖을 내다보았다.

"우리는 일요일엔 쉬지, 플랜더스."

"저분도……" 지니가 말하면서 제이콥을 보았다. "당신도……"

"그래, 이 친구도 우리랑 같이 갈 거야," 크러튼던이 말했다.

그러고 나서 여기는 베르사유다.

지니는 석재 가장자리에 서서 연못에 몸을 기울이고 있었다. 크러튼던의 팔을 꽉 붙잡고 있지 않았더라면 연못에 빠질 뻔했다. "저거 봐! 저거 봐!" 그녀가 소리 질렀다. "바로 위까지 올라왔어!" 느리고 어깨가 기울어진 물고기가 그녀가 던진 부스러기를 물려고 물 밑에서 수면으로 떠올랐다. "저 봐," 펄쩍 뛰어내리며 그녀가 말했다. 그러고 나자 눈이 부시게 하얀, 거칠고 흐름이 막힌 물이 공중으로 치솟았다. 물보라가 퍼졌다. 멀리서 군악대 소리가 들렸다. 물이 온통 물방울과 함께 주름져 퍼졌다. 푸른색 풍선 하나가 수면에 부드럽게 부딪쳤다. 거기 있던 유모, 아이들, 노인, 젊은이 할 것 없이 모두 물가에 모여들어 몸을 숙이고 막대기를 흔들어댔다. 어린 여자아이가 팔을 풍선 있는 쪽으로 뻗치며 달려갔지만 풍선은 분수 밑으로 가라앉았다.

에드워드 크러튼던, 지니 카슬레이크, 그리고 제이콥 플랜더스는 노란 자갈길을 따라 나란히 걸었다. 잔디가 있는 곳에 닿았고 그렇게 나무 아래를 지났다. 그러고는 마리 앙투아네트가 초콜릿을 마시던 여름 별장이 있는 곳으로 나왔다. 에드워드와 지니는 안으로 들어갔으나 제이콥은 그의 지팡이 손잡이 위에 앉아 밖에서 기다렸다. 그들이 다시 나왔다.

"그럼?" 크러튼던이 제이콥에게 미소를 지으며 말했다.

지니는 기다렸다. 에드워드도 기다렸다. 두 사람은 제이콥을 쳐다보았다.

"그럼?" 제이콥이 웃으며 양손으로 지팡이를 내리누르며 말했다.

"따라와," 그는 결정을 내렸고 출발했다. 두 사람은 웃으며 뒤를 따랐다.

*

그들은 사람들이 앉아 커피를 마시고 군인들을 바라보면서 생각에 잠겨 재떨이에 담뱃재를 터는 샛길에 있는 작은 카페로 갔다.

"그러나 저 사람은 아주 달라요," 지니가 잔 위로 양손을 모아 쥐면서 말했다. "테드가 그런 말을 하면 무슨 뜻으로 그러는지 잘 모를 거라 생각해요," 그녀는 제이콥을 보면서 말했다. "그러나 나는 알아요. 때로 나는 자신을 죽일 수가 있어요. 어떤 때는 저 사람이 하루 종일 침대에 누워 있어요 — 저기 저렇게 그냥 누워 있어요…… 나는 네가 테이블에 오는 건 싫어." 그녀는 비둘기에게 손을 내저었다. 몸집이 부풀어 오른 무지개 색의 비둘기들이 그녀의 발아래서 비척거리며 걸어갔다.

"저 여자 모자 좀 봐," 크러튼던이 말했다. "어떻게 저런 걸 생각해냈을까? …… 아냐, 플랜더스, 나는 자네처럼 살 수는 없어. 대영 박물관 맞은편 길을 걸으며 말이야 ― 이름이 뭐였지? ―내가 말하는 건 그거야. 모두가 그렇다는 거야. 저 살찐 여자들 ― 마치 곧 발작이라도 일으킬 것처럼 길 한중간에 서 있는 저 남자……"

"사람들이 모두 비둘기에게 먹이를 주네," 지니가 비둘기를 쫓으며 말했다.

"바보 같은 것들."

"글쎄, 모르겠는걸," 제이콥이 담배를 피우며 말했다. "세인트 폴 성당이 있지."

"내 말은 자네가 사무실에 나가는 것 말이야," 크러튼던이 말했다.

"그만해," 제이콥이 타이르듯 말했다.

"그렇지만 당신은 그걸 대수롭게 생각하지 않잖아," 지니가 크러튼던을 보며 말했다. "당신은 미쳤어. 내 말은 당신은 그림 생각밖에 안 한다구."

"그래, 알아. 어쩔 수가 없어. 말하자면 조지 왕이 의석을 양보할 수 있냐 말이야?"

"그래도 그래야 할걸," 제이콥이 말했다.

"거 봐!" 지니가 말했다. "그는 정말 안다구."

"있잖아, 나도 할 수 있으면 하지," 크러튼던이 말했다. "그러나 나는 그냥 할 수가 없는 거라구."

"나는 할 수 있을 것 같아," 지니가 말했다. "단지 문제는 우리가 싫어하는 사람들이 모두 그런 일을 한다는 거지. 영국에서는 말이야, 내 말은. 다른 건 아무것도 말하지 않지. 심지어 우리 엄마 같은 사람도 말이야."

"만일 내가 여기 와 살았더라면 ―" 제이콥이 말했다. "내가 할 일은 어떤 걸까, 크러튼던? 아, 뭐, 좋아. 자네는 자네 좋을 대로 해.

저 멍청한 새들은 원하는 사람에게로 — 날아가 버렸네."

마침내 앵발리드 역의 아크 등 아래서 아주 미미하지만 그래도 아주 결정적이어서 상처를 입히거나 못 보고 지나갈 수는 있지만 그래도 아주 많이 불편함을 주는 기이한 동작으로 지니와 크러튼던은 서로를 끌어당겼다. 제이콥은 떨어져 서 있었다. 이제 헤어져야 했다. 무슨 말인가 해야 했다. 그러나 아무 말도 하지 않았다. 어떤 남자가 손수레를 제이콥의 다리 너무 가까이에서 끌고 가 거의 찰과상을 입을 뻔했다. 제이콥이 몸의 균형을 회복하자 두 사람은 돌아서 갔고 지니는 어깨 너머로 돌아보고 크러튼던은 손을 흔들며 마치 위대한 천재라도 되는 듯 사라져갔다.

아니다 — 플랜더스 부인에게는 이런 이야기를 쓰지 않는다. 세상에 이것보다 더 중요한 건 없다고 말하는 편이 안전하다고 제이콥이 느끼고 있는데도 말이다. 그의 생각에 크러튼던과 지니야말로 그가 만난 사람 중 가장 뛰어난 사람들인데 — 물론 앞일은 예측할 수 없는 것이라 시간이 흐르자 크러튼던은 과수원을 그리는 화가가 되어 켄트에 살게 되었다. 사람들은 지금쯤 그가 사과 꽃을 꿰뚫어 볼 수 있으리라 생각할 거다. 사실은 자신의 아내 때문에 여기 와 사는 거였는데 그 아내가 소설가와 눈이 맞아 도망을 가버린 것이다. 그러나 아니다. 그래도 크러튼던은 외로움 속에서 거칠게 과수원을 그리고 있다. 지니 카슬레이크로 말할 것 같으면 레파뉴라는 미국 화가와 염문을 뿌린 후에 인도 철학자들을 자주 찾다가 지금은 길에서 주운 흔한 자갈돌을 작은 보석 상자에 보물인양 간직하며 이탈리아의 여관에서 사는 그녀를 만날 수 있다. 자세히 들여다보면 다양한 돌들이 통일성을 갖는다고, 그게 삶의 비밀이라고 그녀는 말하면서도 식탁을 한 바퀴 도는 마카로니를 눈으로 쫓으며 주시하는 것을 막을 수 없었고 때로 봄밤이면 수줍은 젊은 영국 남자들에게 이상스러운 속말을 털어놓기도 한다.

제이콥은 어머니에게 숨기는 게 없었다. 그러나 오로지 한 가지 자신의 이 범상치 않은 흥분 상태가 종잡을 수 없었으며 그걸 글로 적는다는 것은—

"제이콥의 편지는 꼭 그 아이다워," 자비스 부인이 편지를 접으면서 말했다.

"정말 즐거운 시간을……" 플랜더스 부인은 옷감을 마르고 있어서 옷본을 똑바로 놔야 했기 때문에 말을 멈췄다가 "보내고 있는 것 같네요." 하고 이어 말했다.

자비스 부인은 파리를 생각했다. 날씨가 온화한 밤이라 그녀 등 뒤로 창문이 열려 있었다. 고요한 밤이었다. 달이 무언가에 덮여 있는 것 같았고 사과나무들도 아주 조용히 서 있었다.

"난 죽은 사람이 불쌍했던 적이 없어요," 자비스 부인이 등 뒤의 쿠션을 옮겨놓고 머리 뒤로 양손을 깍지 끼며 말했다. 베티 플랜더스는 그 소리를 듣지 못했다. 탁자에서 가위질을 하는 소리가 너무 요란했기 때문이다.

"모두 조용하네," 자비스 부인이 말했다. "우리는 왜 그런지도 모르고 날마다 어리석고 필요치도 않은 일을 하며 지내지."

자비스 부인은 마을에서 따돌림을 받았다.

"이런 밤 시간에 걷지 않지요?" 그녀가 플랜더스 부인에게 물었다.

"정말 기분 좋게 포근한 날씨네요." 플랜더스 부인이 말했다.

그녀가 과수원 문을 열고 저녁을 먹은 뒤에 돗즈힐에 오른 건 몇 년 만이었다.

"전혀 축축하지가 않네요." 그들이 과수원 문을 닫고 풀밭으로 발을 내디딜 때 자비스 부인이 말했다.

"멀리 가지는 않을래요." 베티 플랜더스가 말했다. "그래요, 제이콥이 수요일에 파리를 떠날 거예요."

"셋 중 제이콥이 늘 내 친구였는데." 자비스 부인이 말했다.

"이제 더는 안 가겠어요." 플랜더스 부인이 말했다. 두 사람은 어두운 언덕을 올라 로마시대 병영에 닿았다.

성벽이 그들의 발아래로 솟아올랐다—부드러운 원이 병영 아니면 무덤을 감싸고 있었다. 베티 플랜더스는 거기서 바늘을 얼마나 많이 잃어버렸는지 모른다! 그리고 가넷 브로치도.

"가끔 더 잘 보이는 날도 있는데." 자비스 부인이 둥성이에 서며 말했다. 구름은 없었다. 그렇지만 바다와 황무지 위에 안개가 덮여 있었다. 마치 다이아몬드 목걸이를 한 여자가 머리를 이쪽으로 또 저쪽으로 돌리듯 스카보로의 불빛이 반짝이고 있었다.

"얼마나 조용한지 몰라!" 자비스 부인이 말했다.

플랜더스 부인은 자신의 가넷 브로치를 생각하며 발가락 끝으로 잔디를 비벼보았다.

오늘 밤 자비스 부인은 자신에 대해 생각해보는 게 힘들었다. 너무도 고요했다. 바람도 없었고 줄달음치는 것도, 날아다니는 것도, 도망치는 것도 없었다. 은빛 황무지 위로 검은 그림자가 가만히 서 있었다. 가시금작화 관목도 아주 가만히 있었다. 그렇다고 자비스 부인이 하느님을 생각하는 것도 아니다. 물론 그들 뒤에는 교회가 있었다. 교회 시계가 열 시를 쳤다. 그 시계 소리가 가시금작화 관목에 닿고 가시나무가 그 소리를 들었을까?

플랜더스 부인은 조약돌을 하나 주우려고 허리를 굽혔다. 때로 사람들은 뭔가를 찾기도 한다고 자비스 부인은 생각했지만 이런 안개 낀 달밤에는 뼛조각이나 작은 백악 같은 것 말고 무얼 찾는다는 건 가능치도 않았다.

"제이콥이 제 돈으로 사준 거예요, 파커 씨에게 경치를 보여주려고 여기로 올라왔다가 떨어뜨렸던 게 틀림없어요—" 플랜더스 부인이 중얼거렸다.

뼈들이 아니면 녹슨 칼들이 움직이고 있나? 플랜더스 부인의 값싼 브로치도 영원히 유물이 되어 풍요로운 축적의 일부가 될 것인가? 많은 유령들이 플랜더스 부인과 어깨를 비비며 원형 병영에 빽빽이 무리 지어 있다면 그녀야말로 몸집이 점점 불어나는 살아 있는 영국의 부인으로 완벽하게 제자리를 차지하는 게 아닐까?

시계가 십오 분이 지났음을 알리는 종을 쳤다. 교회의 시계가 시간을 십오 분 단위로 나누어 치는 연약한 소리의 파장이 뻣뻣한 가시금작화와 산사나무 가지 사이에서 부서졌다. 꿈쩍 않고 있는 넓은 등의 황무지는 '이제 정시에서 십오 분이 지났소'라는 신고를 받고도 검은 딸기나무 하나를 흔들게 하는 것 말고는 아무 대답도 하지 않았다.

그러나 이런 빛 속에서도 비석의 묘비명은 읽을 수가 있었고 간결한 소리로 '나는 버사 럭이에요', '나는 톰 게이지요,'라고 말하고 있었다. 그리고 몇 년도, 며칠에 죽었는지 일러주며 그들을 위해 대단히 자랑스럽고 강하면서 위로가 되는 성경 구절을 적어놓기도 했다.

황무지는 이 모든 것 또한 받아들인다.

달빛이 교회 벽에 마치 얇은 종잇장처럼 떨어져 벽감에 무릎을 꿇고 있는 가족을 비추고 하느님을 믿으며 가난을 구제했던 교구의 지방 명사에게 1780년에 바쳐진 명판을 비추었다―그렇게 한결같이 자로 잰 듯한 말들이 마치 시간 위에, 펼쳐진 대기에 자신을 부각시키듯 대리석 명부에 죽 적혀 있었다.

여우 한 마리가 가시금작화 관목 뒤에서 살그머니 기어 나왔다.

자주, 밤에도 교회는 사람들로 가득 차 있는 것 같았다. 교회의 긴 의자는 닳아 반들반들하며 사제복도 모두 제자리에 있고 찬송가는 선반 위에 잘 놓여 있다. 교회는 승무원이 모두 승선한 큰 배이다. 교회의 들보는 죽은 자와 산 자, 경작자, 목수, 여우사냥을 하는 신사들과 진흙과 브랜디 냄새를 풍기는 농부 모두를 끌어안고 있느라 잔뜩 힘을 주고 있다. 그들의 혀는 시간과 넓은 등의 황무지를 끊임없이 조각내고 있는 예리하게 잘린 단어들의 음절을 한데 모은다. 슬픔과 믿음, 비가, 절망과 승리, 그러나 대체로 즐거운 무관심이 지난 오백 년 동안 어느 때라도 창문 밖으로 쿵쿵대며 흘러나오고 있다.

자비스 부인이 황무지로 걸음을 옮기며 "어쩌면 이렇게 조용하지!"라고 말했듯이 사냥꾼이 흩트려놓지 않으면 한낮에도 조용하고 양떼가 무리지어 갈 때가 아니면 오후에도 조용하고 밤이면 아주 완벽하게 조용하다.

가넷 브로치 하나가 풀밭 속으로 떨어졌었지. 여우 한 마리가 살그머니 천천히 걸어간다. 잎사귀의 가장자리가 드러난다. 쉰 살인 자비스 부인은 안개 낀 달밤, 로마 병영에서 휴식을 취하고 있다.

"……근데," 플랜더스 부인은 등을 똑바로 펴면서 "난 파크스 씨에게 관심이 있었던 적이 없어요."라고 말했다.

"나도 관심 없어요," 자비스 부인이 말했다. 두 사람은 집 쪽으로 걷기 시작했다.

그러나 그들의 목소리는 병영 위를 잠시 떠돌고 있었다. 달빛은 아무것도 망가뜨리지 않았다. 황무지는 모든 것을 받아들이고 있었다. 비석이 그렇게 세월을 견디고 있는 한 톰 게이지는 큰 소리로 외친다. 로마 병사들의 유골 또한 안전하게 유지되고. 베티 플랜더스의 터진 데를 꿰매던 바늘도 그 자리에서 그대로 안전하고 그녀의 가넷 브로치도 그럴 것이다. 그리고 때로 한낮의 햇빛 속에 황무지는 마치 유모처럼 이 작은 보물들을 비밀스레 간직하고 있는 것 같다. 그러나 한밤중이 되어 아무도 말하지 않고 말을 타는 사람도 없고, 그리고 가시나무도 아주 조용히 있을 때, 이런 질문으로 황무지를 난처하게 만드는 건 바보 같은 짓일 게다—무엇 때문에 그리고 왜?

교회 시계는 그래도 열두 시를 친다.

제12장

물이 납처럼 바위 턱에서 떨어지고 있었다―마치 두껍고 하얀 고리로 연결된 쇠사슬처럼. 기차는 가파른 초록 초원 속으로 줄달음치고 있었고 제이콥은 줄무늬가 있는 튤립이 자라고 있는 걸 보았고 새가 노래하는 소리를 들었다. 이탈리아에서.

이탈리아의 장교들이 가득 탄 자동차가 평평한 길을 따라 차 꽁무니에 먼지를 피워올리며 기차와 나란히 가고 있었다. 버질이 말한 대로 나무들이 포도나무의 넝쿨과 레이스처럼 엮여 있었다. 여기는 역이다. 노란색의 높은 부츠를 신은 여자들과 고리 달린 양말을 신은 이상하고 창백한 남자들이 대단한 작별을 하고 있었다. 버질이 말하던 벌들은 롬바르디의 평원에 갔는지 보이지 않았다. 느릅나무 사이에 포도나무를 엮는 건 예전부터의 관습이다. 그리고 밀라노의 지붕 위에는 밝은 갈색의 날카로운 날개를 한 매들의 조상이 있었다.

오후의 태양을 등에 업은 이탈리아의 객차 안은 지독하게 더웠고 엔진이 객차를 협곡의 꼭대기로 밀어 올리기도 전에 절걱절걱 소리를 내며 움직이는 체인이 끊어질 것만 같았다. 경관 좋은 철로 위의 열차인양 위로, 위로, 위로 기차는 계속 가고 있다. 모든 산봉우리는 뾰족한 나무들로 덮여 있고 바위 턱에는 놀랍도록 하얀 마을들이 몰려 있었다. 꼭대기에는 항상 하얀 탑이 하나 있었고 납작한 붉은색 주름 같은 지붕들, 그리고 그 아래는 깎아지른 듯한 비탈이었다. 이곳은 차를 마신 후에 산책을 할 수 있는 그런 나라가 아니었다. 우선 잔디가 없었다. 온통 언덕은 올리브 나무로 뒤덮여 있었다. 사월에도 벌써 나무 사이에는 마른 먼지가 엉겨 붙어 있었다. 뛰어 넘을 수 있는 울타리도, 보도도, 나뭇잎의 그림자로 무늬진 좁은 길도, 햄과 계란을 먹을 수 있는 내닫이창이 달린 십팔 세기식 여인숙도 없었다. 오, 아니었다. 이탈리아는 모든 것이 맹렬했고 메말랐고 노출돼 있었고 검은 옷의 사제들이 발을 끌며 길을 가는 곳이었다. 또 이상한 것은 왜 모두 빌라들뿐인가 하는 것이었다.

그럼에도 마음대로 쓸 수 있는 백 파운드를 가지고 여행하는 것은 멋진 일이다. 돈을 다 쓰면, 아마 곧 그렇게 되겠지만 그는 도보여행을 할 참이다. 빵과 포도주로만 연명할 수도 있을 것이다―밀짚으로 싼 병에 든 포도주―그리스를 보고 난 뒤에 그는 로마를 빨리 해치울 참이다. 로마 문명은 틀림없이 아주 열등한 것이다. 그래도 보나미는 로마에 대한 헛소리를 많이 했다. 제이콥은 돌아가면 보나미에게 '아테네는 꼭 가봐야 돼,'라고 말할 것이다. '파르테논 신전에 서 있는 건'이라고 말할 것이며 '콜리세움의 폐허는 숭고한 생각을 불러일으키고'라고 길게 편지로 쓸 것이었다. 나중에 그건 문명에 대한 에세이가 되어 나올 것이다. 애스퀴스 씨를 꽤 예리하게 공격하는 고대와 현대의 비교―기번의 스타일로 된 비교가 될 것이다.

뚱뚱한 신사가 먼지를 뒤집어쓴 채 축 늘어져 금줄을 늘어뜨리고 애를 쓰며 객차 안으로 들어오자 제이콥은 자신이 라틴계가 아님을 유감스러워하며 창밖을 내다보았다.

이틀 낮과 밤을 여행하고 보니 이탈리아의 심장부에 와 있다는 것이 신기하게 생각되었다. 올리브 나무 사이로 뜻하지 않게 빌라들이 나타났고 하인들이 선인장에 물을 주고 있었다. 검은 사륜마차가 석고 방패 문장이 붙어 있는 화려한 기둥 사이로 달려간다. 외국인의 눈앞에 펼쳐진 이 모습은 순간적이면서도 놀랍게 친숙한 것이기도 했다. 그러고는 아무도 오지 않는 외로운 언덕 꼭대기, 그렇지만 이곳은 최근에 이층 버스를 타고 피커딜리를 지나가며 내게 보였던 바로 그곳이었다. 내가 하고 싶은 것은 벌판이 펼쳐져 있는 곳으로 가 앉아 메뚜기 소리를 듣고 흙 한줌을 집어 드는 것—이탈리아의 흙, 내 구두 위에 있는 이탈리아의 흙을.

밤새 제이콥은 기차역에서 낯선 이름들을 외치는 소리를 들었다. 기차가 멈추었고 가까이에서 개구리가 개굴개굴 울어대는 소리를 들었고 블라인드를 조심스럽게 잡아당겨 달빛 아래 모두가 하얗게 보이는 광대한 낯선 습지를 보았다. 객차 안은 담배 연기가 자욱했고 연기는 녹색 갓을 씌운 전구 주위를 떠다녔다. 그 이탈리아 신사 양반은 부츠를 벗어놓고 조끼 단추를 푼 채 누워서 코를 골고 있었다…… 그리스로 가고 있는 이 모든 일들이 제이콥에게는 견딜 수 없는 권태였다—혼자 호텔에 앉아 있고 그리고 유물을 보고—차라리 티미 듀란트와 콘월에 가는 편이 나았을지도 모른다…… '오오—,' 그의 앞에서 어둠이 부서지고 빛이 들어오는 게 보이자 제이콥은 항의의 뜻을 표했으나 신사는 그의 앞을 가로질러 뭔가를 하려 했다—그 뚱뚱한 이탈리아 인은 가슴받이가 달린 셔츠를 입고 면도도 하지 않고 구겨진 채 비만

한 몸으로 세수를 하러 가려고 문을 열고 있었다.

그렇게 제이콥은 밤새 앉아 있다가 몸집이 마른 이탈리아 사냥꾼이 총을 들고 이른 아침 햇살 속에 걸어가는 것을 보았으며 일순 파르테논에 간다는 생각이 와락 떠올랐다.

'세상에,' 그는 생각했다. '거의 다 왔겠군!' 그리고 그는 머리를 창밖으로 내밀고 얼굴에 바람을 실컷 쐬었다.

그리스에 있다는 게 어떤 일인지 곧바로 말할 수 있는 지인이 스물다섯이나 있는데도 자신은 정작 모든 느낌을 제대로 표출할 수 없다는 건 대단히 화가 나는 일이다. 파트라스 호텔에서 몸을 씻고 난 후에 제이콥은 전차 길을 일 마일가량 따라 걷다가 다시 그 길을 따라 돌아왔다. 칠면조 무리를 만나기도 하고 당나귀가 줄지어 오는 것도 만났다. 뒷골목에서 길을 잃기도 했다. 코르셋과 매기의 콘소메 수프 광고도 읽었다. 아이들이 그의 발끝을 밟고 지나가기도 했다. 그곳에서는 상한 치즈 냄새가 났다. 그리고 갑자기 호텔 맞은편으로 나오게 되자 반가웠다. 호텔에는 오래된 『데일리 메일』 신문이 커피 잔들 사이에 놓여 있었다. 그는 신문을 읽었다. 그런데 저녁을 먹고 나면 무얼 할 것인가?

환상이라는 놀라운 선물이 없다면 우리는 모두 지금보다 훨씬 못한 삶을 살 것이라는 건 틀림없는 사실이다. 열두어 살의 나이가 되어 인형을 포기하고 장난감 증기 엔진을 부수고 나면 프랑스, 아마 이탈리아가 상상력을 부추긴다. 인도는 확실히 넘쳐나는 상상력을 이끌어낸다. 누군가의 아주머니는 로마에 다녀왔고, 랑군에서 마지막 소식을 보내온 불쌍한 아저씨 한 명쯤은 모두 있기 마련이다. 그는 다시는 돌아오지 않는다. 그리스 신화를 펴뜨리기 시작한 건 가정교사들이다. 저 머리를 좀 봐(그들은 말한다) — 코도, 저 봐, 저렇게 화살처럼 곧게 뻗은, 곱슬머리에 저 눈썹 — 모든 게 남성미에 꼭 어울리지. 팔과 다리에도 선이 잘 잡혀 있어 성장의 완벽한 정도를 보여주지 — 그리스 인은 얼굴에 신경 쓰는 만큼이나 신체에도 신경을 쓴다. 그리고 그리스 인들은 새들이 와서 쪼아 먹을 정도의 과일 그림을 그릴 수 있었다. 먼저 크세노폰[1]을 읽는다. 그러고는 에우리피데스.[2] 어느 날 — 세상에, 사람들이 하는 말이 그대로 맞다고 느껴지는 그런 기회가 온다. '그리스 정신,' 그러고는 그리스의 이것, 저것, 또 다른 것. 그렇다고 해도 어떤 그리스 인도 셰익스피어에 견줄 만하다고 말하는 건 좀 우습지만 말이다. 그러나 어떻든 요점은 우리는 환상을 갖도록 교육을 받았다는 점이다.

제이콥도 틀림없이 이런 식으로 생각을 했고 『데일리 메일』 신문을 구겼고 다리를 뻗었다. 권태를 드러내는 바로 그런 모습으로.

"그렇지만 우리는 그런 식으로 교육받았잖아," 그가 말했다.

그리고 모든 것이 그에게는 구미에 맞지 않았다. 뭔가 대처를 해야 했다. 울적함이 점차 깊어져 곧 처형을 받을 사람처럼 되었다. 클라라 듀란트가 파티에서 필차드라는 미국인과 이야기를 하느라고 그를 떠났다. 그리고 그는 그리스까지 먼 길을 오느라 그녀를 떠났다. 사람들은 야회복을 입고 말도 안 되는 소리들을 — 얼마나 터무니없는 난센스인지 — 했다. 그는 호텔 주인들에게 무료로 제공되는 세계적 잡지인 『글로브 트로터』에 손을 뻗었다.

---

1 B.C. 431~B.C. 350, 그리스의 역사가이자 작가로 그의 산문은 라틴 문학에 절대적 영향을 끼쳤다고 알려짐.
2 B.C. 484~B.C. 406, 그리스의 3대 비극작가 중 하나로 『메데이아』, 『엘렉트라』 등의 희곡을 씀.

곧 쓰러질 것 같은 상태에도 불구하고 현대판 그리스의 전차 시스템은 아주 잘 발달돼 있어 제이콥이 호텔 거실에 앉아 있는 동안에도 전차들이 절꺽절꺽 쳇소리를 내고 땡땡 종을 울리면서 길을 막고 있는 당나귀와 꼼짝 않는 늙은 여자를 몰아내느라 창문 아래로 종을 치며 지나가고 있었다. 문명이라는 것이 총체적으로 수모를 당하고 있었다.

웨이터도 그런 일에 무심하기는 마찬가지였다. 아리스토틀이라는 불결한 웨이터는 하나밖에 없는 안락의자에 앉아 있는 유일한 투숙객의 몸에만 육적인 관심을 보이며 제이콥이 있는 곳으로 허세를 부리며 들어오더니 뭔가를 내려놓고, 뭔가를 바로하다가 제이콥이 아직도 그 자리에 있는 것을 보았다.

"내일은 아침 일찍 깨워주세요," 제이콥이 어깨 너머로 말했다. "올림피아에 가려구요."

이 침울함, 우리 주위에 찰싹이고 있는 이 검은 물결에 굴복하는 이것은 현대의 산물이다. 아마도 크러튼던이 말한 대로 믿음이 충분치 않기 때문인지도 모른다. 우리의 아버지들은 어떻든 뒤집어엎어야 할 무엇이 있었다. 우리 역시도 그런 문제를 갖고 있는 것이라고 제이콥은 『데일리 메일』을 손으로 구기면서 생각했다. 그는 의회에 진출해 멋진 연설을 할지도 모른다―그러나 일단 그 검은 물결에 일정 부분 굴복한 터에 멋진 연설과 의회가 무슨 소용이란 말인가? 사실 우리 핏줄 속으로 밀려왔다 밀려가는 행복감과 불행감에 대한 설명은 제대로 됐던 적이 없다. 품위를 지키고 옷을 차려입어야 하는 이브닝 파티, 그리고 그레이스 인 뒷골목의 비참한 빈민가―그 이면에는 뭔가 견고하고 움직일 수 없는 괴이한 것이 있을 수 있다고 제이콥은 생각했다. 그러고는 대영제국이라는 나라가 그를 당혹스럽게 만들기 시작했다.

그렇다고 그가 아일랜드의 자치권을 전면적으로 찬성하는 것도 아니었다.『데일리 메일』은 그 문제에 대해 뭐라고 말하는가?

*

이제 그도 성인이 되어 그런 일에 빠져들어갈 수밖에 없었다―사실 위층에 있는 그의 세숫대야를 비워주고 열쇠와 장식 단추, 연필, 화장대 위에 흩어져 있는 약병을 손으로 만지며 치우는 객실 하녀도 그 사실은 알고 있다.

그가 성인 남자가 되었다는 사실은 플로린다도 알고 있다. 그녀는 모든 걸 본능적으로 알기에.

심지어 베티 플랜더스조차 밀라노에서 부친 그의 편지를 읽으면서 그렇지 않은가 하고 생각했다. "정말 내가 알고 싶은 건 하나도 말해주지 않네,"라고 그녀는 자비스 부인에게 불평을 했고 그 생각을 오래 마음에 품었다.

패니 엘머는 절망적으로 그걸 느끼고 있었다. 그는 지팡이와 모자를 집어 들고 창가로 걸어가서 완전히 무심하고 아주 준엄한 표정을 지을 거라고 그녀는 생각했다.

"보나미의 밥을 축내러 가야지,"라고 그는 말할 것이다.

패니는 파운들링 호스피털을 급하게 지나가면서 "어떻게 되든 나는 템스 강에 빠져 죽을 수는 있으니까,"라고 소리를 질렀다.

'『데일리 메일』은 믿을 게 못 돼,' 제이콥은 다른 읽을거리를 찾으면서 혼자 속으로 말했다. 그리고 다시 한숨을 쉬었다. 이렇게 깊이 침울함에 빠져 있다는 건 언제라도 울적함이 그림자를 드리울 수 있게 아주 그의 안에 자리를 잡았다는 것으로 대단한 분석을 해보지는 않았지만 그렇게 사물을 즐길 줄 아는 사람이 침울해 하면서 또 끔찍이 낭만적이기도 한 건 참 이상한 일이라고 링컨스 인에 있는 그의 하숙집에서 보나미는 생각했다.

'그는 사랑에 빠질지도 몰라,' 보나미는 생각했다. '콧날이 곧은 그리스 여자와.'

제이콥은 보나미에게 파트라스에서 편지를 썼다—여자를 사랑할 수 없고 허튼 책은 결코 읽지 않는 보나미에게.

사실 좋은 책은 아주 소수에 불과하다. 나일 강의 원류를 찾아내거나 소설의 다변스런 요설의 근원을 밝히려 노새 수레를 타고 여행했던 풍부한 역사를 셀 수 있는 것도 아니니 말이다.

나는 한 페이지나 두 페이지에 모든 걸 끌어내놓은 그런 책을 좋아한다. 한 무리의 군대가 밟고 지나가도 꼼짝하지 않는 그런 문장을 좋아한다. 나는 견고한 단어들이 좋다—이런 게 보나미의 견해였다. 아침에 자라난 신선한 초목을 보고 창문을 활짝 열어젖히며 햇빛 속에 맘껏 펼쳐진 양귀비를 발견하는 영국 문학의 놀라운 풍요에 환희의 외침을 참지 못하는 취향을 가진 사람들은 보나미의 견해에 적개심을 느꼈다. 이런 건 보나미의 방식이 아니었다. 문학에 대한 그의 취향이 그의 교우관계에도 영향을 미쳐 그는 말이 없고 비밀스러우며 결벽성이 심해 자신과 같은 사고방식을 가진 한두 사람하고만 편안하게 지낼 수 있다는 게 그에 대한 비난이었다.

그러나 제이콥 플랜더스는 전혀 그와 같은 사고방식을 갖고 있지 않았다—오히려 그것과는 멀었다. 얇은 공책을 테이블 위에 놓고 제이콥의 성격이 어떤지에 대해 처음만도 아닌 이런 생각에 빠지며 보나미는 한숨을 쉬었다.

문제는 그가 가진 낭만적 성향이었다. '그런데 그게 이런 말도 안 되는 곤경에 처하는 어리석음과 섞여 있으니 말이야' 하고 보나미는 생각했다. '그렇지만 무언지 모를 어떤 것이 —어떤 것이' 그는 한숨을 쉬었다. 그는 이 세상의 어느 누구보다도 제이콥을 좋아했다.

제이콥은 창 쪽으로 가서 손을 주머니에 넣고 서 있었다. 거기서 그는 남자용 스커트인 킬트를 입은 세 명의 그리스 인을 보았고 배의 돛대를 보았으며 게으르거나 아니면 바쁜 하류층의 사람들이 천천히 산책을 하거나 활기차게 발걸음을 옮기고 몇 무리로 나뉘거나 손짓으로 말하는 모습을 바라보았다. 그에 대한 그들의 무관심이 그의 울적함의 원인일 수는 없었다. 그러나 좀 더 깊은 확신이 드는 것은 그가 혼자 있기 때문에 그런 것이 아니고 모든 사람들이 다 외롭다는 사실이었다.

그러나 다음 날 아침, 기차가 천천히 올림피아로 가는 언덕을 돌아가자 그리스의 농사짓는 아낙들이 포도밭 사이에 나와 있었고 늙은 그리스 남자들은 역에 앉아 달콤한 포도주를 홀짝이고 있었다. 제이콥은 울적함이 남아 있긴 했지만 영국을 떠나, 자력으로, 모든 것에서 차단되어, 혼자 있다는 게 얼마나 엄청나게 기쁜 일인지 의심해본 적은 없었다. 올림피아로 가는 길에는 아주 가파르고 헐벗은 언덕들이 있었고 그 사이로 삼각형의 공간인 푸른 바다가 있었다. 콘월의 해안과 조금은 닮아 있었다. 자, 이제 하루 종일 혼자 걸어 올라가야지 —관목 사이로 난 길을 따라 올라가야지 —관목이 아니라 작은 나무들인가? —고대 국가들의 절반을 볼 수 있는 산꼭대기까지—

"그래," 그가 타고 있는 객차의 칸이 비자 "지도를 봐야지," 하고 제이콥이 혼잣말을 했다.

탓을 하건, 칭찬을 하건 우리 안에 야생마가 있다는 걸 부인할 수는 없다. 자제력 없이 마구 달리고, 지쳐빠져서 모래 위에 쓰러지고, 땅이 빙빙 도는 걸 느끼고, ―틀림없이―돌이나 풀에 별안간 친밀함을 갖고, 마치 남자나 여자로서의 인간됨은 지나가버린 듯이 다 무시해버리고―아주 자주 이런 욕망이 우리를 사로잡는다는 사실에서 벗어날 수가 없는 것이다.

저녁 산들바람이 올림피아의 호텔 창문의 지저분한 커튼을 살짝 움직이게 했다.

'난 모든 사람에 대한 사랑으로 가득 차 있어,'라고 웬트워스 윌리엄스 부인은 생각했다.―누구보다도 가난한 사람들에 대해―농부들이 짐을 지고 저녁이 되어 돌아오고 있었기 때문이다. 모든 것이 부드럽고 모호하고 그리고 아주 슬펐다. 슬프고 슬펐다. '그러나 모든 게 의미가 있겠지,' 머리를 조금 들며 아주 아름다운 모습으로 비극적이 되어 그리고 고양된 기분으로 산드라 웬트워스 윌리엄스는 생각했다. '사람은 모든 걸 사랑해야 되지.'

베일을 쓴 하얀 옷차림으로 올림피아의 호텔 창 앞에 선 그녀는 여행용으로 편리한 작은 책 한 권을 손에 들고 있었다.―체호프의 단편 소설을―이 저녁은 어쩌면 이렇게 아름다운지! 그리고 그녀의 아름다움 역시 그 저녁의 아름다움의 일부였다. 그리스의 비극은 모든 고상한 정신의 비극이었다. 어쩔 수 없는 타협. 그녀는 무언가를 파악하고 있는 듯했다. 그녀는 그것을 글로 쓸 참이었다. 남편이 앉아서 책을 읽고 있는 테이블 쪽으로 옮겨가 손을 턱에 괴고 그녀는 농부와 고통과 자신의 아름다움과 어쩔 수 없는 타협과 어떻게 그것을 글로 옮길 것인가를 생각했다. 그들 앞에 수프 접시가 놓일 자리를 마련하기 위해 책을 덮고 치우던 이반 윌리엄스도 어떤 난폭하고 상투적이고 어리석은 말은 하지 않았다. 단지 그의 내리깐 냄새 잘 맡는 사냥개 같은 눈과 침울하고 창백한 뺨이 우수에 찬 관용과 그의 확신을 잘 보여주고 있었다. 다시 말해 세심한 주의와 신중한 행동을 하며 살 수밖에 없지만 결코 추구할 가치가 있는 그런 목표에 이를 수 없을 것이라는 것을 그도 알고 있다는 확신 말이다. 그의 배려는 흠잡을 데가 없었고 침묵도 깨지지 않았다.

"모든 게 많은 걸 의미하는 것 같아요," 산드라가 말했다. 그러나 그녀 자신의 목소리에 그 주술이 깨져버렸다. 그녀는 농부들을 잊어버렸다. 다행히도 바로 앞에 거울이 있었기에 오로지 그녀에게 남아 있는 건 그녀 자신의 아름다움뿐이었다.

'나는 정말 아름다워,' 그녀는 생각했다.

그녀는 모자를 조금 움직였다. 남편이 그녀가 거울을 보는 것을 보았다. 그러고는 아름다움이 중요하다는 것에 동의했다. 아름다움은 물려받은 유산으로 그걸 무시할 수는 없다. 그러나 그것이 장애이기도 하다. 사실 어쩌면 싫증나는 일이기도 하다. 그래서 그는 수프를 마셨다. 그러고는 눈길을 창에 고정했다.

"메추라기들이네," 웬트워스 윌리엄스 부인이 나른하게 말했다. "그리고, 염소야, 내 생각에 그리고……"

"아마 캐러멜 커스터드지," 그녀의 남편이 벌써 이쑤시개를 꺼내며 똑같은 억양으로 말했다.

그녀는 접시에 숟가락을 내려놓았고 수프는 반쯤 먹은 채로 치워졌다. 그녀는 어떤 일도 품위 없이 하는 법이 없었다. 마을 사람들은 그녀의 위엄에 모자를 벗는 시늉을 하고 목사관에서도 존경을 보내고, 일요일 아침 넓은 테라스로 내려와 수상과 함께 장미를 꺾으려고 돌 화분 앞에서 머뭇거리고 있으면 윗자리의 정원사들과 아랫자리의 정원사들이 공손히 허리를 펴는 모습을 빼면 그녀의 품위는 아주 그리스적인 영국식이었다. 아마 그녀는 이런 것을 잊어버리려고 눈길을 올림피아의 호텔 식당 주위로 돌리면서 몇 분 전 그녀가 발견했던 그 무엇—아주 심오했던 사랑, 그리고 슬픔, 그리고 농부들에 대한 무엇인가를 찾아냈던, 책이 놓여 있는 창을 찾아 두리번거렸다.

그러나 한숨을 쉰 쪽은 이반이었다. 절망에서도 아니고 정말 반발로 그런 것도 아니었다. 가장 야심이 많은 존재이면서도 기질적으로 가장 굼뜬 사람이었으므로 그는 성취한 게 아무것도 없었다. 영국의 정치사를 모두 꿰고 있어서 채텀, 피트, 버크, 찰스 제임스 폭스[3]와 늘 함께하면서 그 자신과 그의 시대를 그들과 그들이 살았던 시대와 비교해보지 않을 수 없었다. "그렇지만 지금보다 위대한 사람이 더 필요했던 적은 없는데," 그는 한숨과 함께 혼잣말을 하는 게 습관이 돼 있었다. 그는 여기 이 올림피아의 여관에서 이를 쑤시고 있었다. 그는 식사를 끝냈다. 그러나 산드라의 눈길은 헤매고 있었다.

"저런 분홍 멜론은 틀림없이 위험하지," 그가 침울하게 말했다.

말을 하고 있는 동안 문이 열리고 회색 체크무늬 양복을 입은 젊은이가 들어왔다.

"보기 좋지만 위험하죠," 제삼자가 있는 앞에서 산드라는 즉각 남편에게 이렇게 말했다. ('아, 여행을 하고 있는 영국 청년이야,' 그녀는 속으로 생각했다.)

---

3 18세기 영국의 정치가들.

이반 역시 그걸 알고 있었다.

그렇다, 그는 이 모든 걸 다 알고 있었고 그녀를 숭배하고 있었다. 연애를 하는 건 아주 즐거운 일이라고 그는 생각했다. 그러나 그로 말할 것 같으면 그의 키에(나폴레옹은 5피트 4인치였다고 그는 기억한다), 그의 몸집에, 자신의 인품으로 위압할 수도 없는 처지에(그래도 위대한 사람이 그 어느 때보다도 지금 필요하다고 그는 한숨지었다) 그것은 부질없었다. 그는 시가를 집어 던지고 제이콥에게로 가서 제이콥이 좋아하는 소박하고 진지한 태도로 영국에서 곧장 이리로 온 것인지 물었다.

"얼마나 영국 사람다워!" 다음 날 아침 웨이터가 그 젊은이가 산에 오르기 위해 새벽 다섯 시에 여관을 떠났다는 말을 듣고 산드라는 웃었다. "틀림없이 목욕물도 요구했겠지요?" 이 말에 웨이터는 고개를 끄덕이고 지배인에게 물어보겠노라고 했다고 말했다. "무슨 말인지 모르는군요." 산드라가 또 웃었다. "됐어요."

산꼭대기에서 혼자 몸을 쭉 뻗고 제이콥은 대단히 즐기고 있었다. 아마도 자신의 인생에서 이렇게 행복했던 적은 없었을 것이다.

그날 밤, 저녁 식사 때 윌리엄스 씨가 신문을 읽고 싶은지 물었다. 그리고 윌리엄스 부인도 (그들이 담배를 피우며 테라스를 거닐 때—어떻게 그 사람의 시가를 거절할 수 있겠는가?) 달빛 아래 연극을 본 적이 있느냐고, 에브라드 셔본을 아느냐고, 그리스 서적을 읽었느냐고, (이반이 일어나 안으로 들어갔다), 만일 한쪽을 희생해야 된다면 그게 프랑스 문학인지 러시아 문학인지 물었다.

'지금 말이야,' 제이콥은 보나미에게 보내는 편지에 이렇게 썼다.

'난 그 지긋지긋한 책을 읽어야 될 것 같아' — 그가 말하는 건 체호프의 책이었다. 그녀가 그걸 그에게 빌려주었기 때문이다.

헐벗은 곳들, 농사를 짓기에는 너무 많은 돌로 덮여 있는 벌판, 그리고 미국과 영국 사이 어느 쯤에서 아무렇게나 날아다니는 바다 갈매기, 이런 것들이 도시보다는 우리에게 훨씬 잘 어울린다는 것이 딱히 인기 있는 생각은 아니라 할지라도 있음직한 이야기이기는 하다.

우리에게는 자격 여부를 경멸하는 어떤 절대적인 것이 있다. 이것 때문에 사회에서 놀림을 받고 비아냥거림을 듣는다. 사람들이 같이 한 방 안으로 들어온다. "만나서 너무 반가워요."라고 누군가가 말한다. 그러나 이건 거짓말이다. 그리고 "요즘은 가을보다는 봄을 더 즐겨요. 내 생각에 나이가 들면 그렇게 되나봐요." 여자들은 항상, 항상, 항상 어떻게 느끼는가를 이야기한다. 만일 여자가 '나이가 들면서'라고 말을 한다면 그건 무언가 그 요점에서 아주 비껴난 어떤 다른 대답을 해주기 바라는 것이다.

제이콥은 채석장에 앉아 있었다. 어떤 그리스 사람들이 극장을 만들기 위해 대리석을 잘라놓은 곳이다. 한낮에 그리스의 언덕을 걸어 오르는 건 몹시 덥다. 야생 시클라멘이 활짝 피어 있었다. 작은 거북이 덤불과 덤불 사이를 절름거리며 가고 있었다. 대기는 강한 냄새가 나다가 갑자기 다시 달콤해지고 태양은 삐죽삐죽한 대리석 파편 위에 작열해 아주 눈을 부시게 했다. 제이콥은 침착하게, 당당하게, 경멸에 차서, 조금은 우수에 젖어 신성한 권태에 권태로워하며 파이프 담배를 피우고 앉아 있었다.

보나미라면 이게 바로 그를 불편하게 하는 것이라고 말했을 것이다 — 제이콥이 침체기에 빠져 있을 때는 일거리가 없는 마게이트의 어부 같거나 아니면 영국 제독 같다고. 이런 기분에 빠져 있을 때는 아무것도 이해시킬 수가 없었다. 차라리 가만히 내버려두는 게 나았다. 이럴 때면 그는 기운이 없고 심술을 부리기 쉬웠다.

그는 아침 일찍 일어나 베데커 여행 안내서를 들고 조각상을 보고 있었다.

산드라 웬트워스 윌리엄스는 아침 식사 전에 모험거리, 또는 세상을 보는 어떤 관점을 찾고자 주변을 조준하듯 둘러보았다. 온통 흰색으로 차려입고 키는 그리 크지 않으나 자세는 비상하게 곧았다. 산드라 웬트워스는 제이콥의 머리가 정확하게 프락시텔레스의 헤르메스[4]의 머리와 나란히 놓이게 하고 바라보았었다. 그 비교는 제이콥 쪽이 훨씬 나았다. 그러나 그녀가 단 한 마디도 하기 전에 그는 이미 그녀를 떠나 박물관을 나갔었다.

그럼에도 멋을 아는 숙녀는 여러 벌의 옷을 갖고 여행을 한다. 만일 아침 시간에 하얀 수트를 입었다면 아마 저녁에는 노란 모래색에 자주색의 점이 있는 옷, 검은 모자, 그리고 발자크의 책 한 권이 어울릴 것이다. 이렇게 차리고 그녀가 테라스에 앉아 있을 때 제이콥이 들어왔다. 정말 아름다워 보였다. 손을 포개고 생각에 잠겨 남편 말을 듣고 있는 것 같다고, 잔 나뭇가지 등짐을 지고 내려오는 농부들을 보는 것 같다고, 어떻게 언덕이 푸른색에서 검은색으로 바뀌는지 지켜보고 있는 것 같다고, 진실과 거짓을 구별해내고 있는 것 같다고 제이콥은 생각하며 다리를 꼬다가 갑자기 자신이 입고 있는 바지가 너무 남루하다는 관찰을 했다.

'저 사람은 인물이 아주 출중해,' 산드라는 마음을 정했다.

---

4 1877년에 발견된 헤라 신전에 있는 조각상. 헤르메스가 왼팔에 어린 디오니소스를 잡고 있음.

무릎에 신문을 놓고 의자에 기대며 이반 윌리엄스는 두 사람을 부러워했다. 그가 할 수 있는 최선의 것은 채텀의 외교정책에 대한 논문을 맥밀런 출판사에서 출판하는 일일지도 몰랐다. 그러나 이 저주스런 부풀어 오르는 듯한 불쾌한 느낌 — 이 불안감, 격해지는 느낌, 그리고 열기 — 그것은 질투심이었다! 질투심! 질투심! 그가 결코 다시는 느끼지 않으리라 맹세했던 바로 그것이었다.

"우리와 같이 코린트에 갈래요, 플랜더스," 그는 제이콥의 의자 앞에 서서 원래의 자신보다 훨씬 활기차게 말했다. 그는 제이콥의 대답에 안도했다. 그랬다기보다는 견고하고 직설적인 어쩌면 수줍은 태도로 코린트로 같이 가는 게 아주 좋다고 한 것에 안도했다는 게 맞을 것이다.

'이 친구는 정계에 나가면 참 좋겠군,' 하고 이반 윌리엄스는 생각했다.

'나는 살아 있는 동안 매년 그리스에 올 작정이야,' 제이콥은 보나미에게 그렇게 썼다. '이건 문명으로부터 자신을 보호하는 유일한 기회니까.'

"도대체 무슨 소리를 하는지 모르겠네," 보나미는 한숨을 쉬었다. 스스로 서투른 말을 해본 적이 없는 그로서는 제이콥의 이 알 수 없는 말에 우려가 느껴졌지만 그러나 늘 결정적이고 구체적이고 이성적인 것만 선호하는 자신과는 다른 이 말에 어쩐지 강한 느낌을 받았다.

좁은 길을 계속 따라 아크로 코린트[5]에서 내려오며 산드라가 한 말보다 더 간단한 말은 없을 것이다. 제이콥은 그녀 옆에서 더

---

5 코린트의 협부 위에 있는 높은 산으로 정상에 비너스 신전이 있음.

울퉁불퉁한 땅을 걷고 있었다. 그녀는 네 살에 어머니를 여의고 저택은 너무 넓었다고 했다.

"결코 그곳에서 벗어날 수 없을 것 같았어요." 그녀는 웃었다. 물론 저택에는 서재가 있고 존스 씨도 있고 모든 게 제대로 돌아가게 돼 있었다. "늘 헤매고 다니다 부엌으로 들어가 집사의 무릎 위에 앉아 있곤 했어요." 그녀는 큰 소리로 웃었다, 그렇지만 슬프게 웃었다.

자신이 만일 거기 있었다면 그녀를 구해줬을지도 모른다고 제이콥은 생각했다. 그녀가 커다란 위험에 노출돼 있었다고 느끼면서 제이콥은 혼자 속으로 생각했다. '사람들은 이렇게 이야기하는 여자를 이해할 수 없을 거야.'

그녀는 언덕이 거친 건 개의치 않았고 짧은 스커트 밑에 반바지를 입고 있는 것이 보였다.

'패니 엘머 같은 여자는 그렇게 못하지,' 그는 생각했다. '그 여자 이름이 뭐였지, 카슬레이크, 그녀도 안 그랬어, 그래도 그들은 그런 척……'

윌리엄스 부인은 직설적으로 말했다. 그는 자신이 처신하는 방법을 잘 알고 있는 것에 스스로도 놀랐다. 생각한 것보다 많은 말을 할 수 있었고, 여자에게도 마음을 열고 대할 수 있었고, 자신이 전에는 스스로에 대해 잘 알지 못했다는 사실을 알았던 것이다.

이반도 큰 길에서 그들과 합류했다. 그들이 마차로 언덕을 올라가고 내려올 때(그리스는 부글부글 끓는 것 같으면서도 놀랍게 선이 뚜렷하고 나무가 없는 땅이라 풀잎 사이로 땅을 볼 수 있으며 반짝이는 푸른 물을 뒤로한 언덕 하나하나는 잘리기도 하고 형태가 잡히기도 하고 윤곽이 뚜렷하기도 했다가 그렇지 않기도 했다. 모래처럼 하얀 섬들이 수평선에 떠 있고 드문드문 야자수 무리가 계곡에 서 있었다. 계곡에는 검은 염소가 흩어져 있기도 하고 작은 올리브 나무가 점점이 보이기도 하고 때로는 움푹 파인 하얀 구멍들이 있기도 하고 그 옆구리로 빛이 반짝이고 십자 모양을 만들기도 한다), 그는 마차 구석에서 상을 찌푸렸다. 손을 너무 꽉 모으고 있어서 피부가 관절 사이로 당겨지고 잔털이 위로 서는 것 같았다. 산드라는 하늘로 날아오를 채비를 한 승리의 여신[6]처럼 맞은편에 모두를 압도하며 앉아 있었다.

'인정 없는!' 이반은 생각했다(사실은 그렇지 않았다).

'머리도 없는!' 그는 의심했다(그것 역시 사실이 아니었다). '그런데도……!' 그는 그녀를 시기했다.

잘 시간이 되었을 때 제이콥은 보나미에게 편지를 쓰는 게 힘들다는 것을 알았다. 그런데 그는 살라미스도 보았고 멀리서 마라톤도 보았다. 가엾은 보나미! 아니야, 어딘지 이상한 게 있어. 그는 보나미에게 편지를 쓸 수가 없었다.

'나는 그래도 아테네로 가야겠어,' 그는 결정을 내리고 옆에서 그를 매혹하는 게 있는 것 같은데도 단호한 표정을 지었다.

윌리엄스 부부는 이미 아테네를 다녀온 터였다.

아직도 아테네는 가장 기이한 조합으로, 가장 조화를 이루지 못하는 잡다한 것으로 젊은이에게 감명을 줄 수 있는 곳이었다. 도시를 벗어난 교외 같은가 하면 또 불멸의 신들이 있는 곳이었다. 유럽 대륙의 싸구려 보석들이 벨벳 쟁반에 놓여 있는가 하면

---

6 아테네의 박물관에 있는 유명한 날개 달린 여신상.

무릎 위에 드리운 천 말고는 아무것도 걸치지 않은 당당한 여인의 나신이 있는 곳이었다. 어느 불같이 타는 오후, 제이콥은 파리지안 대로를 따라 걸으며 자신의 감정에 어떤 형태도 부여할 수가 없었다. 여기저기 팬 길로 덜컹거리며 지나느라 말할 수 없이 엉망이 되어버린 마찻길을 벗어나기도 하고, 싸구려 중절모와 유럽 대륙서 온 의복을 입은 남녀 시민들의 인사를 받고, 남자가 입는 스커트에 모자를 쓰고 각반을 한 목동이 염소 떼를 마찻길 너무 가까이 모는 모습도 보았다. 그러는 동안에도 내내 아크로폴리스가 공중에 파도처럼 밀려와 도시 위에 머리를 쳐드는 것이었다. 마치 노란 기둥의 파르테논 신전이 그 위에 단단히 뿌리를 박은 듯.

파르테논의 노란 기둥들은 아크로폴리스에 단단히 뿌리를 박고 하루 중 어느 때라도 모습을 드러낸다. 해가 질 때도, 피레우스의 선박들이 포를 쏘아 올릴 때도, 종이 울릴 때도, 제복을 입은 사내가 나타날 때도, 여인네가 기둥 그늘에 앉아 뜨개질을 하던 검은 스타킹을 돌돌 말며 아이들을 소리쳐 부르고 또 다 같이 무리를 지어 언덕 아래 집으로 돌아갈 때도.

거기 다시 그 기둥들, 박공, 승리의 신전 그리고 에레크테움[7], 그림자 진 황갈색의 바위 위에 세워진 것들이 나타났다. 아침에 창문의 덧창을 열자마자 몸을 내밀고 거리 아래서 들리는 덜커덩거리는 소리, 외치는 소리, 채찍이 휙 울리는 소리와 함께 그것들은 거기에 그렇게 있다.

때로 밝은 흰색으로, 다시 노란색이 되었다가, 붉은빛 속에 그것들이 그렇게 서 있는 극단적 명확성은 어떤 내구력에 대한 생각, 즉 다른 데서라면 우아하지만 하찮은 것들 속에 흩어져버릴

---

7 파르테논 북쪽에 있는 신전으로 여성 조각상 여섯 개가 기둥처럼 머리로 지붕을 받치고 있음.

정신적 에너지가 땅을 뚫고 나타난 듯한 생각이 들게 한다. 그러나 이 내구력은 우리의 찬탄과는 별개로 존재하는 것이다. 이 아름다움이 우리를 약화시킬 만큼 인간적이고 깊이 가라앉은 진흙 같은 침전물 ─ 기억, 포기, 회한, 감상적 헌신 ─ 등을 흔들어놓는다 하더라도 파르테논은 그 모든 것에서 분리되어 있는 것이다. 어떻게 이것이 그렇게 밤을 견디며 수세기 동안 그 자리를 지키는지를 생각해보면 그 눈부신 광휘를(낮이면 빛이 너무 눈부셔 띠 모양의 장식은 거의 보이지도 않는다) 아름다움 자체만이 불멸의 것이라는 생각과 연관 짓게 될 것이다.

여기에 덧붙여 여기저기 터진 벽토, 아무렇게나 퉁기며 연주하는 기타와 축음기에서 흘러나오는 새로운 사랑 노래, 길거리를 오가는 별 볼일 없는 얼굴과 비교해보면 파르테논이야말로 그 말 없는 태연자약이 정말 놀라울 뿐이다. 쇠락해가는 것이 아니라 그 반대로 너무나 생기가 있어 온 세상의 어떤 것보다 오래 남을 것처럼 보이는 것이다.

"그리스 인들은 지각 있는 사람들이라 조각상의 뒷모습을 마무리하는 데는 신경을 쓰지 않았군," 제이콥은 손으로 눈에 가리개를 만들며 정면에서 비켜나 있는 조상의 옆 부분이 거친 그대로 남아 있는 모습을 보고 말했다.

계단의 선도 약간 불규칙하게 만들어진 걸 보며 제이콥은 '그리스 인은 수학적 정확성보다 예술적 감각을 선호했다'고 적힌 안내 책자를 읽었다.

그는 아테나의 거대한 조각상이 서 있던 바로 그 정확한 지점에 서서 그 아래 펼쳐지는 더 유명한 랜드마크를 확인했다.

다시 말해 그는 정확했고 부지런했다. 그러나 심하게 침울했다. 게다가 그는 관광 안내인들의 시달림을 받았다. 월요일이었다.

그러나 수요일에 그는 보나미에게 당장 오라는 전보를 썼다. 그랬다가 전보 용지를 구겨 하수구에 던져버렸다.

'우선 첫째로 그는 안 올 것이고,' 제이콥은 생각했다. '이런 일은 금방 퇴색되기 마련이니까.' '이런 일이란' 불편하면서도 고통스러운 느낌, 어딘지 이기심과 같은 느낌 ― 거의 끝나버렸으면 좋겠다고 바라는 ― 가능한 것을 점점 넘어서는 ― '만일 조금 더 길어지면 도저히 감당할 수 없을 것 같은 ― 그러나 만일 누군가 다른 사람이 같이 봐야 한다면 ― 보나미는 링컨스 인의 그의 방에 박혀 있었다 ― 오, 말이야, 빌어먹을, 말이야,' ― 히메투스, 펜텔리쿠스, 리카베투스[8]가 한쪽으로 펼쳐지고 다른 한편에는 바다가 있고 황혼 녘 파르테논에 서 있노라면 하늘은 분홍 깃털이 되고 벌판은 온갖 색으로 물들고 대리석은 눈에 황갈색으로 비치는 이 모습은 숨이 막히는 것이다. 다행히도 제이콥은 사람에 대한 연상 작용에는 감흥이 없었다. 그는 플라톤이나 소크라테스가 육체를 가진 사람이라고 별로 생각하지 않았다. 반면에 건축물에 대한 느낌은 아주 강했다. 그는 그림보다는 조각상을 좋아했다. 그리고 그는 문명이라는 문제에 대해 많은 생각을 하기 시작했고 그것이 고대 그리스 인들에 의해 괄목할 만큼 많이 해결이 됐다고, 그러나 그 해결책이 우리에게는 크게 도움이 되지 않는다는 생각을 했다. 그런 뒤 수요일 밤, 그가 침대에 누웠을 때 뭔가 갈고리 같은 것이 옆구리를 심하게 건드렸다. 그는 필사적으로 몸을 뒤채면서 자신이 사랑에 빠진 산드라 웬트워스 윌리엄스를 떠올렸다.

8   아테네에 있는 유명한 세 개의 산 이름.

다음 날 그는 펜텔리쿠스에 올랐다.

다음 날 그는 아크로폴리스로 갔다. 이른 시간이었고 인적이 없었다. 하늘에서 천둥소리가 나는 것 같기도 했다. 그러나 태양이 아크로폴리스에 가득 내리쬐고 있었다.

제이콥은 앉아서 책을 읽을 생각으로 마라톤이 보이는 곳에 편안하게 자리를 잡은 돌기둥과 붙은 원형의 석재를 찾았고 그늘이 져 있어 거기에 앉았다. 그의 앞에는 태양으로 작열하는 에레크테움이 있었다. 한 페이지 정도를 읽고 난 후, 그는 읽던 페이지에 엄지손가락을 끼워 넣었다. 국가는 통치돼야 하는 방식이 있는데 왜 그 방식대로 통치되지 못하는 것일까? 그는 다시 책을 읽었다.

마라톤을 내려다볼 수 있는 그 자리가 분명 그의 정신을 어느 정도 고양시켰다. 아니면 느리고 포용력이 큰 두뇌가 이런 순간을 맞아 개화를 한 건지도 모른다. 아니면 외국에 있는 동안 자신도 느끼지 못하는 사이에 정치에 대해 생각하게 됐는지도 모른다. 그리고 눈을 들어 예리한 윤곽을 보다가 그의 명상이 어떤 비상한 예각을 얻게 된 건지도 모를 일이다. 그리스는 끝났다. 파르테논은 폐허이고, 그럼에도 그는 거기 있었다.

(녹색과 하얀색 양산을 든 여자들이 안마당을 지나갔다―콘스탄티노플에 있는 남편과 합류하러 가는 도중에 이곳에 들른 프랑스 여자들이었다.)

제이콥은 계속 책을 읽었다. 책을 땅바닥에 내려놓고 마치 읽고 있던 것에서 영감을 받은 듯 역사의 중요성에 대해―민주주의에 대해―필생의 역작의 근간이 될 몇 자를 쪽지에 휘갈겨 썼다. 아마 그것이 이십 년이 지난 후 어느 책에서 떨어져도 한 자도 기억나지 않을지도 모른다. 조금은 고통스러운 생각이 들었다. 태워버리는 게 나았다.

제이콥은 썼다. 프랑스 여자들이 바로 아래로 지나가며 양산을 폈다 접었다 하며 하늘에 대고 비가 올지 날씨가 좋을지 알 수가 없다고 소리를 지를 때 그는 쭉 뻗은 코를 그리기 시작했다.

　제이콥은 일어나서 에레크테움을 가로질러 천천히 걸었다. 머리에 지붕을 이고 있는 여자의 조각상이 몇 개 서 있었다. 제이콥은 몸을 조금 폈다. 안정감과 균형이 먼저 신체에 영향을 주기 때문이었다. 이 조각상들이 다른 것들은 아무것도 아니게 만들었다. 조각상들을 뚫어지게 바라보던 제이콥이 돌아서자 마담 뤼시엥 그라베가 대리석 바닥 위에 자리를 잡고 코닥 사진기로 그의 머리에 각도를 맞추고 있었다. 물론 그녀는 자신의 나이, 체격, 꽉 끼는 부츠에도 불구하고 재빨리 뛰어내렸다. 딸은 이제 결혼을 했고 나름대로 호화롭고 풍요로운 자포자기에 빠져 기이하게 살이 쪄 있었지만 그녀는 뛰어내렸다. 그러나 제이콥이 그녀를 보고 난 후였다.

　'빌어먹을 여자들 ─ 빌어먹을 여자들!' 그는 생각했다. 그는 판테온 바닥에 놓아두고 온 책을 가지러 갔다.

　'저 여자들이 다 망쳐버리는군,' 팔과 옆구리 사이에 낀 책을 꽉 누르며 그는 기둥 하나에 등을 기댔다. (날씨로 말할 것 같으면 이제 막 폭풍이 몰아칠 것 같았다. 아테네는 구름에 덮여 있었다.)

　'저 빌어먹을 여자들 때문이야,' 씁쓸한 흔적은 없었지만 그러지 말아야 할 슬픔과 실망을 담아 말했다.

　(이 격렬한 환멸은 몸과 마음이 건전하고 곧 가장이 되고 은행의 간부가 될 한창때의 젊은이들이 일반적으로 갖는 것이었다.)

　그런 다음, 프랑스 여자들이 가버린 걸 확인하고 주위를 조심스럽게 둘러본 뒤 제이콥은 에레크테움으로 한가롭게 걸어가서 머리에 지붕을 받치고 있는 왼편의 여신을 은밀하게 바라보았다.

여신은 산드라 웬트워스 윌리엄스를 상기시켰다. 그는 여신을 바라보다가 다시 외면했다. 그리스 인의 마모된 코를 생각하며, 산드라를 생각하며 머릿속에 담고 있는 온갖 것들을 생각하며 이상스럽게 감동이 되어 태양의 열기 속에, 혼자, 히메투스 산 정상을 향해 걸어 올라가기 시작했다.

바로 그날 오후 보나미는 클라라 듀란트와 차를 마시며 제이콥에 대한 이야기를 하리라는 특별한 목적을 가지고 슬로언 가 뒤쪽 광장 근처에 있는 그녀의 집으로 갔다. 그 집은 더운 봄날이라 앞창에 줄무늬가 있는 블라인드가 쳐 있고 마차에 매지 않은 말들이 문 앞 자갈길에서 발길질을 하고 노란 조끼를 입은 노신사들이 벨을 울려 듀란트 부인이 집에 계시다는 하녀의 얌전한 대답을 들으면 집 안으로 들어가는 그런 곳이었다.

보나미는 햇볕이 잘 드는 거실에 클라라와 함께 앉았고 밖에서는 달콤한 손풍금 소리가 들렸다. 살수차가 천천히 보도에 물을 뿌리고 있었다. 마차가 딸랑거리며 지나가고 모든 은빛과 사라사 천의 커튼, 갈색과 푸른색의 양탄자, 초록의 나뭇가지가 가득 꽂힌 화병들 위로 흔들리는 노란색 줄무늬 띠가 같이 움직였다.

무미건조하고 평범한 말은 일일이 열거할 필요가 없다—보나미는 계속 부드럽게 조용한 대답을 해주며 클라라가 가진 영혼의 처녀성이 솔직하게 드러날 때까지 하얀 비단 구두 안에 꽉 끼여 무기력해진 것 같은 그녀의 존재 방식에 대한 놀라움을 (듀란트 부인은 그동안 뒤쪽의 방에서 모모 경이라는 인사와 귀에 거슬리는 정치를 논하고 있었고) 누적시키고 있었다. 그 깊이는 알 수가 없었다. 클라라가 제이콥을 사랑하고 있다는 사실을 분명하게 확실히 느끼기 시작하지 않았더라면 아마 그는 제이콥의 이름을 거론했을지도 모른다 — 그래서 아무것도 할 게 없었다.

"뭐가 됐건 아무것도," 문이 닫힐 때 그는 소리 질렀다. 그의 기질로 보아 그가 아주 이상한 느낌을 받은 건 분명했다. 공원을 지나 걸어가며, 누군가가 마차를 참을 수 없이 몰고 가는 것, 화단이 타협의 여지없이 기하학적인 것, 세계에서 가장 어리석은 방식으로 기하학적 패턴을 강요하는 것 등등에 이상한 느낌을 가졌던 것이다. 공원 안 서펜타인 연못에서 멱을 감는 사내아이들을 보느라 잠시 멈추어 서며 그는 생각했다, '클라라는 말이 없는 여자였나? — 제이콥이 그녀와 결혼을 할까?'

*

그러나 햇빛 비치는 아테네에서, 오후의 차를 즐기는 게 거의 불가능한 아테네에서, 노년의 신사들이 정치 이야기를 전혀 다른 방식으로 하는 아테네에서, 산드라 웬트워스 윌리엄스는 베일을 쓰고 하얀 옷을 입고 다리를 앞으로 쭉 뻗고 대나무 의자의 팔걸이에 한쪽 팔꿈치를 올려놓고 앉아 있었고 입에 문 담배에서는 푸른 구름 같은 연기가 흔들리며 떠내려가고 있었다.

콘스티튜션 광장에는 오렌지 나무들이 꽃을 피우고 있었고 밴드, 발을 질질 끄는 것, 하늘, 집, 레몬과 장밋빛 — 이 모두가 커피를 두 잔째 마신 웬트워스 윌리엄스 부인에게는 의미가 있는 것으로 다가와 그녀는 미케네에서 늙은 미국 숙녀(더간 부인)에게 좌석을 양보했던 고상하고 충동적인 영국 여자의 이야기를 머릿속으로 극화하기 시작했다. 처음에는 한쪽 발로 서 있다가 다음에는 다른 쪽 발로 서서 여자들의 수다가 끝나기를 기다렸던 이 반의 이야기는 없었지만 그렇다고 전적으로 지어낸 이야기는 아니었다.

"다미앵 신부님의 생애를 시로 쓰고 있어요," 더간 부인이 말했었다. 그녀는 모든 것을 잃었다―세상의 모든 것을, 남편과 자식 그리고 모든 것을, 그러나 신앙만은 남았다.

특정한 생각에서 보편적인 생각으로 표류하던 산드라는 상념에 잠겨 의자에 등을 기댔다.

날아가는 시간이 우리를 비극적으로 바쁘게 내몬다. 영원히 지속되는 고됨과 단조로움, 어느 때는 푸른 잎들 사이에서 잠시 머무는 노란 공처럼 불꽃이 터져 나오기도 한다. (그녀는 오렌지 나무를 바라보고 있다) 죽어가는 이의 입술에 하는 키스. 세상은 돌고 돈다, 열기와 소음의 미로에서―아름다운 창백함이 있는 고요한 저녁이 분명히 있긴 하지만, '나는 그런 저녁의 모든 것에 민감하지,' 산드라는 생각했다. '그리고 더간 부인은 계속 내게 편지를 쓸 터이고 나는 답장을 할 거야.' 이제 왕립 밴드가 국기를 달고 감동의 파장을 넓히며 행진해갔고 삶이 어떤 용감한 등정이자 바다로 나가 배를 타고 나아가는 것이고―머리카락이 바람에 날리고(그녀는 그렇게 그려보았다, 산들바람이 오렌지 나무 사이에서 약하게 일었기에) 그리고 그녀는 은빛 물보라에서 떠오르고 있었다―그때 그녀는 제이콥을 보았다. 그는 팔에 책을 끼고 아무 생각 없이 주위를 돌아보며 광장에 서 있었다. 육중한 체구여서 시간이 지나면 살집이 좋은 사람이 될 게 틀림없었다.

그러나 그녀는 그가 그냥 촌뜨기에 불과할지 모른다고 의심했다.

"그 청년이 저기 있네요." 그녀는 담배를 집어던지며 짜증내듯이 말했다. "플랜더스 씨 말이에요."

"어디?" 이반이 말했다. "안 보이는데."

"오, 걸어가버렸어요—지금 저 나무 뒤에 있어요. 아뇨, 당신한테는 안 보여요. 그러나 분명히 마주칠걸요." 물론 그들은 마주쳤다.

그러나 제이콥은 얼마만큼 그냥 촌뜨기에 불과할까? 나이 스물여섯에 제이콥은 어느 정도 멍청한 친구일까? 사람을 한마디로 요약하려고 애를 쓰는 일은 부질없는 짓이다. 힌트만을 따라갈 뿐으로 정확하게 무슨 말을 했는지 어떤 행동을 했는지 완전히 알 길은 없다. 때로는 성격의 지울 수 없는 인상을 즉각 잡을 수 있는 것도 사실이다. 또 때로는 그 인상은 헛되이 떠돌다 어정거리며 이쪽 아니면 저쪽으로 날아가버린다. 친절한 노부인들이 때로 성격의 최고 판관은 고양이들이라고 확인해준다. 사람들은 고양이가 항상 가장 좋은 사람에게 간다고 한다. 그렇지만 제이콥의 하숙집 주인인 화이트혼 부인은 고양이를 싫어한다.

요즘에 와서는 성격에 치중하는 일이 너무 도가 지나치다고 하는 존중할 만한 의견이 있다. 그러나 그게 결국 무슨 상관이랴—패니 엘머는 온통 감정과 감각뿐이고 듀란트 부인은 강철같이 강한데? 그리고 클라라는 어머니의 영향 때문에 (그렇게 성격에 치중하는 사람들이 말한다) 어느 것도 자신의 생각대로 할 기회를 갖지 못하고, 아주 관찰력이 있는 눈에만 감정의 깊이가 드러나는 것 바로 그것이야말로 정말 걱정스러운 일이라고. 성격에 치중하는 사람들은 그녀에게 어머니의 기백이 조금이라도 들어 있지 않다면 어느 날 자신의 가치에 못 미치는 사람에게 자신을 던져버리는, 딴은 영웅적인 일을 저지를지도 모른다고 말한다. 그러나 어떤 말을 클라라 듀란트에게 적용해야 할지! 조금은 순진하다고, 어떤 사람들은 그렇게 생각한다. 바로 그 점이 웰링턴 장군과 코가 닮은 딕 보나미의 관심을 끈 이유라고 사람들은 말한다. 그렇다면 그야말로 이제 다크호스가 떠오른 것이다. 그러나 여기서 수군거림은 갑자기 멎는다. 분명히 사람들은 그가 가진 남다른 성향을 말하는 것이리라—사람들 사이에 오랫동안 떠도는 소문.

"정확하게 클라라 같은 여자야말로 그런 기질을 가진 사람이 필요로 하는 사람일지도 몰라요……" 미스 줄리아 엘리엇이 넌지시 말할 것이다.

"글쎄," 보울리 씨가 대답할 것이다, "그럴지도 모르지."

얼마나 오랫동안 이런 수군거림을 계속하건, 어떻게 자신들의 제물이 된 사람의 성격을 뜨거운 불 위에 노출된 거위의 간처럼 부풀렸다 부드러워질 때까지 속을 다 빼내건 그들은 결코 결론에 이르지는 못한다.

"저 젊은이, 제이콥 플랜더스 말이야," 그들은 이렇게 말할 것이다, "아주 빼어난 인물이야—그런데 너무 서툴러." 그러고는 제이콥의 성격에 전념하며 끝없이 그 두 극단 사이를 오간다. 그는 사냥개를 앞세우고 말을 타고 나름대로 갖추어 사냥을 한다. 그는 돈이 한 푼도 없기 때문에.

"아버지가 누군지 들은 적 있어요?" 줄리아 엘리엇이 물었다.

"어머니가 럭스비어 가문과 인척이 된다고 사람들이 말하던데," 보울리 씨가 대답했다.

"지나치게 자신을 호도하려 들지 않지요."

"친구들이 많이들 좋아한다지요."

"딕 보나미 말인가요?"

"아뇨, 그 사람 이야기가 아니에요. 분명히 제이콥은 반대 성향이지요. 그는 정신없이 사랑에 빠지고 여생을 그걸 후회하며 지낼 바로 그런 젊은이요."

"오, 보울리 씨," 듀란트 부인이 오만한 태도로 휙 쓸듯 다가와 "아담스 부인 기억하시죠? 이분이 그 부인 조카예요." 보울리 씨가 일어나 예의 바르게 머리를 숙이고 가서 딸기를 가지고 왔다.

이렇게 우리는 다른 면이 무엇을 뜻하는지 보러 갈 수밖에 없다―클럽과 내각에 속한 사람들이 성격을 그린다고 말할 때 그것은 하나의 경박한 난롯가의 기술이고 안달복달거리이며 공허함을 감싸는 정교한 윤곽에 불과해 한참 화려하게 떠벌리다가 그냥 휘갈긴 게 돼버린다.

주둔지와의 거리를 정확하게 지키는 전함들이 북해에 번쩍이며 떠 있다. 신호가 주어지면 목표물 조준에 훈련이 된 총들이 불을 뿜으며 파편을 만든다. (포병 대장이 손에 시계를 들고 초침을 재고―6초 후 그는 위를 올려다본다.) 똑같은 무심함으로 한창때의 열두어 명의 젊은이들이 침착한 얼굴로 바닷속 깊이 내려간다. 그리고 그곳에서 무감각하게 (그래도 그 장치에 완벽히 통달한 채) 아무런 불평 없이 함께 질식하는 것이다. 마치 장난감 양철 병정의 대열처럼 군대가 옥수수 밭을 덮고, 언덕 위로 올라가고, 멈추고, 약간 이쪽저쪽으로 전열이 흔들리다가 납작 쓰러진다. 그런 뒤에도 벌판의 풀밭 위로 한두 조각이 마치 부러진 성냥개비 조각처럼 아직도 아래위로 움직이고 있다.

이런 작전과 함께 끝없는 은행들의 거래와 연구실, 고관들, 그리고 기업을 하는 가문들이 이 세상을 전진시키는 노를 젓는 힘이라고 사람들은 말한다. 그리고 작전은 러드게이트 서커스의 무감각한 경관처럼 매끈하게 다듬어진 사람들과도 관계가 있다. 그러나 자세히 관찰을 해보면 그 얼굴은 둥글게 매워져 있는 게 아니라 의지의 힘으로 딱딱하게 굳어 있고 그렇게 유지하려는 노력으로 야위어 있다. 그의 오른팔이 올라가면 핏줄의 모든 힘이 어깨에서 손가락 끝까지 곧게 흘러간다. 한 온스의 힘도 갑작스런 충동이나 감상적 회한이나 억지로 늘인 특징 등으로 산만해지지 않는다. 버스들은 제시간에 선다.

이렇게 우리는 붙잡을 수 없는 힘에 몰리며 살고 있다고 사람들은 말한다. 소설가들은 결코 그것을 붙잡지 못한다고 사람들은 말한다. 그물을 통과하며 지나가다 부딪쳐 그것들은 갈기갈기 찢겨진다. 이렇게, 바로 이렇게—우리는 붙잡을 수 없는 힘에 몰려 살고 있다고 사람들은 말한다.

"사람들이 다 어디 있지요?" 늘 그렇듯이 잘 차려입은 사람들로 가득 찬 일요일 오후의 거실을 둘러보며 노장군 기본스가 말했다. "대포는 다 어디 있고?"

듀란트 부인 역시 보았다.

클라라는 어머니가 자신을 필요로 한다고 생각하고 방 안으로 들어왔다. 그러고는 다시 나갔다.

그들은 듀란트 가에 모여 독일에 대해 이야기하고 있었고 그리고 제이콥은 (붙잡을 수 없는 힘에 몰려) 헤르메스 거리를 급하게 걸어 내려가다가 윌리엄스 부부와 바로 마주쳤다.

"오!" 산드라가 불현듯 느낀 온정을 담아 소리쳤다. 그리고 이반이 덧붙였다, "운이 좋네!"

콘스티튜션 광장이 바라다보이는 호텔에서 그들이 낸 저녁 식사는 훌륭했다. 도금을 한 바구니에는 신선한 롤빵이 있었다. 버터도 진짜였다. 고기도 수없이 작은 붉고 푸른 채소를 소스에 버무린 눈가림이 필요 없을 만큼 좋았다.

그러나 이상했다. 노란색으로 그리스 왕의 두문자 도안이 그려진 진홍의 마루 위에 작은 테이블들이 드문드문 놓여 있었다. 산드라는 늘 하던 대로 모자를 쓰고 베일을 한 채로 식사를 했다. 이반은 어깨 너머로 이쪽저쪽을 보았다. 냉정하면서도 나긋한 데가 있었다. 그리고 때로 한숨을 쉬었다. 참 이상했다. 그들은 어느 오월 저녁 아테네에 함께 있게 된 영국 사람들이었다. 제이콥은 이것저것을 집어먹으며 지적으로 대답을 했다. 그러나 그 목소리에는 울림이 있었다.

윌리엄스 부부는 내일 아침 일찍 콘스탄티노플로 간다고 말했다.

"당신이 일어나기도 전에요," 산드라가 말했다.

그러면 제이콥은 혼자 남게 될 것이다. 아주 천천히 고개를 돌리며 이반이 무언가를—포도주 한 병을—주문했다. 그 술을 일종의 염려와 함께, 만일 그런 것이 가능하다면 일종의 부성적인 염려와 함께 제이콥에게 따라주었다. 혼자 남는 것—젊은이에겐 좋은 일이었다. 조국이 이렇듯 사람이 필요한 시대는 지금까지 없었는데. 그는 한숨을 쉬었다.

"아크로폴리스에 갔었어요?" 산드라가 물었다.

"네," 제이콥이 말했다. 이반이 수석 웨이터에게 아침에 일찍 깨워달라는 말을 하는 동안 두 사람은 같이 창가로 옮겨갔다.

"놀라운 일입니다," 제이콥이 퉁명스러운 목소리로 말했다.

산드라가 눈을 아주 약간 크게 떴다. 어쩌면 콧구멍도 조금 벌렁거렸을지도 모른다.

"그럼 여섯 시 반에," 이반이 그들이 있는 쪽으로 오며 창문을 향해 등을 지고 서 있는 아내와 제이콥을 대면하는 것이 무언가와 맞서는 것인 것처럼 말했다.

산드라가 남편을 향해 웃었다.

그리고 그가 창가로 왔을 때 할 말이 없었던 그녀는 반쯤 얼버무린 말을 보탰다.

"글쎄, 얼마나 아름다울까 — 그렇지 않을까요? 아크로폴리스 말이에요, 이반 — 아니면 당신 너무 피곤한 거예요?"

그 말에 이반은 두 사람을 보았다, 아니면 제이콥이 앞을 보고 있었기에 그는 아내를 뚫어지게 보았다고 해야 할 것이다. 언짢게, 시무룩하게 침울하게 — 그렇다고 그녀는 그를 동정하지 않을 것이다. 그로서는 아무것도 할 수 없는, 달래기 힘든 사랑의 정령이 그 고문을 멈출 것 같지도 않았다.

두 사람은 그를 떠났고 그는 콘스티튜션 광장이 내다보이는 끽연실에 앉아 있었다.

"이반은 혼자 있으면 더 행복한 사람이에요," 산드라가 말했다. "우리는 신문과 격리돼 지냈어요. 그래요, 사람들은 원하는 게 있는 편이 훨씬 낫지요…… 우리와 만난 후로 당신은 이 멋진 것들을 다 봤겠네요…… 어떤 인상을…… 내 생각에 당신이 좀 변한 것 같아요."

"아크로폴리스에 가고 싶으신 거죠," 제이콥이 말했다. "그러면 올라가보지요."

"이걸 일생 동안 내내 기억할 거예요," 산드라가 말했다.

"그래요," 제이콥이 말했다. "낮에 왔더라면 좋을 뻔했어요."

"이게 더 멋져요." 산드라가 손을 저으며 말했다.

제이콥은 모호한 표정이 되었다.

"그렇지만 파르테논은 낮에 봐야 됩니다," 그가 말했다. "내일 올 수는 없겠죠―너무 이른가요?"

"거기에 몇 시간이고 혼자 그렇게 앉아 있었어요?"

"오늘 아침에는 불쾌한 여자들이 있었어요," 제이콥이 말했다.

"불쾌한 여자들?" 산드라가 그대로 반복했다.

"프랑스 여자들이었어요."

"그러나 무언지 좋은 일이 생겼잖아요," 산드라가 말했다. 십 분, 십오 분, 반 시간―그것이 그녀 앞에 놓인 시간의 전부였다.

"그래요," 그가 말했다.

"당신과 같은 나이 때는―젊을 때 말이에요. 무얼 하지요? 사랑에 빠질 테지요―오 그래요! 그렇지만 너무 그렇게 급하게 서둘지는 마세요. 나는 훨씬 나이가 많은 사람이에요."

행진하는 사람들 때문에 그녀는 잠시 보도에서 벗어났다.

"계속 갈까요?" 제이콥이 물었다.

"계속 가요," 그녀가 고집했다.

그녀는 그에게 그 말을 할 때까지는 멈출 수가 없었다―아니면 그가 그 말을 할 때까지는―아니면 그녀가 바라는 건 그의 쪽에서 어떤 행동을 취하는 것일까? 멀리 저 지평선 위로 그녀는 그걸 알아볼 수 있어 마음의 안정을 찾을 수가 없었다.

"영국 사람들은 이렇게 밖에 나와 앉아 있지 않죠," 그가 말했다.

"절대로―그러지 않지요. 영국으로 돌아가면 이걸 잊지 못할 거예요―아니면 우리와 같이 콘스탄티노플로 가요!" 그녀는 갑자기 소리쳤다.

"그러나 그러자면……"

산드라가 한숨을 쉬었다.

"꼭 델피에 가야 돼요, 물론," 그녀가 말했다. "그러나," 그녀는 자신에게 물었다, "내가 그에게서 바라는 게 뭐지? 아마도 그건 내가 놓쳐버린 무엇이겠지……"

"저녁 여섯 시쯤에 거기 도착할 거예요," 그녀가 말했다. "독수리를 볼 수 있을 거예요."

거리 모퉁이의 불빛에 비친 제이콥의 모습은 굳어 있고 심지어 필사적으로 보였지만 그래도 침착했다. 그는 아마 고통스러워하고 있는지도 몰랐다. 그는 곧이곧대로 받아들이고 있었다. 그럼에도 어딘지 그에게는 빈정대는 데가 있었다. 그에게는 극도의 환멸에 대한 씨앗이 이미 들어 있었다. 아마 그것은 중년에 이르러 여자들에게서 올 수도 있는 것이었다. 아마도 언덕 위 정상까지 닿으려 애를 충분히 쓴다면 그런 일이 그에게 생길 필요는 없겠지—중년에 겪는 여자로부터 오는 환멸 말이다.

"호텔이 엉망이에요," 그녀가 말했다. "이전 투숙객이 세면대에 더러운 물을 가득 그대로 두고 갔어요. 항상 그렇다니까요," 그녀가 소리내어 웃었다.

"만나는 사람들도 다 불쾌하구요," 제이콥이 말했다.

그의 흥분 상태는 이제 충분히 분명해졌다.

"그걸 편지로 말해주세요," 그녀가 말했다. "그리고 당신이 뭘 느끼고 무슨 생각을 하는지도 말해주세요. 모든 걸 전부 말해주세요."

밤은 어두웠다. 아크로폴리스는 뾰죽뾰죽한 등성이에 불과했다.

"그러고 싶어요, 아주 몹시." 그가 말했다.

"런던에 돌아가면 만날 수 있을 거에요……."

"그래요."

"출입구는 열려 있겠지요?" 그가 물었다.

"기어 올라갈 수도 있어요!" 그녀가 거칠게 대답했다.

달을 희미하게 가리고 아크로폴리스를 온통 컴컴하게 만들면서 구름이 동쪽에서 서쪽으로 지나갔다. 구름이 두꺼워졌고 연무가 짙어졌다. 끌리는 베일 같은 연무가 그 자리에 머물며 겹쳐졌다.

얇게 비치는 붉은색 줄무늬같이 이어지는 거리를 제외하고는 아테네는 지금 어둠에 덮여 있다. 궁전의 전면은 전기 불빛으로 시체처럼 창백했다. 바다에는 분리된 점처럼 보이는 부두가 돌출해 있었고 파도는 보이지 않았으나 갑과 섬들은 몇 안 되는 불빛과 함께 어두운 언덕이 되어 있었다.

"할 수 있으면 동생을 데리고 가고 싶습니다." 제이콥이 중얼거리듯 말했다.

"어머니께서 런던에 오시면 어머니도—" 산드라가 말했다.

그리스 본토는 캄캄했다. 유비어 너머 어디쯤에서 구름이 파도를 건드려 물을 튀기고 있었다—돌고래들은 깊게, 깊게 바닷속으로 선회했다. 이제는 아주 거세어진 바람이 그리스와 트로이 평원 사이의 마르마라 해에 몰아치고 있었다.

바람이 알바니아와 터키의 고지대, 그리고 그리스에 모래와 먼지를 문질러대면서 씨를 뿌리듯 마른 입자들을 두껍게 흩뿌리고 있었다. 그러고는 모스크 사원의 매끈한 돔 지붕을 연타하며 마호메트 교도들의 터번을 두른 듯한 비석 옆에 뻣뻣이 서 있는 삼나무들을 삐걱거리게 하고 곤두세우기도 했다.

산드라의 베일이 그녀 주위에 소용돌이쳤다.

"제가 이 책을 드릴게요," 제이콥이 말했다. "여기 있습니다. 가지시겠어요?"

(책은 존 던의 시집이었다.)

대기의 소요가 별똥별 하나를 드러냈다. 이제 다시 어두워졌다. 이제 하나씩, 하나씩 불빛이 꺼졌다. 이제 거대한 도시들 ― 파리 ― 콘스탄티노플 ― 런던 ― 은 모두 흩어져 있는 바위처럼 검었다. 수로들은 구별할 수 있었다. 영국에 있는 나무들은 잎이 무성했다. 아마도 여기 어느 남쪽의 숲에서 웬 늙은이가 마른 양치류로 불을 지피자 새들이 깜짝 놀랐나보다. 양들은 재채기를 하고 꽃 한 송이가 다른 꽃 쪽으로 약간 고개를 숙인다. 영국의 하늘은 동쪽의 하늘보다 더 부드럽고 더 우윳빛이다. 풀이 둥글게 자란 언덕에서 무언지 온화한 것이, 무언지 축축한 것이 그리로 흘러들어간다. 소금기 있는 강풍이 베티 플랜더스의 침실 창으로 불어 닥치자 미망인인 그녀는 팔꿈치로 몸을 살짝 일으키고 한숨을 쉬었다. 마치 영원의 중압감을 깨달으면서도 기꺼이 그것을 조금 더 비켜려는 듯이 ― 오, 조금만 더! ―

그러나 다시 제이콥과 산드라에게로 돌아가보자.

그들은 이제 사라지고 없다. 아크로폴리스가 있다, 그런데 그 사람들은 거기에 도착했을까? 기둥들과 신전은 그대로 있다. 살아 있는 감정이 해마다 그것들 위에 새롭게 부서진다. 그것은 무엇을 남길까?

아크로폴리스에 도달하는 것에 대해 누가 이렇게 말할 수 있을까? 우리도 간 적이 있다고. 아니면 제이콥이 다음 날 아침 눈을 뜨고 영원히 간직할 단단하고 지속적인 것을 찾았다고 말할 수 있을까? (그럼에도 그는 그들과 함께 콘스탄티노플로 갔다.)

산드라 웬트워스 윌리엄스는 분명히 아침에 눈을 뜨고 화장대 위에서 존 던의 시집을 보았다. 아마도 그 책은 영국의 전원주택 책꽂이에 꽂히게 될지도 모른다. 조만간 샐리 더간의 운문으로 쓴 『다미앵 신부의 일생』 역시 거기에 합류할 것이다. 이미 그곳에는 열두어 권의 작은 책들이 있었다. 황혼 녘, 산드라는 천천히 한가로이 걸어가 책을 펼치고 눈이 빛날(활자 때문이 아니라) 것이다. 그리고 팔걸이의자에 앉으면서 그 순간의 정수 속으로 빨려 들어갈 것이다. 아니면 때로 그녀는 안절부절못하면서 이 책을 뺐다 저 책을 뺐다, 이 막대에서 저 막대로 건너뛰는 곡예사처럼 그녀 삶의 전체 공간을 가로지르며 그네타기를 할지도 모른다. 자신만의 순간들을 가지기도 했었지. 그러는 동안에도 층계참에 있는 커다란 괘종시계는 똑딱거리고 산드라는 시간이 축적되는 소리를 들으며 스스로에게 물을 것이다. '무엇 때문에? 무엇 때문에?'

"무엇 때문에? 무엇 때문에?" 산드라는 책을 도로 꽂으면서 그렇게 말을 하고 천천히 거울이 있는 곳으로 걸어가 그녀의 머리를 꽉 눌러본다. 그리고 저녁 식사 때 구운 양고기를 먹으려고 입을 막 벌리던 미스 에드워즈는 산드라의 갑작스런 근심에 깜짝 놀라게 될지도 모른다. '미스 에드워즈, 행복하세요?'—그건 씨시 에드워즈가 수년 동안 생각해보지 않던 것이었다.

'무엇 때문에? 무엇 때문에?' 구두끈을 매는 것으로, 면도를 하는 것으로 판단하건대 제이콥은 스스로에게 이런 질문은 던지지 않았다. 바람이 덧창을 못살게 굴고 대여섯 마리의 모기가 그의 귓전에서 윙윙거리는데도 그날 밤 깊은 잠에 든 것으로 미루어볼 때 결코 스스로에게 그런 질문은 던지지 않았다. 그는 젊었다—남자였다. 그리고 산드라가 그를 아직은 쉽게 잘 믿는 곤이

곧대로의 사람이라고 판단한 것은 옳았다. 나이가 사십이 되면 문제가 달라질지도 모를 일이다. 이미 그는 존 던의 시집에 그가 좋아하는 것들을 표시해놨고 그것은 아직 충분히 무르익지 못한 것이었다. 그렇지만 그 옆에 셰익스피어의 가장 순수한 시 구절들을 적어놓을지도 모른다.

그러나 바람이 아테네 거리를 관통하며 어둠을 감아 굴리고 있었다. 이렇게 어둠을 굴리고 있는 것이 기분을 짓밟는 어떤 에너지와 함께 어느 한 사람의 감정을 너무 자세히 분석하거나 윤곽을 세세히 살피는 것을 금한다고 추측할 수도 있다. 모든 얼굴들—그리스 인, 동부 지중해 연안 사람들, 터키 인, 영국 인—모두는 그 어둠 속에서 똑같아 보일 수도 있을 것이다. 마침내 기둥과 신전은 하얗게 되고 노랗게 되고 장밋빛으로 된다. 그리고 피라미드와 성 베드로 성당이 일어서고 끝으로 굼뜬 세인트 폴 성당이 어른거리며 떠오른다.

기독교인들은 자신들이 해석한 낮의 의미로 모든 도시들이 깨어나 활동을 시작하도록 만든다. 그리고 다른 종파의 이교도들은 좀 덜 조화로운 선율로 거기에 심술궂게 이견이 있는 수정안을 내놓는다. 기선들이 마치 거대한 음차처럼 울리면서 오래되고 오래된 사실을 명확하게 말한다—바다가 얼마나 차갑게, 푸르게 저 밖에서 출렁이고 있는지를. 그러나 오늘날은 의무의 가느다란 목소리가 기선의 굴뚝 꼭대기에서 하얀 실처럼 울려나오며 수많은 사람을 모아들인다. 밤이란, 망치질하는 사이사이에 길게 늘인 한숨에, 한 번의 심호흡에 불과하다고—그 한숨 소리를 런던 심장부의 열린 창문에서도 들을 수가 있다고 말한다.

그러나 신경이 지친 사람이나 잠 없는 사람, 그리고 두 손을 눈에 대고 수많은 군중 위 낭떠러지에 서 있는 사상가들을 제외하고는 누가 사물을 살은 벗겨내고 뼈대와 같은 골자로 보겠는가? 서비튼에 그 뼈대가 살로 덮인 사람이 있다.

"햇빛이 좋은 아침에는 주전자의 물이 잘 끓지 않아요." 그란디지 부인이 벽난로 선반 위의 시계를 보며 말했다. 그러자 회색 페르시안 고양이가 창 밑에 놓인 의자 위에서 몸을 쭉 펴며 부드럽고 둥근 앞발로 나방 한 마리를 괴롭히고 있었다. 그리고 아침 식사도 반쯤 끝나기 전에 (오늘은 식사가 늦었다) 무릎에 아기를 앉히고 남편 톰 그란디지가 『타임스』 신문에서 골프 기사를 읽고 커피를 한 모금 마시면서 콧수염을 닦고 외국환에 대해 대단한 권위자로 승진이 뚜렷해진 사무실로 출근을 하는 동안 그녀는 설탕 그릇을 지키고 있다.

그 뼈대는 살로 잘 덮여 있다. 심지어 이 어두운 밤, 바람이 롬바드 거리와 페터 거리, 그리고 베드포드 스퀘어를 관통하고 어둠을 굴리며 전깃불로 반짝이는 나무와 새벽으로부터 방을 잘 지키고 있는 커튼을 흔들어놓는다. 사람들은 아직도 층계참에서 했던 마지막 말들을 꿈속에서 중얼거리거나 아니면 꿈에서도 자명종 시계 소리에 신경 줄을 팽팽하게 조인다. 그렇게 바람이 숲을 헤집고 다닐 때면 수많은 잔가지들이 몸을 떨고 벌통도 쏠리고 벌레들은 풀잎 위에서 흔들린다. 거미는 재빨리 나무껍질 속 주름진 곳으로 달려가고 대기는 온통 가는 실과 같은 탄력 있는 숨쉬기로 진동을 하는 것이다.

단지 이곳에서만 ─ 롬바드 거리, 그리고 페터 거리와 베드포드 스퀘어 ─ 각각의 벌레는 머리에 세상이라는 구체를 가지고 있다. 숲의 거미줄은 일을 매끄럽게 하기 위해 진화시킨 수법이다. 꿀은 한 종, 아니면 또 다른 종의 보물이다. 그리고 대기 중의 움직임은 생명의 형언할 수 없는 동요이다.

그리고 색채가 돌아온다. 그 색채는 풀의 줄기를 타고 오른다. 그리고 튤립이나 크로커스로 터져 나온다. 단단하게 나무둥치에 줄무늬를 만든다. 그리고 얇은 비단 같은 대기와 풀들과 연못들을 채운다.

대영제국 은행이 나타난다. 황금 머리카락을 곤두세우며 런던 대화재 기념탑이 나타난다. 런던 브리지를 건너가는 큰 짐마차의 말들이 회색, 딸기색, 강철색을 보여준다. 교외선 기차가 휙 나는 날갯짓으로 종착역으로 돌진해온다. 그리고 창문 없는 큰 집들의 전면으로 빛이 비치고 갈라진 틈새, 페인트칠한 틈새, 광택 나는 진홍의 부풀어 오른 커튼, 녹색의 유리잔, 커피 잔, 그리고 비스듬히 놓인 의자들 사이로 그 빛은 미끄러진다.

햇빛이 면도용 거울, 빛이 나는 놋쇠 통, 모든 기분 좋은 낮의 장식품들, 이미 오래전 혼란을 몰아낸 밝고, 호기심 많고, 갑옷을 입은 듯한 휘황한 여름날 위로 내리쪼인다. 빛은 우울한 중세의 안개를 말려버리고 습지의 물을 빼내 그 위에 유리와 돌을 앉힌다. 그리고 우리의 두뇌와 신체를 그런 무기고로 만들어 일상생활을 수행하는 우리 사지의 전광석화 같은 움직임을 보는 것이 평원에 전투 대열로 서 있는 군대의 오래된 야외극을 보는 것보다 낫다고 생각하게 만든다.

제13장

"계절이 절정이야," 보나미가 말했다.

태양이 하이드 파크의 녹색 의자 등받이 페인트칠에 기포를 만들고 플라타너스 나무의 껍질을 벗겼다. 그러고는 흙을 고운 가루로, 노란 자갈을 매끄럽게 만들었다. 하이드 파크는 끊임없이 돌고 있는 바퀴로 둘러싸였다.

"계절이 절정이라구," 보나미가 빈정대듯 말했다.

그는 클라라 듀란트 때문에 빈정댔다. 그는 제이콥이 그리스에서 아주 갈색으로 그을리고 수척해진 데다 주머니에 그리스에서 적은 쪽지를 가득 넣고 돌아와 빈정댔고 공원 의자 관리인이 돈을 받으러 오자 제이콥이 주머니에서 돈과 함께 그것을 꺼내는 것을 보고 빈정댔다. 그런데도 제이콥이 아무 말이 없어 보나미는 빈정댔던 것이다.

'날 보고도 반갑다는 말을 한 마디도 안 했어,' 보나미는 쓸쓸하게 생각했다. 서펜타인의 다리 위로 자동차들이 끊임없이 지나갔다. 상류층 사람들은 꼿꼿이 걷거나 아니면 말뚝 위로 우아하게 몸을 굽혔다. 하류층의 사람들은 무릎을 세우고 납작 누워 있었다. 마치 뾰족한 나무다리로 서 있는 듯한 양이 풀을 뜯고 있었다. 어린아이들이 언덕진 잔디 아래로 달려 내려가며 팔을 뻗다가 넘어졌다.

"아주 도시적이야," 제이콥이 말했다.

제이콥의 입에서 나온 '도시적'이라는 말은 신기하게도 그의 성격의 좋은 모습을 다 담고 있었다. 보나미는 그 성격에 대해 나날이 더 숭고하고 더 파괴적이고 더 대단하다고 생각했다. 아직도 그렇고 아마 앞으로도 내내 야만적인 데가 있고 무명으로 남을 수도 있지만 말이다.

얼마나 거창한 말인가! 대단한 형용사야! 보나미를 아주 심한 감상성에서 벗어나게 해주다니, 파도 위에 던져져 떠밀리는 코르크 마개처럼 되게 하다니, 성격에 대해 지속적 통찰을 갖지 못한 사람으로 만들다니, 이성이 작동하지 않는 사람으로, 고전 작품에서 어떤 위안도 끌어내지 못하는 사람이 되기라도 하는 것처럼?

"문명의 절정이군," 제이콥이 말했다.

그는 라틴 단어들을 즐겨 썼다.

관대한 행위, 덕―이런 단어를 제이콥이 보나미와 이야기를 하며 쓸 때에는 그가 상황을 통제하고 있다는 의미였다. 즉 보나미는 사랑스러운 스패니얼 강아지처럼 그의 주변에서 놀고 있다는 의미였고 그리고 (그렇지 않을 수도 있지만) 두 사람은 마룻바닥을 뒹구는 것으로 이야기를 끝낸다는 의미였다.

"그리스는," 보나미가 말했다. "파르테논과 뭐 그런 것?"

"그곳에는 이런 유럽적인 신비주의가 없어," 제이콥이 말했다.

"분위기가 그럴 거야, 내 생각에," 보나미가 말했다. "콘스탄티노플에도 갔다고?"

"그래," 제이콥이 말했다.

보나미는 말을 멈추고 자갈돌 하나를 옮겼다. 그러고는 도마뱀의 혀처럼 재빠르고 정확하게 급히 던지듯 말했다.

"자네는 사랑에 빠졌어!" 그는 소리 질렀다.

제이콥은 얼굴을 붉혔다.

어떤 날카로운 칼날도 그렇게 깊게 베어낸 적은 없었다.

그에 대한 응답으로 아니면 전혀 신경을 쓰지 않는다는 듯이 제이콥은 정면에 눈길을 고정하고 흔들림 없이 뚫어지게 보았다—오, 너무 아름다워!—마치 영국 해군 제독 같다고 보나미는 격분하면서 자리에서 일어나 걸어가며 속으로 외쳤다, 어떤 말이 있길 기다리면서. 그러나 없었다. 뒤를 돌아보기에는 너무 자존심이 허락질 않아 자동차들을 보고 여자들을 욕하는 자신을 알아챌 때까지 점점 더 빨리 걸었다. 어디에 그 아름다운 여자의 얼굴이 있을까? 클라라의 얼굴일까—패니일까—플로린다의 얼굴일까? 누가 그 아름다운 사람일까?

클라라 듀란트는 아니었다.

스코치테리어 종 개를 운동시켜야 해서 그리고 마침 그때 보울리 씨도—산책하는 것보다 더 나은 일이 없겠다 싶어—친절하고 몸집이 작은 보울리 씨와 클라라 두 사람은 함께 나갔다. 보울리 씨는 올버니에 하숙집이 있었고 『타임스』 신문에 익살스런 투로 외국의 호텔과 북극광에 대한 편지를 썼던 사람으로—보울리 씨는 젊은 사람들을 좋아했기에 오른팔을 등의 혹에 올려놓은 듯한 자세로 피커딜리 쪽으로 걸어 내려갔다.

"꼬마 말썽꾸러기!" 클라라가 소리치면서 트로이를 개 줄에 묶었다.

보울리는 기대했다—그렇게 바랐는지도—속말을 할 걸로. 어머니에게 헌신적인 클라라는 어머니가 너무나 확신에 차 있어서 다른 사람들이—'나처럼 바보 같을 수도 있다'는 사실을 이해하지 못할 거라고 느끼며 몸을 뒤로 젖혔다(개가 그녀를 앞으로 끌고 가기에). 보울리는 그녀가 사냥의 여신 같다고 생각하면서 마음속으로 여신은 어때야 하는지—머리카락 사이로 달빛 한 줄기가 비쳐드는 창백한 처녀라야 한다고 보울리로서는 비약적인 발상을 했다. 그녀의 뺨에는 홍조가 있었다. 어머니에 대해 내놓고 이야기하는 것은—모든 이들이 다 그렇듯 그녀를 사랑하는 보울리 씨에게만이라도 이야기를 한다는 것은 부자연스러웠고 그러나 하루 종일 그녀가 그랬던 것처럼 누구에겐가 말을 해야 한다고 느끼는 것은 참담했다.

"길을 건널 때까지 가만있어," 그녀는 몸을 굽히고 개에게 말했다.

다행스럽게도 그때쯤에는 기분이 회복되었다.

"어머니는 영국 생각을 너무 많이 하세요," 그녀는 말했다. "어머니는 영국 걱정을 너무 많이 하셔서—"

보울리는 늘 그렇듯이 이번에도 속아 넘어갔다. 클라라는 절대 누구에게도 속을 털어놓지 않았다.

"왜 젊은이들이 해결을 못하는 거지, 어?" 그는 그렇게 묻고 싶었다.

"영국이 도대체 어떻게 돌아가고 있습니까?"—가엾은 클라라로서는 대답할 수가 없는 질문으로 어머니인 듀란트 부인은 에드거 경과 에드워드 그레이 경의 정책에 대해 토론을 했지만 클라라는 단지 왜 이렇게 내각이 지저분해 보이고 제이콥은 왜 돌아오지 않는지 의아해 할 따름이었다. 오, 여기 카울리 존슨 부인이……

클라라는 예쁜 찻잔을 건네면서 칭찬에 미소를 지을 것이었다—런던에서 그녀처럼 맛있는 차를 만드는 사람은 없다는 칭찬에.

"커시터 가의 브록컬뱅크 가게에서 산 거예요," 그녀가 말했다.

당연히 고맙지 않을까? 당연히 행복하지 않을까?

특별히 어머니가 안색이 좋고 에드거 경과 모로코, 베네수엘라, 아니면 그 비슷한 곳에 대한 대화를 그렇게도 즐기고 있는 터에.

"제이콥! 제이콥!" 클라라는 생각했다. 나이 든 부인들과 늘 잘 지내는 친절한 보울리 씨가 쳐다보았다. 그러고는 말을 멈추었다. 엘리자베스 듀란트는 자신의 딸인 클라라에게 너무 가혹한 게 아닌가라는 생각을 했다. 보나미, 제이콥—그게 어떤 젊은이였나?—생각하다가 클라라가 트로이를 운동시켜야겠다고 말하자마자 벌떡 일어났던 것이다.

두 사람은 옛날 박람회가 열렸던 장소에 닿았다. 그들은 튤립을 바라보았다. 빳빳하면서도 둥글게 말려 구부러진, 땅에서 솟은 유연한 매끄러움을 가진 작은 막대 같은 줄기들, 영양이 있으면서도 성장이 억제되어 진홍과 산호색으로 물든 꽃들. 꽃마다 음영이 있었다. 꽃마다 정원사가 계획한 대로 다이아몬드 형태의 쐐기꼴로 다듬어진 정원 속에서 자라고 있었다.

'반즈는 튤립을 이렇게 키우지는 못해,' 클라라는 생각했다. 그녀는 한숨을 쉬었다.

"너무 친구들을 소홀히 하는 것 같은데," 보울리 씨가 누군가가 다른 길로 가며 모자를 추켜올리자 이렇게 말했다. 그녀는 깜짝 놀라며 라이어넬 페리 씨의 목례에 알은체를 하느라 제이콥을 위해 떠올린 생각을 쓸모없는 것으로 만들고 말았다.

('제이콥! 제이콥!' 그녀는 생각했다.)

"내가 그냥 가게 두면 마구 도망갈 거지," 그녀가 개에게 말했다.

"영국은 멀쩡해 보이는데," 보울리 씨가 말했다.

아킬레스 동상 아래 난간으로 둘러쳐진 원형 공간에는 파라솔을 들고 조끼를 입은, 시곗줄과 고리 장식을 한 신사 숙녀들이 우아하게 거닐며 가볍게 관찰하는 모습으로 가득했다.

"'이 동상은 영국 여성들에 의해 세워짐⋯⋯?'" 클라라는 바보같은 작은 웃음을 지으며 또박또박 읽었다. "오, 보울리 씨! 오!" 딸그락―딸그락―딸그락―기수가 타지 않은 말이 전 속력으로 질주해갔다. 등자가 흔들렸고 자갈돌이 튀었다.

"오, 멈춰요! 멈추게 하세요, 보울리 씨!" 얼굴이 하얘져, 몸을 떨면서, 그의 팔을 잡고, 완전히 정신없이 눈물을 흘리며 그녀가 소리쳤다.

"쯧―쯧!" 한 시간 뒤 탈의실에서 보울리 씨가 뱉었다. "쯧―쯧!"이라는 그의 내뱉음은 그의 집사가 셔츠의 장식 단추를 건네주고 있었기에 분명하게 표현할 수는 없었지만 충분히 의미심장한 것이었다.

줄리아 엘리엇 역시 말이 달아나는 것을 보고 사건의 끝이 어떻게 되나 지켜보기 위해 자리에서 일어났고 사실 그녀는 사냥을 좋아하는 집안 출신이었기에 조금은 이 상황이 우스꽝스러웠다. 아니나 다를까, 뒤에서 바지가 더럽혀진 키 작은 남자가 헐레

벌떡 뛰어왔다. 그는 몹시 화가 나 보였다. 그리고 줄리아 엘리엇이 냉소적 미소를 띠며 자선 활동을 하러 마블 아치 쪽으로 돌아섰을 때 그는 경찰의 도움을 받아 말 위에 올라탔다. 어머니와 알고 지냈고 아마도 웰링턴 공작도 알았던 병든 노부인을 방문하러 가는 길이었다. 줄리아는 고통 받는 여성에 대해 자신의 사랑을 나누고 싶어 임종의 자리에 가는 것도 좋아했고 결혼식에서 슬리퍼를 던지기도 했다. 수많은 사람들로부터 신임을 받았고 학자들이 연보를 알고 있는 것보다 더 많은 가계 족보에 능통했고 가장 친절하며 가장 관대하고 가장 절제하지 않는 여자였다.

그러나 아킬레스 동상을 지난 지 오 분 후에 그녀는 여름날 오후의 군중 속을 스쳐지나가며 골똘한 표정을 짓고 있었다. 나무가 바스락거리는 소리를 내고 바퀴들이 노란색으로 세차게 움직이는 이 현재의 소란이 마치 지나간 청춘, 지나간 여름의 비가처럼 느껴지면서 그녀의 마음속에는 마치 시간과 영원이 치마를 입은 여자들과 조끼를 입은 남자들을 관통하며 모두 비극적으로 파괴를 향해 지나가고 있다는 이상한 슬픔이 피어올랐던 것이다. 그러나 줄리아가 바보가 아니란 건 하느님은 아신다. 시간을 그녀보다 잘 지키는 여자는 없을 것이다. 그녀는 항상 제시간을 지킨다. 그녀의 손목시계가 십이 분 삼십 초 안에 브르톤 가에 닿아야 한다고 알려주었다. 레이디 콩그리브는 다섯 시에 그녀가 오는 걸 기다리고 있었다.

버리의 금도금한 시계가 다섯 시를 쳤다.

플로린다는 마치 동물과 같은 무신경한 표정으로 시계를 보았다. 그녀는 시계를 보았고, 문을 보았고, 맞은편에 있는 긴 거울을 보았고 외투를 내려놓았고 탁자 가까이로 갔고, 그녀는 아이를 가졌기에 ─의심의 여지가 없다고 스튜어트 원장이 말하면서 방법을 알려주고 친구들과 의논을 해보라고 했다. 가볍게 수면을 살짝 스치며 넘어졌는데 뒤꿈치에 걸려 가라앉고 말았던 것이다.

웨이터가 분홍빛이 도는 달콤한 마실 것이 든 큰 잔을 내려놓았다. 그녀는 빨대로 빨아 마셨다. 눈길을 거울에 두고, 문에 두다가 이제 그 달콤한 맛에 위안을 받았다. 닉 브램험이 들어왔을 때 어린 스위스 웨이터에게도 두 사람 사이에 모종의 거래가 있다는 게 분명해 보였다. 닉은 아주 어색하게 옷을 끌어 당겼고 손가락으로 머리칼을 쓸어내리고 시런을 향해 어쩔 줄 몰라 하며 자리에 앉았다. 그녀는 그를 보고 웃었다. 그리고 웃기 시작했다. 웃고 ─웃고 ─또 웃었다. 기둥 옆에 다리를 꼬고 서 있던 어린 스위스 웨이터도 같이 웃었다.

문이 열리자 리젠트 가의 소음이 들어왔다. 차량의 소음, 인간의 감정을 담지 않은 연민 없는 소음이 그리고 먼지 알갱이가 있는 햇빛이. 스위스 웨이터는 새로 들어온 손님을 맞아야 했다. 브램험이 유리잔을 치켜들었다.

"저 사람은 제이콥 같아," 플로린다가 새로 들어온 사람을 보며 말했다.

"뚫어지게 보는 모습이." 그녀는 웃음을 멈추었다.

제이콥은 몸을 앞으로 숙이고 하이드 파크의 흙 위에 파르테논의 구조를 그렸다. 획 그은 선의 그물망이 파르테논, 아니면 또 수학의 도표 같기도 했다. 왜 자갈돌을 그렇게 강조해서 모퉁이에 놓아두는 걸까? 그것은 그가 종이 뭉치에서 뽑은 그의 쪽지들을 세어보려고 그런 건 아니었고 길고 유려한 편지를 읽기 위해서였다. 그 편지는 산드라가 이틀 전 밀튼 다우어 하우스에서 그가 준 책을 앞에 놓고 마음속으로 무언가 말을 했거나 하려고 시도했던 것, 아크로폴리스로 가는 길의 어둠 속의 어느 순간의 기억을 떠올리며(이건 그녀의 신념이었다) 이건 영원히 남는 어떤 것이라고 생각하며 쓴 편지였다.

'그 사람은,' 그녀는 생각했다, '몰리에르 작품 속의 인물 같지.'

그녀는 알세스트[1]를 두고 한 말이었다. 그녀가 하고 싶은 말은 제이콥이 너무 진지하다는 것이며 또 그를 쉽게 속일 수 있다는 뜻이었다.

'아니면 그럴 수 없는 걸까?' 그녀는 존 던의 시집을 책꽂이에 도로 꽂으며 생각했다. '제이콥은,' 그녀는 창가로 가 여기저기 있는 화단을 가로질러 점박이 암소들이 자작나무 아래서 풀을 뜯고 있는 풀밭을 바라보며 '제이콥은 놀랄지도 몰라'라고 계속 생각했다. 유모차가 울타리의 작은 문을 지나가고 있었다. 그녀는 자신의 손에 입을 맞추었고 유모가 시키는 대로 지미는 손을 흔들었다.

"그는 어린애야," 그녀는 제이콥을 생각하며 말했다.

그러나 그런데도 그가 알세스트라고?

"정말 성가시네요!" 제이콥은 투덜거렸다. 처음에는 이쪽 발을 뻗고 다음에는 다른 발을 뻗으며 바지 주머니를 뒤져 공원 의자 사용 티켓을 더듬어 찾았다.

---

1 1666년에 쓴 몰리에르의 작품 『인간 혐오자*Le Misanthrope*』의 주인공 이름으로 사회의 부패상에 분노를 느끼면서도 세속적인 나이 많은 여자와 사랑에 빠짐.

"양이 먹어 치운 것 같은데요," 그가 말했다. "왜 양을 여기다 둡니까?"

"불편하게 해 죄송합니다, 나리," 검표원이 커다란 돈주머니에 손을 찔러 넣고 말했다.

"양더러 내라고 하면 좋겠네요," 제이콥이 말했다. "여기 있습니다. 아니요, 그냥 가세요. 가서 술 한 잔 하세요."

그는 그와 같은 유의 인간에 대해 상당한 경멸을 보이며 관대하게 동정적으로 반 크라운을 꺼내주었다.

지금 가엾은 패니 엘머도 스트랜드를 따라 걸으며 그녀 나름의 유능하지 않은 방식으로 제이콥이 역장이나 짐꾼들에게, 아니면 화이트혼 부인이 선생님에게 매를 맞은 자신의 어린 아들 문제를 그와 상의했을 때 취한 무신경하고 무관심하면서도 기품 있는 태도를 생각하고 있었다.

지난 두 달 동안 그림엽서에만 온전히 의지한 패니의 제이콥에 대한 생각은 그 어느 때보다도 더 위엄 있는 조각 같고 고상하며 더 맹목적이었다. 그녀의 환상을 더 강화하기 위해 패니는 대영 박물관을 찾았다. 그곳에서 그녀는 마모된 율리시즈 상과 나란해질 때까지 눈을 아래로 내리깔았다가 눈을 뜨고는 제이콥이 옆에 있는 것 같은 신선한 충격을 받는 것으로 반나절을 충분히 지탱할 수 있었다. 그러나 그것도 효력이 미미해졌다. 그리고 이제 그녀는—결코 부치지 않을 시와 편지를 쓰고 광고 게시판에서 그의 얼굴을 보고 거리 악사의 손풍금 소리가 그녀의 상념을 광시곡으로 바꾸는 걸 들으며 길을 건널지도 모른다. 그러나 아침 식사를 하면서(그녀는 학교 선생과 방을 나누어 쓴다) 버터가 접시에 뒤발리고 포크의 갈래에 오래된 계란 노른자가 엉겨 붙어 있는 것을 보면서 이런 자신의 환상을 격렬하게 수정한다. 사실은 아주 심하게 화를 낸다. 마저리 잭슨이 말한 대로 안색이 바뀌어 있었고 모든 것을(투박한 부츠의 끈을 매면서) 상식과 속됨, 감상의 수준으로 끌어내리는 것이다. 그녀 역시 사랑을 했었고 바보였었기에.

"대모들이 이런 말은 해줬어야지," 패니는 스트랜드에 있는 베이컨이라는 상호의 지도를 파는 가게 창 안을 들여다보며 말했다―야단법석을 할 필요가 없다고 말해줬어야지. 패니가 지금 기선의 항로가 표시되어 있는 크고 노란 지구본을 보며 이렇게 말하는 것처럼 이런 게 인생이라고 말해줬어야 되지.

"이런 게 인생이야. 이런 게 인생이라구," 패니가 말했다.

"아주 굳은 얼굴이군," 유리창을 사이에 두고 안쪽에서 시리아 사막의 지도를 사고자 조바심을 내며 시중받기를 기다리는 미스 바레트가 생각했다. '요즘은 젊은 여자들이 금방 늙어 보인다니까.'

눈물 뒤쪽으로 적도가 넘실댔다.

"피커딜리 가요?" 패니가 이층 버스의 차장에게 묻고는 버스의 이 층으로 올라갔다. 결국 그는 그녀에게로 돌아올 것이고 꼭 그래야만 한다.

그러나 제이콥은 하이드 파크의 플라타너스 나무 아래 앉아 로마를 생각하고 있을지도 모른다, 아니면 건축을, 법체계를.

이층 버스는 차링 크로스 밖에서 멈추었다. 뒤쪽으로 깃발을 든 행렬이 화이트홀 쪽으로 행진해 내려가고 있어 이층 버스들과 소형 짐마차, 자동차들이 뒤엉켜 있었고 나이 든 사람들이 넬슨 동상 밑의 매끄러운 사자상의 발 사이로 뻣뻣이 내려오고 있었다. 그곳에서 그들은 자신들의 신념을 표명하고 힘차게 노래를 불렀으며 눈을 들어 하늘을 올려다보고는 아직도 눈길은 하늘에 두고 그들의 신념을 나타내는 황금 글자 뒤로 행진해 갔다.

교통이 마비되었고 햇빛은 더 이상 산들바람으로 분산되지 않아 이제 거의 뜨거웠다. 그러나 시위대의 행렬은 지나갔다. 깃발은 멀리 저 아래 화이트홀에서 눈길을 끌고 있었다. 이제 체증이 풀렸고 차들이 비틀거리며 가기 시작해 매끄럽고 지속적인 소음 속에 엮이면서 콕스파 가의 커브를 돌아 벗어나 정부 관청 건물과 기마상을 휙 지나고 뾰족한 첨탑도, 화이트홀도 지나, 밧줄이 쳐진 회색 석조 건물들을 지나 웨스트민스터의 크고 하얀 시계도 지나쳐 갔다.

빅 벤이 다섯 시를 알리며 울려 퍼졌다. 넬슨 제독 동상이 경례를 받았다. 해군성의 전화선이 먼 곳과의 통화로 몸서리를 쳤다. 전화 목소리는 계속 수상들과 총독들이 라이히스탁[2]에서 이야기를 나누고 있다고 했고 라호르에 갔고, 황제는 여행 중이라고 했다. 밀라노에서는 폭동이 일어나고 비엔나에는 소문이 무성하다고 했다. 콘스탄티노플에서 대사가 국왕을 접견했다고 하고 함대는 지브롤터에 있다고 했다. 목소리는 계속됐다. 화이트홀의 직원들(티모시 듀란트도 그들 중 하나였다)이 그 목소리를 듣고 해독하며 기록을 남기는 동안 그들의 얼굴에 무언지 지울 수 없는 엄중한 흔적이 남았다. 서류가 쌓이고 황제들의 말을 기록하고, 쌀 경작지의 통계, 수백 명의 노동자들의 술렁거리는 노성, 뒷골

---

2 베를린에 있는 독일 의사당 건물. 1914년 8월 4일 오후 다섯 시경 1차 세계대전이 발발하려
  는 찰나의 모습을 울프는 남성들의 행동력과 여성들의 기다림을 대비해 표현하려함.

목에서의 선동 모의, 아니면 캘커타 장터에서의 집회, 아니면 언덕은 모래색이고 묻히지 않은 뼈가 널브러져 있는 알바니아 고지의 군대 소집 등을 기록했다.

둔중한 테이블이 있는 네모난 조용한 방에서 그 목소리는 분명히 말했다. 나이 든 사람 하나가 타자기로 친 서류의 여백에 메모를 남겼고 그의 은 손잡이가 있는 우산이 책장에 기대 있었다.

그의 머리는―벗겨지고 붉은 핏줄이 있고 움푹해 보이는―건물 안의 모든 머리를 대표했다. 온화하고 연한 색의 눈이 있는 그의 머리는 자신이 알고 있는 정보의 짐을 길 건너로 가져가 똑같이 짐을 진 그의 동료들 앞에 내려놓았다. 열여섯 명의 신사가 펜을 들어 올리거나 아니면 의자에서 힘들게 몸을 돌리면서 역사의 흐름이 이 길 아니면 저 길로 방향을 잡아야 한다고 선언했다. 그들의 얼굴에서 드러나듯이 인도의 왕이나 독일의 황제에게 그리고 장터의 불평이나 비밀집회나 화이트홀에서 분명히 볼 수 있는 알바니아 고지의 농부들에 대해 어떤 일관성을 부여해야 하고 사건의 추이를 통제해야 함을 남자답게 결정했다고 선언했다.

피트와 채텀, 버크와 글래드스톤[3]이 고정된 대리석 눈으로 이쪽저쪽을 보았고 그들은 어쩌면 호루라기 소리와 격동으로 가득 차고 깃발을 앞세운 행렬이 화이트홀을 통과하는 시대에 살아 있는 사람들이 부러워할 불멸의 정지 상태를 갖고 있었다. 더구나 몇 명은 소화불량에 시달렸고 한 사람은 바로 그 순간 안경알 하나가 소리를 내며 깨졌다. 또 한 사람은 내일 글래스고에서 연설을 해야 했다. 그들 모두는 대리석 두상들이 그랬듯이 역사의 흐름을 관장하기에는 너무 얼굴이 붉고 뚱뚱하고 창백하거나 아

---

3 18세기의 유명한 영국의 정치가들.

니면 말라 있었다.

티미 듀란트는 해군성에 있는 자신의 작은 방에서 의회 보고서를 조사하다가 창가에 잠시 멈추어 서서 가로등 기둥 주위에 매어놓은 플래카드를 읽었다.

타이피스트 중의 하나인 미스 토머스는 내각이 회의를 더 길게 하면 게이티 극장 밖에서 만나기로 한 남자 친구를 못 만날지도 모르겠다고 친구에게 이야기했다.

티미 듀란트는 의회 보고서를 팔에 끼고 자리로 돌아오다가 가로 모퉁이에 모여 있는 사람들을 보았다. 그중 한 사람이 무언가를 알고 있는 듯 둥글게 모여 있었다. 다른 사람들은 그의 주위에 좁혀 서서 올려다보다가 내려다보고 거리를 바라보기도 했다. 그 사람이 아는 게 무얼까?

티모시는 앞에 의회 보고서를 놓으면서 정보를 위해 재무성에서 회람용으로 보낸 서류를 검토했다. 그의 동료인 크롤리 씨가 송곳으로 편지 한 장에 구멍을 뚫고 있었다.

제이콥은 하이드 파크의 의자에서 일어나 좌석권을 찢고 걸어가버렸다.

'멋진 황혼이야,' 플랜더스 부인은 싱가포르에 있는 아처에게 보내는 편지에 이렇게 썼다. '집 안으로 들어가고 싶은 생각이 들지 않는단다,' 그녀는 썼다. '한순간이라고 놓치는 건 안 좋을 것 같아서.'

켄싱톤 궁의 기다란 창문들이 제이콥이 걸어가는 동안 불꽃 같은 장밋빛으로 물들어 있었다. 서펜타인 호수 위로 야생 오리 한 무리가 날아올랐다. 나무들은 하늘을 배경으로 검게, 장엄하게 서 있었다.

'제이콥은,' 황혼의 붉은빛이 비치는 편지지에 플랜더스 부인은 썼다. '즐거운 여행을 끝내고 지금은 열심히 일을 하고 있지……'

"황제께서," 멀리서 들리는 목소리가 화이트홀에서 말하고 있었다. "접견해주셨습니다."

"저 얼굴을 아는데―" 피커딜리의 카터 상점에서 나오면서 앤드루 플로이드 목사가 말했다. "그런데 도대체 누구였더라―?" 그리고 그는 제이콥을 유심히 보았으나 확신할 수가 없었다―

"오, 제이콥 플랜더스!" 그는 번개처럼 기억해냈다.

그러나 그는 키가 아주 컸다. 목사를 알아보지 못했다. 그는 아주 멋진 젊은이였다.

'내가 바이런 전집을 주었지,' 앤드루 플로이드는 그렇게 생각하면서 제이콥이 길을 건너는 순간 앞으로 나가려고 했다. 그러나 그는 망설였고 기회를 놓치고 말았다.

깃발을 들지 않은 또 다른 행렬이 롱 에이커를 막고 있었다. 자수정으로 치장을 한 신분 높은 귀부인과 카네이션을 단 신사들을 태운 마차가 반대편에서 막 돌아선 택시와 자동차를 가로막았다. 그 차에는 하얀 조끼를 입은 지쳐빠진 남자들이 관목 숲이 있는 집으로 가거나 퍼트니나 윔블던에 있는 당구장으로 가느라 축 늘어져 있었다.

보도에서 손풍금 두 대가 연주를 했고 엉덩이에 하얀 딱지를 붙이고 길을 천천히 건너는 알드리지의 말 시장에서 나온 말들이 멋지게 몸을 뒤로 젖혔다.

워틀리 씨와 자동차에 타고 있는 듀란트 부인은 연주회의 서곡을 놓칠까봐 조바심을 내고 있었다.

항상 세련되고 언제나 서곡에 늦는 법이 없는 워틀리 씨는 장갑에 단추를 채우면서 클라라 양에게 찬탄을 보내고 있었다.

"이런 저녁을 극장에서 보내는 건 유감스러워요!" 듀란트 부인이 롱 에이커의 마차 제작소의 창들이 불타듯 붉게 물든 것을 보며 말했다.

"당신들의 그 황무지를 생각해보세요!" 워틀리 씨가 클라라에게 말했다.

"아, 그래도 클라라는 이걸 더 좋아할걸요," 듀란트 부인이 웃으며 말했다.

"저는 잘 모르겠어요ㅡ정말," 클라라가 불타는 듯한 창문들을 바라보았다. 그녀는 깜짝 놀라고 있었다.

그녀는 제이콥을 보았던 것이다.

"누군데?" 듀란트 부인이 앞으로 몸을 숙이며 예리하게 물었다.

그러나 부인은 아무도 보지 못했다.

오페라 하우스의 아치 아래로 커다란 얼굴과 마른 얼굴, 분칠한 얼굴과 수염이 난 얼굴들이 지는 해 아래 모두 붉게 닮아 보였다. 억눌린 담황색 빛을 던지는 커다랗게 매달려 있는 가로등, 쿵쾅거림, 붉은 빛, 그리고 그 위풍당당한 행렬에 의해 마음이 급해진 숙녀분들이 느슨한 머리매무새로 창밖으로 몸을 기대고 있는 여자들, 아가씨들ㅡ어린아이들도ㅡ있는 근처의 열기 가득한 침실을 잠시 들여다보았다ㅡ(긴 거울이 멈추어 선 숙녀분들의 모습을 담고 있었다.) 빨리 따라가야 한다. 길을 막고 있어서는 안 되기에.

클라라네 황무지도 충분히 멋이 있었다. 한때 페니키아 사람들 자신들이 쌓아놓은 잿빛 바위 아래 잠을 자던 곳이었다. 예전 광산이 있던 곳의 굴뚝들이 꼿꼿이 하늘을 찌르고 있었다. 일찍 나온 나방들이 히스 꽃을 흐릿해 보이게 만들었다. 마차 바퀴가 멀리 저 아래 길에서 굴러가는 소리가 들렸다. 그리고 파도가 핥고 한숨 쉬는 소리가 부드럽게, 끊임없이 영원히 울리고 있었다.

파스코 부인은 한 손으로 눈가리개를 하고 양배추 밭에 서서 멀리 바다를 바라보고 있었다. 두 척의 기선과 범선 하나가 마주 보고 지나갔다. 만에는 갈매기들이 통나무 위에 내려앉았다가 높이 날고 다시 통나무로 되돌아오고 있었고 더러는 파도를 타기도 하고 달빛이 모든 걸 하얗게 표백할 때까지 물가에 서 있기도 했다.

파스코 부인은 오래전 집 안으로 들어갔다.

그러나 파르테논의 기둥 위에는 붉은빛이 비치고 있었고 그리스 여인들은 스타킹을 짜면서 때로 아이에게 오라고 소리를 지르거나 아이 머리에서 벌레를 집어내며 열기에 뜬 갈색제비처럼 즐거워하며 피레우스의 배들이 포를 쏠 때까지 싸우고 야단치고 아기들에게 젖을 먹이기도 했다.

포 소리는 점점 퍼져나가다 잦아들어 섬의 해협 사이에서 단속적인 폭발음을 내며 파고들었다. 그리스 위로 어둠이 마치 칼날처럼 떨어졌다.

"대포 소린가?" 반쯤 잠이 깬 베티 플랜더스는 침대에서 나와 가장자리가 검은 이파리로 장식된 창가로 갔다.

'이 정도 거리에서는 안 들릴 텐데,' 그녀는 생각했다. '바다에

서 나는 소린가.'

다시금 멀리서 둔탁한 소리가 들렸다. 마치 밤에 일하기 좋아하는 여자가 거대한 양탄자를 터는 듯한 소리였다. 모티는 실종되고 씨브룩은 죽었다. 그녀의 아들들은 나라를 위해 싸우고 있다. 그런데 닭은 안전할까? 아래층에서 누가 왔다 갔다 하나? 레베카가 치통 때문에? 아니었다. 야행성의 여자들이 거대한 양탄자를 털고 있었다. 부인의 닭들이 횃대에서 조금 자리를 옮겼다.

제14장

'다 그 자리에 그대로 두었네,' 보나미는 놀라워했다. '정리해놓질 않았어. 편지는 모두 아무나 읽게 사방에 흩어놓았고. 뭘 기대한 걸까? 다시 돌아올 걸로 생각했을까?' 그는 제이콥의 방 한가운데 서서 생각에 잠겼다.

18세기는 나름의 기품이 있다. 여기 이 집들은 약 150여 년 전에 지은 것이다. 방은 모양이 괜찮았고 천장은 높았다. 출입구에는 장미나 양의 머리가 나무로 조각이 돼 있었다. 내부 벽 널빤지가 검자줏빛으로 채색된 것도 기품이 있었다.

보나미는 사냥용 채찍 청구서를 집어 들었다.

"지불해야 되는 거로군," 그는 말했다.

산드라가 보낸 편지들이 있었다.

듀란트 부인이 그리니치에서 파티를 개최한다는 것도 있었다.

럭스비어 부인께서 방문해주기를 바란다는······

빈 방의 공기는 무심했다. 단지 커튼을 약간 부풀리고 화병의 꽃이 조금 움직일 뿐이었다. 아무도 앉지 않은 버들세공 팔걸이 의자의 엮임 하나가 괜히 삐걱거린다.

보나미는 창가로 갔다. 픽포드 가게의 짐차가 빠르게 거리를 달려 내려가고 있었다. 무디 가게 모퉁이에 이층 버스들이 꼼짝 못하고 서 있었다. 엔진이 헐떡이고 짐마차꾼들은 제동 장치를 밀어 넣고 말을 세차게 잡아당겼다. 거칠고 언짢은 목소리가 무언가 알아들을 수 없는 소리를 질렀다. 그리고 갑자기 모든 나뭇잎들이 들고 일어나는 것 같았다.

"제이콥! 제이콥!" 보나미는 창가에 서서 소리쳤다. 나뭇잎들이 다시 가라앉았다.

"온통 다 어질러놓았네!" 침실 문을 열어젖히며 베티 플랜더스가 큰 소리로 말했다.

보나미는 창에서 몸을 돌렸다.

"보나미 씨, 어떡하면 좋지요, 이걸?"

부인은 제이콥의 낡은 구두 한 켤레를 들고 내밀었다.

『제이콥의 방』—기억과 욕망이 굴절된 공간

　『제이콥의 방』(1922)은 『출항』(1918), 『밤과 낮』(1920)을 이은 울프의 세 번째 소설이다. 이전의 작품과 불과 이 년의 시차를 둔 소설에서 울프는 과감하고도 급작스러운 글쓰기 실험을 감행해 지금까지의 관습에 따른 글쓰기와는 형식과 내용이 전혀 다른 작품을 썼다. 많은 평자들은 전통적 소설과 다른 글을 쓰겠다는 울프의 강박적 실험이 결과적으로는 작품을 읽어내기 힘들게 해 작가의 의도가 제대로 전해지지 않는다고 말한다. 이런 평가와 함께 『제이콥의 방』은 울프의 다른 소설에 비해 온전한 주목을 받지 못하고 비평 작업 또한 빈번치 못했던 것이 사실이다. 그럼에도 이 작품이야말로 이후 울프의 모든 작품에서 나타나는 내용과 기법의 배아가 모두 들어 있어 울프를 이해하는데 결코 빼놓을 수 없는 작품이라는 데에 이견이 없다. 작품이 난해하게 느껴지는 가장 큰 이유는 전 시대의 사실주의 소설들과는 완전히 다른 내용과 기법을 채택하겠다는 울프의 욕구가 스스로 그 욕구의 잉여에서 헤어나지 못하게 했다는 점을 들 수 있을 것이다. 울프는 라캉이 말한대로 "우리에게 공짜로 주어진 언어라는 것이 일단 우리가 그것을 수용하고 나면 그것이 우리를 식민화"할 것이라는 우려와 함께『제이콥의 방』에서 언어에 식민화되지 않으면서도 좀 더 삶 자체에 가깝고 만족스러운 내적 진실에 다가가는 방법을 찾고자 글쓰기의 틀 자체를 바꾸고자 했던 것이다. 그런 맥락에서 볼 때, 20대 초반에 사망한 오빠 토비를 제이콥의 모델이며 주인공이라고 단순히 상정하고 그와 그의 방에서 무언가를 이끌어내고자 하는 이전의 접근법은 설득력을 잃게 된다. 다시 말해 전기적, 사실적 독서로는 울프가 보여주고자 하는 내적 진실의 전모가 드러나지 않는다는 점이다. 즉 작가의 욕구의 잉여와 그것을 표현하는 방법의 불완전성을 덮고 있는 몇 겹의 중첩된 이야기 층위에서 두어 겹을 걷어내야 작품 속 여성 인물들의 모호하고도 표현되지 않은 기억과 욕망의 층위가 모습을 보이는 것이다. 다른 말로 바꾸면『제이콥의 방』은 울프가 언어로 전달하고자하는 욕구, 또는 제이콥을 빌려 표현하고자하는 그 욕구와 맞물려 작품 속에서도 여성 인물들이 '어디엔가 가서 닿고자' 하는 욕구가 중첩이 되어 있어 작품을 읽어내기가 어려웠던 것이다. 그렇다면 그 '어디엔가 가서 닿고자' 하는 욕구의 배후에 무엇이 자리 하는가 라는 의문이 제기된다. 즉 울프의 새로운 글쓰기가 요구하는 새로운 읽기를 통해 주목하게 되는 것은 그 '어디엔가 가서 닿고자' 하는 곳이 이전까지 많은 평자들이 생각하듯 제이콥도 아니고 그의 방도 아니라는 점이다. 안정된 화자가 없이 여러 명의 여성 인물들의 시각이 서로 엇갈리고 스쳐 지나가는 표면적 구도 뒤에 가려져 있는 복선이야말로 바로 작품의 핵심이 되는 것으로 그 이면을 들춰보면『제이콥의 방』이라는 제목이 우리를 오도하는 부분이 있는 것이다. 단적으로 말해 이 책의 주인공은 제이콥이 아니다. '제이콥'을 희석시키고 그를 드러내지 않기 위해 독자의 주목을 제이콥에 묶어둔 것이고 '방'을 희석시키기 위해 방이라는 단어를 쓴 것이다. 더 나아가 160여 명에 이르는 군소 인물들이 제이콥과 직, 간접으로 서로 연결되어 제이콥의 느낌과 생각을 수렴하고 토해내는 배경 막의 역할을 하는 것이 아니라 '제이콥'과 그의 '방'이야말로 그 수많은 군소 인물들의 배경 막으로 전도되는 것이다. 더 압축해서 말하자면 그 수많은 스쳐 지나가는 인물들 중에서도 십여 명 정도의 여성 인물들이 자신들을 들여다보는 도구로 제이콥과 그의 방을 활용하고 있는 것이다. 결국 『제이콥의 방』은 제이콥의 이야기도 아니고 방에 대한 이야기도 아니다. 그의 방은 "특별하면서도 보편적이고 개인적이면서도 총괄적"이며 제이콥은 "하나의 주제의 재현만이 아니라 구조적 요소"로 작용하는 것이다. 울프가 의도했건 그렇지 않건 여기서 우리가 읽어낼 수 있는 새로운 관점은 제이콥의 방에 제이콥이 있어도 그만이고 없어도 그만이며 또 그 방의 주인은 제이콥이 아닌 다른 누구라도 상관이 없다는 사실이다. 중요한 것은 울프가 '제이콥'과 '방'이라는 눈가림을 만든 채 바르트가 지적한대로 그녀의 글쓰기를 통해 자신의 욕구에 "마스크를 씌우는 것과 동시에 그 사실을 지적하고" 싶어 한다는 점이다. 바르트 식으로 바꾸어 말하면 울프는 『제이콥의 방』에서 그 시대의 요청이기도 했던 새로운 글쓰기를 위해 "삶을 운명으로, 기억을 유용한 행동으로, 기간을 방향이 정해진 의미 있는 시간으로 바꾸어놓는 이전의 소설 형식"을 완전히 뒤집어 '삶은 끊임없이 변하는 것이며 기억은 꼭 유용한 행동을 이끌어내지 않을 수도 있으며 방향이 정해진 의미 있는 시간은 시간보다는 공간에 속한다'는 실험을 했다. 그 실험의 중심에 주인공과 그렇지 않은 인물들의 자리를 바꾸어 앉히고 욕망의 배후이자 자신의 모든 소설의 핵심이기도 한 "존재의 순간들Moments of Being"을 여성 인물들을 통해 새로운 기법으로 포착하고자 했던 것이다. 그러나 이 여성에서 저 여성으로 이어지는 서로 다른 기억과 관점의 연속은 제이콥을 바라보거나 그를 이해하려는 노력을 담고 있는 겉포장 밑에 궁극적으로 자신을 바라보고 자신들에 대한 해답을 찾고자 하는 강한 열망을 감추고 있다. 그런 까닭으로 표면과 내면의 괴리 사이에 있는 그들의 목소리는 항상 유보적이거나 멈칫거릴 수밖에 없고 그로 인해 독자들은 어려움을 껴안게 되는 것이다.

『제이콥의 방』이 T. S. 엘리엇T. S. Eliot의 「황무지The Waste Land」와 같은 해인 1922년에 출간이 된 것은 우연만은 아닌 것으로 보인다. 「황무지」의 첫째 연 '죽은 자의 매장The Burial of the Dead' 셋째 줄의 "기억과 욕망을 뒤섞어mixing memory and desire"라는 구절은 1차 세계대전을 막 겪고 난 1920년대 많은 작가들의 화두였고 울프도 그것을 가로지르지 않을 수 없었다. 펭귄판 『제이콥의 방』서문에서 수 로우Sue Roe는 "처음으로 울프가 기억과 욕망 사이의 관계"를 천착한 작품이 『제이콥의 방』이라고 말한 바 있다. 그러나 로우가 '욕망'이라는 단어의 무게 중심을 무엇보다도 여성 인물들의 '성적 욕망'에 두고 있으나 좀 더 심층을 들여다보면 여기서 보이는 '기억과 욕망의 관계'는 엘리엇이 「황무지」에 썼던 맥락과 마찬가지로 서로 뒤섞여 자신의 '존재'라는 흙을 뒤집어 갈아엎어 보고자하는 여성 인물들의 존재론적인 욕망인 것이다. 작품 속에서 여성 인물들이 보여주는 욕망은 대상을 소유하고자 하는 단순한 욕망이 아니라 그 대상을 매체로 하여 자신만의 "존재의 순간"을 포착하고자 하는 "매개된 욕망"으로 그 욕망을 통해 자신의 존재를 표현하고자 하는 지극히 복잡하면서도 추상적인 욕망이다. 어떻게 보면 그것은 욕망이라기보다는 프루스트Marcel Proust가 말하는 "신비한 그리움"을 자아내는 열망이나 동경에 가까운 것으로 작중 인물 모두는 그 순간을 포착하기 힘들어 애를 쓰거나 아니면 모두가 포착한 그 순간을 어떻게 표현할 것인가 고심하고 있다. 이른바 그 '순간'은 "그것을 구성하고 있는 대상들을 공간적 질서 속으로 가져오지 않고서는 표현할 수가 없는" 것으로 그것이 과거에 속한 것이라 할지라도 현재의 필요에 의해 되살려내야 함으로써 그 순간은 시간에 속한 것에서 공간에 속한 것으로 자리를 바꾸어 앉고 공간은 "질적인 측면"을 띠게 되는 것이다. 여기서 우리는 어떻게 "존재의 순간"이 기억과 욕망과 연계되어 특별한 관계를 맺는지 주목할 필요가 있다. 즉 "존재의 순간"을 지속시켜주는 시금석인 우리의 기억은 언제 어디서나 가차 없이 공격을 가하는 삶의 도리깨질에서 우리를 안전하게 보호해주는 동시에 자신만의 삶의 무늬를 짜넣을 수 있게 해주는 "의미의 모자이크" 역할을 한다. 남성 주인공 제이콥은 그런 기억을 환기시키고자 하는 여성 인물들에게 때로 욕망의 원인 제공자이자 대상이 되기도 하나 마침내는 그 욕망을 굴절시켜 여성 인물들 자신에게로 되돌아가도록 만드는 매개체인 것이다. 제이콥의 어린 시절, 케임브리지에서의 삶, 런던에서의 생활, 그리스로의 여행 등, 시간적 맥락의 중심에 제이콥을 놓고 여러 공간에 여성 인물들을 산재시켜 제이콥을 기억하게 하거나 그 존재를 욕망하게 하며 공간적 요소를 보태는 것이다. 이런 여성 인물들이 제공하는 공간적 요소로 하여 그는 한 사람이되 여러 사람으로 작용하고 여성 인물들의 "살아 있는 기억"으로 시간을 뛰어넘어 공간적 존재로 바뀌는 것이다. 다른 말로 바꾸면 제이콥은 여성 인물들의 "존재의 순간"을 확대 재생산하고자 하는 욕구의 투사체로써 그것을 "통제하고 힘을 행사하고

자 하는 욕구 때문에 시간이 부인된" 존재가 되는 것이다. 어떻게 보면 이것은 "공간의 정치화"의 일환으로 "시간 속의 한순간에 수많은 서로 다른 차이들을 생산"해내고자 하는 울프의 서술 전략으로도 볼 수 있는 것이다. 이렇게 되면 그 순간은 공간적 질서에 편입돼 더 이상 현재에도 과거에도 속하지 않고 공간에 속하게 되는 것이다. 마치 화가가 모델의 어떤 순간을 포착하듯이 시간적 존재로 돌아가는 것을 막아놓고 "순간적 무시간성"을 획득하여 "눈에 보이는 이미지로 얼어붙은 순간"으로 만드는 것과 같은 이치이다. 이것은 "소설쓰기"가 시간적 흐름으로만 분류되는 "역사쓰기"와 다르다는 것을 피력하는 작품 속의 내용과 일치하는 것으로 삶의 인과를 다른 눈으로 보고자 하는 울프의 강한 의지가 반영된 것이기도 하다. 즉 이렇게 공간적 존재가 된다는 것은 시간에 갇힌 여러 관계로부터 해방되어 "존재의 순간"을 느낄 수 있는 자유로운 상태로 옮겨지는 힘을 누리게 된다. 작품 속의 모든 여성 인물들은 자신들의 욕망 자체를 욕망하는 것이 아니라 때로는 그 욕망의 기억을 욕망하고 또 때로는 자신에게 유리한 기억만을 지속시켜 제이콥을 살아 있는 기억으로 계속 공간에 위치시키고자 한다. 동시에 그렇게 공간 속에 살아 있는 기억은 역설적이게도 자신도 모르는 사이에 현재의 욕망에 맞게 재편성을 거쳐 제이콥은 여성 인물들의 "내면의 정원"이 되는 것이다. 이렇게 작가인 울프의 표현하고자 하는 욕망은 여성 인물들의 자기표현 욕망에 이어져 마치 줄을 서서 배턴을 이어 받는 릴레이 경기처럼 전개되는 것이다. 그 과정에서 소설 초반의 나이 든 여성 인물들의 위축되고 숨죽인 욕망은 이어지는 젊은 여성 인물들의 점차 강한 욕망으로 분출되기도 하는 것이다.

욕망에는 욕망하는 주체가 있고 욕망의 대상이 있기 마련이다. 그러나 욕망은 그 속성상 "만족이 없는 자극의 연속"일 뿐이고 라캉이 적확하게 짚어낸 대로 "욕망은 결여로 존재하는 관계로 이 결여는 제대로 말하면 존재의 결여인 것이다. 그것은 이것, 또는 저것이 결여된 게 아니라 존재가 존재를 지속하는 존재 자체의 결여"가 된다는 것이다. 그로 인해 그 욕망은 일시적으로 충족이 되더라도 다시 고통스러운 강도를 가진 불안한 상태의 욕망으로 되돌아간다. 왜냐하면 욕망이 시작되기 이전에 이미 자신의 존재론적인 불안이 있었기 때문이다. 즉 자신을 제대로 알지 못한 채로는 자신이 무엇을 욕망하고 어떻게 욕망하는지 알기 어렵다는 사실을 어느 정도 인지하고 있는 『제이콥의 방』의 거의 모든 여성 인물들은 자신을 알고자 한다. 그러나 직접 그것을 알아내는 방법에 닿기 어렵고 그것에 대한 욕구로 고통 받는 여성 인물들은 제이콥을 자신들의 "욕망의 매개체"로 활용한다. 십여 명에 가까운 여성 인물들은 모두 자신들의 존재의 불안을 안고 서성이는 사람들이다. 직접 제이콥과 연관돼 제이콥 옆에서 서성이며 제이콥의 방을 들여다보고자 애쓰는 여성들이 있는가 하면 제이콥을 아는 사람과 연결돼 제이콥을 모르는 채로 제이콥 주변을 맴도는 이도 있다. 그러나 역설적이게도 그녀들의 '알 수 없는 무엇'을 포착하고자 하는 분투는 욕망의 대상이 그들이 닿을 수 있는 곳에 있지 않다는 데에 있다. 결코 안전하게 닿을 수 없는 우리 존재의 핵심을 제이콥이라는 대상에 우회적으로 대체시켜 들여다보려는 그의 방은 사실상 여성 인물들 스스로의 내면이며 그의 방이라는 물리적 공간은 여성 인물들에게 생각할 수 있는 여지를 제공해주는 정신적 공간이자 그들의 욕망을 재생산하는 기재로 작용한다. 더 나아가 작품에서 보여주는 제이콥의 경험은 그의 제한된 경험에 초점이 맞춰져 있는 게 아니라 여성 인물들이 그의 경험의 주변에서 자신들의 경험을 경험하는 것으로 그려져 있다. 즉 울프의 작가적 욕구가 중첩된 글쓰기는 그가 보지 못한 것, 그가 미처 알아채지 못한 것을 여성 인물들이 모두 스스로가 경험하도록 해준다. 그 좋은 예가 제이콥의 어린 시절 제이콥이 모르고 지나간 자신의 어머니의 삶과 "존재의 순간"을 포착하려는 노력, 그리고 그녀 주변의 비슷한 연배의 여자들의 삶과 그들의 위축된 욕망의 표현들이다.

『제이콥의 방』에서 욕망의 표현이라는 관점을 놓고 작중 여성 인물들을 살펴보면 세 가지 정도의 유형으로 분류가 가능하다. 그 첫째가 바로 위에서 말한 제이콥의 어린 시절과 케임브리지로 가기 전 제이콥 주변에 있었던 어머니와 자비스 부인, 파스코 부인과 같은 나이 든 여자들이다. 그들 모두는 존재의 순간을 느끼고자 애를 쓰면서도 또는 때로 그런 순간을 가지면서도 그것을 표현하거나 자신에게 맞게 적용할 수 없어 스스로 소외되었다고 느끼는 숨죽인 욕망을 보여주고 있다. 두 번째는 제이콥의 친구인 티모시 듀란트의 여동생 클라라, 제이콥이 그리스 여행 중 만난 기혼 여성인 산드라가 보여주는 존재의 순간을 지속시키기 위해 실제 생활에서의 욕망을 억제하고 지연시키는, 대상에 거리를 유지하는 욕망이다. 세 번째는 화가의 인체 모델인 패니와 거리의 여자인 플로린다가 보여주는 성적 대상이 되는 직업을 가진 여성들의 욕망으로 그들의 열정과 섹슈얼리티가 포함된 욕망은 그것이 존재의 순간을 만들어주지 못하는 것에 대해 절망하는 욕망이다. 그러나 이 세 가지 유형으로 분류한 여성 인물들의 욕망은 모두가 그 욕망의 내면에 결코 그 대상을 뚫고 들어갈 수 없다는 절망과 슬픔이 함께하고 있다. 그것은 여성 인물들 모두가 자신들의 욕망을 투사하는 대상인 제이콥과 그 욕망의 원인인 자신의 존재를 확인하는 방법 사이에 혼선을 빚고 있기 때문이다. 즉 그들은 아무리 욕망의 대상이라고 생각하는 것에 가까이 다가가도 결코 그 거리가 좁혀지지 않음에 절망하는 것으로 우리가 우리 스스로에게 가 닿을 수 없다는 우리 존재의 역설을 그대로 보여주는 것이다.

첫 번째 유형의 여성들의 욕망의 특징은 그 욕망이 매우 수동적이고 소외된 욕망이라는 데에 있다. 대부분이 어느 정도 나이가 든 여성들로 그들의 욕망은 "왜 욕망은 대부분의 경우 겉으로 드러나 보이는 어떤 것이기보다는 다른 무엇인가?"라는 물음과 동일 선상에 놓여 있다. 즉 그들의 욕망은 지금 이 순간 무엇인가를 쟁취해 자신의 것으로 하겠다는 욕망이기보다 지난 시절의 기억과 결합된 존재의 순간에 연연해하면서도 그것에 대한 자신의 태도에 자신이 제대로 수긍하지 못하는 몹시 어눌한 욕망이다. 삶이 늘 똑같기를 바라면서도 또 한편으로는 그렇지 않기를 바라는 이율배반을 내면에 갖고 있으면서 하루가 견딜 수 없이 길고 삶은 황량하게 공허한 상태의 "바보처럼 보이는 한 개인으로서의 일률성"을 벗어나고자 하는 열망을 안고 있다. 나이 마흔에 과부가 된 제이콥의 어머니 플랜더스 부인의 욕망은 욕망의 대상을 욕망할 수 없는, 욕망을 부인하는 욕망이다. 플랜더스 부인은 남성과는 상관없는 별개의, 지속적인 창조성과 여성 사이의 밀접한 제휴 관계를 제공하는 모델로 주변의 비슷한 연배의 여성들과 동류의식을 느낀다. 이 "여성 사이의 밀접한 제휴 관계"는 울프가 이후에 자신의 여타 작품에서도 비중 있게 다루는 것으로 여성과 남성이라는 단선적 이분법을 넘어 한 인간과 또 다른 인간과의 온전한 이해가 가능한 관계야말로 "지속적 창조성"

을 유지, 확장시켜주는 대안이 된다는 시각인 것이다.『댈러웨이 부인』에서의 클러리서와 샐리의 관계가 그러하고『등대로』에서 보여주는 램지 부인과 릴리의 연대가 그 좋은 예일 것이다. 바릇 대령의 자신에 대한 지속적 관심을 즐기면서도 주위 여성들과의 밀접한 연대를 이룬 삶에 더 무게를 두는 플랜더스 부인은 교구 목사인 플로이드 씨의 청혼 편지를 받고 '사랑'이라는 단어에 가슴이 울렁거리면서도 그녀는 어린 아들 셋을 데리고 "누군가와 다시 결혼하는 것은 불가능"하다고 자신의 욕망을 내려놓았던 터다. 그러나 그렇게 억제되고 감추어버린 욕망은 세월이 흐른 뒤, 아들인 제이콥에 대한 모정으로 탈바꿈되어 편지의 형태로 적나라한 아들의 육체적 욕망과 부딪쳐 흐느낀다. 이 부분은 울프의 새로운 형태의 글쓰기가 소설의 영역에 새로운 장을 보탠 독보적인 기법으로 사람이 아닌 편지라는 매체가 공간을 점령하면서 공간의 증인이 되어 존재의 순간을 아프게 겪는 특이한 예이다. "나쁜 여자들과 다니지 말아라, 착한 내 아들이 되어야 한다"는 말을 차마, 결코 하지 못하고 대신 플랜더스 부인은 아들에게 일상을 담은 편지를 보낸다. 그러나 편지가 되어 도달한 어머니의 마음은 뜯기지도 않은 채 아들의 하숙집 테이블 위에 놓여, 닫힌 문 안에서 진행되는 아들과 거리의 여인이 나누는 정사를 목격한다.

비스킷 통 옆에 놓인 그 엷은 푸른색의 편지 봉투가 만일 어머니의 느낌을 갖고 있다면 어머니의 가슴은 작은 삐걱거림, 갑작스런 움직임으로 찢어질것이다. 문 뒤에는 음란한 것이, 불온한 존재가 있어 그녀를 죽음이 덮칠 때와 같은 두려움, 아이의 출산 때와 같은 두려움으로 덮칠 것이다. 아마도 차라리 이렇게 앞방에서 작은 삐걱거림, 갑작스런 움직임에 귀를 기울이고 앉아 있기보다는 문을 박차고 들어가 그 짓을 마주하는 편이 나을지도 모른다. 북받쳐 오른 그녀의 가슴을 고통이 누비고 지나갔다. 내 아들아, 내 아들아

하고 싶었던 말은 말이 되어 나오지 못하고 모성으로 전도된 일상적 편지로 보내지지만 그 모성적 욕망조차도 그에게 닿을 수 없었던 것이다. 여기서 우리가 보는 것은 그 정사 자체의 심각성이 아니라 "그 정사가 만들어낸 효과가 어떻게 플랜더스 부인에게 미치느냐" 하는 것이다.

플랜더스 부인과 비슷한 나이와 처지이면서 자신의 욕망을 어느 누구에게도 표현하지 못하고 가슴에 묻어두는 감추어진 욕망을 보여주는 인물로는 파스코 부인이 있다. 그녀 역시 플랜더스 부인의 "또 다른 아바타"이다. 그녀는 늘 홀로 집 앞, 바다를 내다보며 서성이는 인물로, 배달된 신문 화보에서 유명인의 화려한 결혼식 장면을 바라보면서 "관중이면서 그 행렬의 수동적 참여자"가 된다. 그러다가도 다시 자신의 생각과 현실 사이의 간격에서 야기된 자신의 정서적 미 충족 상태를 역설적 충족으로 이렇게 표현한다. "마치 수전노처럼 그녀는 자신의 감정을 모두 가슴에 간직해둔다. 이 몇 년 동안 단 한 푼어치도 꺼내어 쓴 적이 없어…… 그녀의 내면은 순금으로 되어 있을 것 같았다." 콘월 지방의 절벽 끝에 있는 자신의 오두막에서 자식들은 집을 떠나고 남편도 나가고 없는 사이 홀로 집에 남아 자신의 존재와 늘 마주하는 파스코 부인은 아마도 이 작품에서 가장 인상적인 실존적 체험을 하는 인물일 것이다. 그녀는 늘 "외로운 한 뙈기의 땅"에 불과한 자신의 마음에 연연해하며 날마다 먼 바다를 바라보고 서

있는 것이다.

한편, 직접 제이콥을 알지 못하면서 제이콥의 친구 어머니인 듀란트 부인이 여는 파티에 참석한 로즈 쇼의 탄식은 우리의 욕망이 얼마나 일관성 없는 것인지를 잘 보여주는 예이다.

"삶이란 무도한 거야—삶이란 가증스러워," 로즈 쇼가 소리 질렀었지. 삶이 낯설어지는 것은 바로 이런 것이다. 수백 년에 걸쳐 삶이 어떠한지 그 본질이 분명히 드러난 것 같은데도 어느 누구도 그것에 대해 적절한 설명을 남겨놓지 않았다는 것이다. 런던의 거리에는 지도가 있다. 그러나 우리의 열정에는 지도가 없다. 만일 당신이 이 모퉁이를 돌아서면 무엇을 맞닥뜨릴까?

이렇게 열띤 감정을 담아 내뱉는 그녀의 말의 근원을 좇아가 보면 며칠 전의 파티에서 지미라는 남자가 헬렌 에이트킨과의 결혼을 거부한 사건과 만난다. 자신이 겪은 일이 아닌데도 두 연인을 바라보며 "삶은 지긋지긋하고 가증스러워"라고 계속 말하는 것은 우리가 향하고 있는 욕망의 향방이 얼마나 제멋대로이고 사소한 우회로들이 산재해 있는지를 드러내 주는 것이다. 여기에 덧붙여 작품 속 익명의 여성 화자가 던지는 물음은 그 욕망의 여러 갈림길에도 불구하고 삶 자체에 대한, 우리 존재 자체에 대한 욕구와 열망이 얼마나 집요한지를 강화해 보여주고 있다.

그러니 여자나 남자나 다 똑같이 잘못하고 있는 것 같다. 우리와 다른 성性에 대해 근원적이고 공평무사한, 그리고 절대적으로 공정한 의견이란 결코 알 수가 없는 것 같다. 우리가 남자이건 아니면 여자이건. 우리가 냉정한 사람이건, 아니면 감상적인 사람이건. 우리가 젊은이건 늙어가고 있건. 어떤 경우에라도 삶이란 그림자의 행렬일 뿐인데, 그런데 왜 이다지도 우리는 그 그림자를 열렬히 껴안는지, 그리고 그들이 떨어져 나가 그림자가 되는 것을 그렇게 고통에 차서 바라보는지.

그런가 하면 욕망을 욕망하지 않는 젊은 여성 인물로는 제이콥이 연정을 느끼는 클라라 듀란트가 있다. 그녀는 욕망의 대상과 직접 부딪쳐 그 욕망을 맞닥뜨리려 하지 않는다. 그녀는 제이콥이 그녀에게 사랑한다고 말하려는 순간이 오자 그를 피해 지나가며 혼자 속으로 생각한다. "그가 그녀를 사랑한다는 말을 절대로 해서는 안 된다고 생각하면서. 안 돼. 안 돼, 안 돼." 이후 자신의 일기장에 욕망의 기억을 욕망하며 그녀는 다시 이렇게 적는다. "안 돼, 안 돼, 안 돼…… 망가뜨리지 말아요 ─ 깨뜨리지 말아요 ─ 무엇을? 무언지 끝없이 좋은 것을." 이렇듯 욕망의 대상을 욕망함으로써 생길 수 있는 갈등의 요소들을 배제시키고 기억으로 남은 존재의 순간만을 느끼고자 하는 것은 "과거의 흔적이나 자취와 접촉함으로써 이전의 욕망을 초월"하고자 하는 모호하고도 추상적인 욕망에 다름 아니다. 즉 소유함으로써 생길 수 있는 실망 때문에 욕망 자체를 포기함으로써 그 욕망을 끝까지 지속시키고자 하는 허영심과 함께 클라라의 "내 욕망으로부터 나를 보호해주세요"라는 소리 없는 외침은 그녀가 내면화하고 있는 가부장적 가치에 반기를 드는 측면이 있다. 늘 좋은 집안의 안존한 규수로, 또 어머니의 착한 딸로, 남자에게 순응하는 여자로 관계를 이어가기보다 차라리 사랑한다는 말을 듣지 않은 채 그 순간만을 자신의 내면에서 지속시키고 자신의 욕망은 유예함으로써 그 본래의 가치를 잃지 않고자 하는 욕망인 것이다. 어떻게 보면 그것은 열정을 동반한 젊은 여성의 예리한 욕망이 라기보다는 자신에게 고통을 강요하는 역설적 욕망으로 그 저변 에는 자기도취적인 요소가 없지 않은 것이다.

거리의 여인인 플로린다는 작품 속 여성 인물들 중 유일하게 실제로 제이콥의 성적 대상이 된 인물이다. 그녀는 제이콥이라는 상대 남성이 욕망할 때에 자신의 욕망을 방출하는 것처럼 보임 으로써 남성의 욕망 안에서 자신의 욕망을 구현하는 인물로 설 정되어 있다. 그러나 플로린다는 자신이 그의 육체에 닿음이 그 에게 완전히 닿는 것이 아님을 알고 끝없이 그에 닿기를 갈망한 다. 교육의 혜택도 받지 못하고 부모가 없이 고아로 자라 가부장 제 아래서의 어떤 억압된 정서적 갈등도 없는 그녀로서는 자신 의 욕망이 어디서 기인한 것인지 알지 못해 "나는 끔찍이 불행해" 라고 소리친다. 그녀는 술집에서 바로 그녀 옆에 앉아 있는 제이 콥을 자신의 것으로 잡을 수 없어 병이 난다. "자신의 연애편지 조차도 제대로 읽는 법을 못 배웠지만, 그래도 그녀는 나름의 느 낌이 있었고 어떤 남자를 다른 남자들보다 더 좋아할" 줄은 아는 것이다. 이렇게 그녀 스스로가 이름 붙일 수 없는 그녀의 욕구불 만 밑에는 "존재의 순간"이 무엇인지 느끼고자 애를 쓰면서도 그 것을 손안에 잡지 못하는 그녀 존재 자체의 그늘이 숨겨져 있다. 모델인 패니는 제이콥에게 사랑을 느껴 제이콥 집 앞을 서성이 면서도 자신의 욕망을 직설적으로 드러내지 못해 고통 받는 인 물이다. 그녀의 제이콥에 가 닿고자 하는 욕구는 신경증적인 것 이 된다. 즉 제이콥을 좋아하면서도 자신의 터무니없는 열정에 화를 내며 전혀 다른 반응을 보이는 것이다. 현재의 연인인 화가 와 제이콥 사이에 끼여 있는 자신의 입장과 감정을 조절할 수 없는 패니는 쇼윈도에 기이하게 해체돼 진열된 여자들의 신체 부분과 옷을 보며 자신의 내면을 돌아본다. 쇼윈도에 비쳐 보이는 키 큰 남자의 그림자를 제이콥의 것이라고 생각하고 여자가 보는 여자의 모습에 남자가 보는 여자의 모습을 대입해 보지만 실제 그녀가 제이콥의 그림자라고 느꼈던 것은 제이콥의 것이 아니었다. 그녀는 계속 제이콥이 읽는 책을 읽고 싶고 제이콥처럼 라틴어와 버질을 배우고 싶어 하면서 "그가 주머니에 책을 꽂고 그리스로 가서 그녀를 잊어버릴 것"이라고 괴로워한다. 이런 패니의 제이콥에 대한 신경증적인 욕구는 "어떻게 되든 나는 템스강에 빠져 죽을 수는 있으니까" 라고 외치게 만든다. 이것은 "남성 중심 사고 체계에서 혼자 남겨진 여자가 자기 파괴적인 분노"에 사로잡히는 예로 "제발 나를 내가 다스릴 수 없는 내 안에 있는 과도한 자기 파괴적 욕망에서 보호"해달라는 극도로 자기중심적인 폐쇄회로를 가진 욕망으로, 남자가 삶의 전부가 아니라고 계속 주장하면서도 그 이면에는 남자로부터 욕망되기를 바라는 욕망이 이중적으로 자리하고 있는 것이다. "이게 인생이야. 이게 인생이라구…… 결국 그는 그녀에게로 돌아올 것이고 꼭 그래야만 한다"라고 속으로 소리치는 그녀는 제이콥이 그녀와 같은 생각이 아님을 잘 알고 있다. 특히 이 두 젊은 여성, 무엇보다 남성에게 여성임을 가차 없이 증명하는 거리의 여자와 인체 모델이라는 직업을 가진 두 젊은 여성이 내보이는 욕망에는 그 욕망이 자신들의 욕망인 동시에 타자가 욕망하는 것을 욕망하는 시기와 원한이 들어 있다.

제이콥이 그리스 여행에서 만난 산드라는 작품 속 여성 인물들 누구보다도 많은 것을 누리는 것으로 그려져 있다. 동시에 누구보다도 자주 삶에 대해 "무엇 때문에?"라는 질문을 던지며 "존재의 순간"을 붙들고자 애를 쓰는 인물이다. 제이콥보다 훨씬 나이가 많은 그녀는 제이콥이 자신을 사랑하고 있다는 사실을 느끼면서 그와의 거리를 안전하게 유지한다. "나는 그에게서 무엇을 원하지? 아마 그건 내가 놓쳐버린 무엇일거야……"라는 그녀의 독백은 그녀의 삶의 중심이 비어 있음을 탄식하는 것으로 그녀의 삶에 대한 노회한 욕망이 숨겨져 있다. 특별히 산드라는 삶의 권태에 시달린다.

　때로 그녀는 안절부절못하면서 이 책을 뺐다 저 책을 뺐다, 이 막대에서 저 막대로 건너뛰는 곡예사처럼 그녀 삶의 전체 공간을 가로지르며 그네타기를 할지도 모른다. 자신만의 순간들을 가지기도 했었지. 그러는 동안에도 층계참에 있는 커다란 괘종시계는 똑딱거리고 산드라는 시간이 축적되는 소리를 들으며 스스로에게 물을 것이다. '무엇 때문에? 무엇 때문에?'

　그녀가 이렇게 삶을 권태롭게 느끼는 것은 공간에 가로놓인 시간을 의식하며 시간과 공간 사이에서 균형을 잃고 매 순간이 자신의 존재를 증명해주지 못하는 점을 강하게 인식하고 있기 때문이다. 그리스로의 여행에서 런던의 일상으로 돌아온 그녀는 아름다운 자태, 옷, 모든 물질적 풍요에도 불구하고 시간이 쌓이는 소리를 들으며 스스로에게 끊임없이 왜 사는지 묻는 것이다. 여기서 우리가 보게 되는 것은 그녀가 자신의 존재에 대한 질문을 야기 시킨 제이콥이라는 매개체와 자신 사이에 거리를 유지함으로써 제이콥을 통제함과 동시에 그것을 정신적인 어떤 것으로 치환시킨다는 점이다. 그렇게 함으로써 한때 자신의 욕망의 대상이었던 제이콥은 외부적인 매개를 거쳐 그녀의 내면에 안전하게 자리 잡게 되는 것이다. 즉 "무언가 말을 했거나 하려고 시도했던 것, 아크로폴리스로 가는 길의 어둠 속의 어느 순간"은 그녀의 마음속에 영원히 남아 존재의 순간으로 각인되는 것이다.

『제이콥의 방』에 대한 대부분의 비평 작업이 제이콥을 주인공으로 상정하고 그와 그의 방을 전면에 내세우는 것이었다. 그 결과 중심이 비어 있는 그의 존재와 방으로 인해 작품의 모호성이 해소되지 않는 점이 비평의 초점이 되는 경우가 많았다. 그런 읽기를 전도해 제이콥을 욕망의 주체로 보지 않고 여성 인물들의 욕망의 매개체로 보고 나아가 여성 인물들의 욕망의 배후를 주체와 대상, 남자와 여자 등의 이분법에 가두지 않고 "존재의 순간"을 획득하고자 하는 인간의 근본적 욕구로 외연을 넓혀보면 작품의 폭과 깊이가 달라지는 것이다. "존재의 순간"을 거머쥐는 것이 그 욕망의 배후라고 보고 작품의 표면적 서술 밑에 감추어진 명제를 들추어 울프가 새로운 기법이라는 암호로 어렵사리 장전해놓은 것들을 해독해 내면 작품의 배경으로 밀려나 있던 여성 인물들의 형체가 좀 더 뚜렷한 윤곽으로 부각될 수 있는 것이다. 다시 말해 『제이콥의 방』에 나오는 여성 인물들의 기억과 뒤섞인 모든 욕망은 피할 길 없이 우리의 존재의 무게로 되돌아오는 것이다. 작품 속 인물들 모두는 제이콥과 그의 방을 통과해 굴절되는 빛에 의해 자신에게 돌아오지만 그렇게 돌아온 자신은 이전의 자신이 아닌 것이다. 여기서 우리는 다시 한번 울프의 작품이 지속적으로 보내는 메시지와 접하게 된다. 즉 우리 삶에는 삶의 조건으로 주어진 역설이 존재하며 그 역설을 수용하고 살아내는 방법으로 울프가 제시하는 것은 남자와 여자, 시간과 공간, 정신과 육체, 생각과 물질 등 이미 존재하고 있는 것들 사이의 이분법적 반복체계를 뛰어넘는 것뿐만 아니라, 이미 존재하고 있는 것을 존재시키지 않으려고 애쓰고, 존재하지 않는 것을 어떤 것보다 더 절실하게 존재하는 것으로 만들고자 하는 우리의 기억과 욕망의 역설까지도 끌어안아야 한다는 것이다. 그런 자신의 인식을 바탕으로 울프는 지금까지 이어오던 소설의 정체성을 교란시켜 새로운 내용과 기법을 담아내는 동시에 작중 인물들의 형상화에서도 우리가 아무런 생각 없이 내면화하고 있는 관습적 수용 방식을 해체시킨다. 그렇게 울프는 우리가 정체성이라고 믿고 있는 의미를 성적, 문화적, 계층적, 또는 연령적 문제로 유형화하지 않고 개별적인 것으로 이해하려는 시도를 하고 있는 것이다. 즉, 우리에게 본질적, 절대적 정체성이란 허상이며 모두는 "끝없이 흥미로운 다른 사람들의 알 수 없음"을 발견하면서 동시에 자신들 또한 변하고 있음을 알아야 한다는 것이다. 울프는 자신의 여성 인물들에게 이전의 소설가들보다 내적 삶을 표현할 기회를 더 많이 제공할뿐만 아니라 그 내적 삶을 잡아내는 서술방법을 새롭게 창안해 그런 표현을 보다 유창하게 말할 수 있도록 유도한다. 그렇게 유도하는 방법으로 울프가 『제이콥의 방』에서 채택한 것은 여성 인물들의 기억과 욕망, 나아가 "존재의 순간"을 획득하고자 하는 방법에 차등을 두는 것이 아니라 그것을 얼마나 어떻게 충실히 담지하느냐 하는 것은 무엇보다도 현재를 바라보는 능력에 있다고 보는 것이다. 이 점은 바로 뒤이어 쓴 『댈러웨이 부인』에서 현재를 바라보는 능력을 상실하고 존재의 순간을 놓치는 것이 어떤 재앙을 가져오는지 셉티머스라는 인물을 통해 보다 정밀하게 형상화하고 있다. 무엇보다도 그 현재를 바라보는 능력의 진수는 그녀가 쓴 에세이 「순간: 여름 밤」의 구절이 잘 보여주고 있다. "현재의 순간을 만드는 것은 무엇인가? 당신이 젊다면 미래가 마치 유리 조각처럼 현재 위에 놓여 현재가 떨리고 요동칠 것이다. 당신이 나이가 들었다면 과거가 마치 두꺼운 유리처럼 현재 위에 놓여 현재가 너울거리고 일그러질 것이다. 아무려면 어떠랴. 모든 사람은 현재가 어떤 무엇이라고 믿고 그것의 진실을, 그것을 온전하게 만들기 위해 이 현재의 상황에서 다른 요소들을 찾는 것이다." 같은 맥락으로 작품 속 여성 인물들 역시 현재 자신의 위치에서 자신의 현재를 절실히 느끼고자 "존재의 순간"들을 불러오는 것이다. 여기서 우리가 다시 짚어보게 되는 것은 결국 삶이란 각자가, 자신이 가진 시각으로 바라보는 개별적 기준인 것이지 정해진 한 가지 기준만 있는 것이 아니라는 울프의 인식으로 자신의 작품 역시 한 가지 기준으로 해독하려 하지 말라는 암시를 담고 있다. 그것은 마치 작중 여성 인물들이 제이콥을, 그리고 그의 방을 세상을 향한, 자신들의 삶을 위한 하나의 창구로 활용할 뿐이지 그를 소유하거나 그의 방에 들어가보려 하지 않는 것과 맥을 같이한다. 이렇게 현재를 온전히 살려고 노력하면서, 또 욕망이 필요하다는 인식과 그것을 충족시키는 것 사이에 간격이 있다는 것을 경험하면서 모든 여성 인물들은 스스로에게 존재에 대한 질문을 던진다. 그리고 그렇게 던져진 질문은 어떤 수동적 구조이든 역동적 구도이든, 존재의 순간을 느끼는 것으로 답을 얻을 수 있다는 것이 『제이콥의 방』이 전해주는 가장 큰 메시지일 것이다.

김정

버지니아 울프 연보

1882년	1월 25일, 런던 켄싱턴에서 출생.
1895년	5월 5일, 어머니 사망, 이해 여름에 신경증 증세 보임.
1899년	'한밤중의 모임Midnight Society'을 통해 리튼 스트레이치, 레너드 울프, 클라이브 벨 등과 친교를 맺음.
1904년	아버지, 레슬리 스티븐 사망. 5월 10일, 두 번째 신경증 증세 보임. 이 층 창문에서 투신자살을 시도하나 미수에 그침. 10월, 스티븐 가의 네 남매, 토비, 바네사, 버지니아, 에이드리안은 아버지의 빅토리아 시대를 상징하는 하이드 파크 게이트를 떠나 블룸즈버리로 이사함. 12월 14일, 서평이 『가디언*The Guardian*』에 무명으로 실림.
1905년	3월 1일, 네 남매가 블룸즈버리에서 파티를 열면서 이후 '블룸즈버리 그룹Bloomsbury Group'이라는 예술가들의 사교적인 모임을 탄생시킴. 정신 질환 앓음. 네 남매가 함께 대륙 여행을 함. 근로자들을 위한 야간 대학에서 가르침. 『타임스*The Times*』의 문예 부록에 글을 실음.
1906년	오빠인 토비가 함께했던 그리스 여행에서 돌아온 후 장티푸스로 사망.
1907년	블룸즈버리 그룹을 통해 덩컨 그랜트, J. M. 케인스, 데스몬드 매카시 등과 친교를 맺음.

1908년	후에 『출항 *The Voyage Out*』으로 개명된 『멜림브로지어』를 백 장가량 씀.
1909년	리튼 스트레이치가 구혼했으나, 결혼이 성사되지 않음.
1910년	1월 10일, 변장을 하고 에티오피아 황제 일행이라 사칭하고 전함 드래드노트 호에 탔다가 신문 기삿거리가 됨. 7~8월, 요양소에서 휴양. 11~12월, 여성 해방 운동에 참가.
1911년	4월, 『멜림브로지어』를 8장까지 씀.
1912년	1월 11일, 레너드 울프가 구혼함. 5월 29일, 구혼을 받아들여 8월 10일 결혼.
1913년	1월, 전문가로부터 아기를 낳는 것이 건강에 좋지 않다는 진단 결과를 들음. 7월, 『출항』 완성. 9월 9일, 수면제 백 알을 먹고 자살 기도.
1914년	8월 4일, 제1차 세계대전 발발. 리치몬드의 호가스 하우스로 이사.
1915년	최초의 장편소설 『출항』을 이복 오빠가 경영하는 덕워스 출판사에서 출간.
1917년	수동 인쇄기를 구입하여 7월에 부부가 각기 이야기 한 편씩을 실은 『두 편의 이야기 *Two Stories*』를 출간.
1918년	3월, 두 번째 장편 『밤과 낮 *Night and Day*』 탈고. 몽크스 하우스를 빌려 서재로 사용.
1920년	7월, 단편 「씌어지지 않은 소설 An Unwritten Novel」 발표. 10월, 단편 「단단한 물체들 Solid Objects」 발표, 『제이콥의 방 *Jacob's Room*』 집필.
1921년	3월, 실험적 단편집 『월요일 아니면 화요일 *Monday or Tuesday*』을 호가스 출판사에서 출간. 「유령의 집 A Haunted House」, 「현악 사중주 The String Quartet」, 「어떤 연구회 A Society」, 「청색과 녹색 Blue and Green」

	등이 수록됨. 11월 14일, 세 번째 장편 『제이콥의 방』 완성.
1922년	심장병과 결핵 진단을 받음. 9월에 단편 「본드 가의 댈러웨이 부인Mrs Dalloway in Bond Street」을 씀. 10월 27일, 『제이콥의 방』 출간.
1923년	진행 중인 장편 『댈러웨이 부인Mrs Dalloway』을 『시간들The Hours』로 가칭함.
1924년	5월, 케임브리지의 '이단자회'에서 현대 소설에 대해 강연. 그 원고를 정리한 『베넷 씨와 브라운 부인 Mr Bennet and Mrs Brown』을 10월 30일에 출간. 『댈러웨이 부인』 완성.
1925년	5월, 『댈러웨이 부인』 출간. 장편 『등대로To the Light-house』 구상, 장편 『올랜도Orlando』 계획.
1927년	1월 14일, 『등대로』 출간. 5월에 단편 「새 옷The New Dress」 발표.
1928년	1월, 단편 「슬레이터네 핀은 끝이 무뎌Slater's Pins Have No Points」 발표. 3월, 『올랜도』 탈고. 4월에 페미나Femina상 수상 소식 들음.
1929년	3월, 강연 내용을 보필한 『여성과 소설Woman and Fiction』 완성. 10월에 『여성과 소설』을 『자기만의 방 A Room of One's Own』으로 개명하여 출간. 12월에 단편 「거울 속의 여인: 반영The Lady in the Looking-Glass: A Reflection」 발표.
1931년	『파도The Waves』 출간.
1933년	1월, 『플러쉬Flush』 탈고.
1937년	3월 15일, 장편 『세월The Years』 출간.
1938년	1월 9일, 『3기니Three Guineas』 완성. 4월, 단편 「공작부인과 보석상The Duchess and the Jeweller」 발표, 20년

전의 단편 「라빵과 라삐노바Lappin and Lapinova」 개필.

1939년   리버풀 대학에서 명예박사 학위를 수여하려 했으나
사양함. 9월, 독일의 침공, 런던에 첫 공습이 있었음.

1940년   8~9월, 런던에 거의 매일 공습이 있었음. 10월 7일,
런던 집이 불탐.

1941년   2월, 『막간Between the Acts』 완성. 3월 28일 오전 11시
경, 우즈 강가의 둑으로 산책을 나간 채 돌아오지 않
음. 강가에 지팡이가, 진흙 바닥에 신발 자국이 있었
음. 이틀 뒤에 시체 발견. 오랫동안의 정신 집중에서
갑자기 해방된 데서 오는 허탈감과 재차 신경 발작
과 환청이 올 것에 대한 공포 등이 자살 원인이라고
추측함. 7월 17일, 유작 『막간』 출간.

옮긴이 **김정**

영국 런던대학교 퀸 메리 칼리지에서 현대 영국 문학을 공부했고 서강대학교에서 박사학위를 받았다. 현대 영국 소설 전공으로 버지니아 울프와 최근의 영국 소설가들에 대한 논문을 주로 썼다. 가톨릭대학교 영문학과 교수를 지냈다. 지은 책으로 『거울 속의 그림』 『바람의 옷』 『20세기 영국 소설의 이해』(공저) 등이 있으며 옮긴 책으로 『버지니아 울프 문학 에세이』(공역) 『버지니아 울프 단편집』(공역) 『부엉이가 내 이름을 불렀네』 『호텔 뒤락』 등이 있다.

버지니아 울프 전집 4
제이콥의 방 Jacob's Room

1판 1쇄 발행	2019년 5월 15일
1판 2쇄 발행	2022년 5월 15일
지은이	버지니아 울프
옮긴이	김정
펴낸이	임양묵
펴낸곳	솔출판사
편집장	윤진희
편집	최찬미 김현지
디자인	이지수
경영관리	이슬비
주소	서울시 마포구 와우산로29가길 80(서교동)
전화	02-332-1526
팩시밀리	02-332-1529
블로그	blog.naver.com/sol_book
이메일	solbook@solbook.co.kr
출판등록	1990년 9월 15일 제10-420호

ISBN   979-11-6020-076-8   (04840)

            979-11-6020-072-0   (세트)

• 잘못된 책은 구입한 곳에서 바꿔드립니다.
• 책값은 뒤표지에 표시되어 있습니다.